KB268046

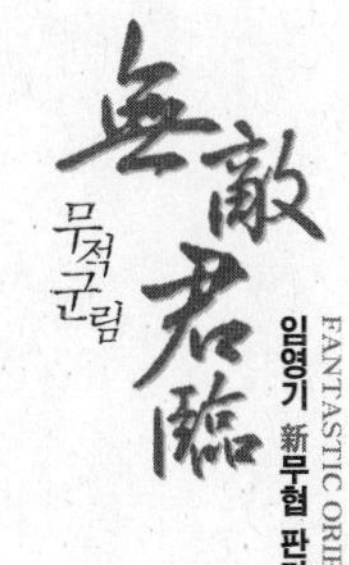

無敵君臨
무적군림
임영기 新무협 판타지 소설
FANTASTIC ORIENTAL HEROES

무적군림 10

임영기 新무협 판타지 소설

초판 1쇄 찍은 날 § 2011년 12월 9일
초판 1쇄 펴낸 날 § 2011년 12월 16일

지은이 § 임영기
펴낸이 § 서경석

편집부장 § 권태완
편집 § 주소영

펴낸곳 § 도서출판 청어람
등록번호 § 제1081-1-89호
등록일자 § 1999. 5. 31
어람번호 § 제2-2185호

주소 § 경기도 부천시 원미구 심곡2동 163-2 서경B/D 3F (우) 420-822
전화 § 032-656-4452 팩스 § 032-656-4453
http://www.chungeoram.com
E-mail § chungeoram@chungeoram.com

ⓒ 임영기, 2011

ISBN 978-89-251-2709-5 04810
ISBN 978-89-251-2556-5 (세트)

임영기 新무협 판타지 소설

FANTASTIC ORIENTAL HEROES

無敵君臨

무적군림

10

자금성(紫禁城)

도서출판 청람

目次

제104장 천원신기(天元神氣) 7

제105장 혈적화(血迹花) 31

제106장 베푼다는 것 57

제107장 소림경혼(少林驚魂) 93

제108장 북경의 개방제자들 125

제109장 자금성의 괴사(怪事) 149

제110장 한천궁주(寒天宮主) 175

제111장 심기(心氣) 207

제112장 강시동녀(殭屍童女) 239

제113장 지고지순(至高至純) 265

제114장 지하에서의 상봉 289

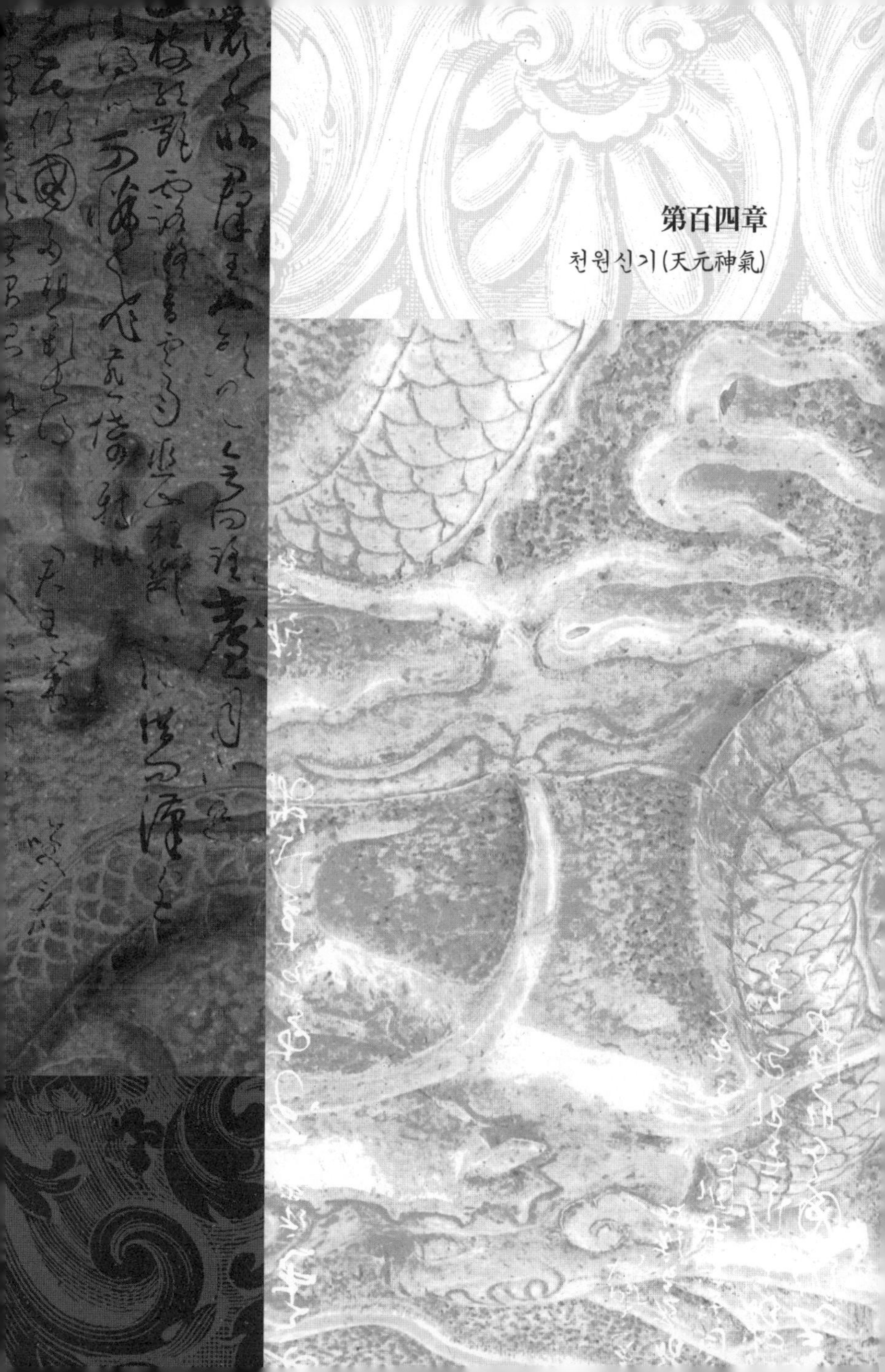

第百四章
천원신기(天元神氣)

태무랑의 얼굴에 환한 미소가 떠올랐다.

앞으로 성큼성큼 걸어가는 그의 두 눈에 반가움이 가득 떠올랐다.

히히힝— 푸르르—

나무에 묶여 있는 칠흑처럼 검은 한 마리 준마는 태무랑을 발견하고 앞발을 높이 들어 올리면서 힘찬 울음을 터뜨렸다. 누가 보더라도 기뻐하는 모습이 분명했다.

태무랑은 흑마, 즉 구준마의 머리를 안고 부드럽게 쓰다듬어 주었다.

“무사했구나. 구준마.”

구준마는 머리를 태무랑에게 비비면서 반가움을 표시했다.

태무랑은 구준마를 쓰다듬으면서 옆에 서 있는 은지화를 쳐다보았다.

“고맙다, 화야.”

은지화는 방그레 미소 지었다.

“구준마가 저를 찾아온 거예요. 제가 한 일은 구준마를 타고 낙양으로 온 게 전부예요.”

그녀의 설명에 의하면, 태무랑을 찾으려고 그녀가 북경에 도착했을 때에는 모든 상황이 끝난 후였다.

그래도 그녀는 어떻게든 그의 소식을 들으려고 북경 성내를 헤매고 돌아다녔는데, 어디선가 갑자기 구준마가 불쑥 나타나 반가워하더라는 것이다. 그래서 그녀는 구준마를 타고 낙양으로 돌아와서 언젠가는 태무랑이 나타날 것이라 굳게 믿고 잘 돌보고 있었다.

이 년여 전에 은지화는 태무랑과 함께 여행을 다닐 때 구준마와 몇 달 동안이나 함께 지냈으므로 누구보다도 친했다.

“아버님은 언제 돌아가실지 몰라요.”

은지화는 쓸쓸한 표정으로 고개를 숙이고 중얼거렸다.

지금 그녀는 태무랑과 함께 부친 낙성일진뢰 은도겸이 있는 의원으로 가는 중이다.

그녀는 태무랑과 나란히 걷고 있으며 뒤에는 맹오와 군통이 호위처럼 따르고 있다.

일 년 반 전 낙성검문 멸문 당시에 은도겸은 시체더미 속에서 발견됐는데 모두들 그가 죽었다고 고개를 절레절레 저었었다. 그 정도로 그는 극심한 중상을 입은 상태였다.

은도겸을 발견한 사람은 차도익인데 현재 그가 의원에서 밤낮으로 돌보고 있다.

"그런데……."

은지화는 걸어가면서 살짝 태무랑을 살피듯 보며 신기하다는 표정을 지었다.

"오라버니 모습이 많이 변한 것 같아요. 하마터면 못 알아볼 뻔했어요."

"그래?"

은지화는 몹시 궁금한 표정을 지었다.

"무슨 일이 있었어요? 북경 현도왕가 싸움 이후에 어디에서 무얼 하셨는지 궁금해요."

태무랑은 빙그레 미소 지었다.

"죽다가 살아났지."

그 말만 하고 입을 다물자 은지화는 입술을 삐죽거렸으나 더 캐묻지는 않았다.

은도겸은 예전에 낙성검문에 은혜를 입었던 사람이 운영하고 있는 의원에 신세를 지고 있었다.

그가 아니었으면 은도겸은 약 한 첩 제대로 써보지 못하고 이미 오래전에 유명을 달리했을 것이다.

은지화는 혼수상태인 부친이 사람을 알아보지도 못할 텐데, 그래도 그런 부친을 보겠다고 찾아온 태무랑이 고맙기 그지없었다.

은지화는 대로에 있는 의원 입구로 들어가지 않고 쪽문이 있는 뒤쪽으로 태무랑을 안내했다.

맹오와 군통은 골목에 서 있고 태무랑만 은지화를 따라서 안으로 들어갔다.

의원 뒤뜰 마당 한쪽 커다란 거목 옆에 작은 별채 앞에서 은지화는 나직하게 헛기침을 했다.

그것이 신호인 듯 곧 별채 문이 열리고 한 사람이 급히 밖으로 나와 예를 취했다.

"오셨습니까, 소저."

허리를 펴던 그 사람은 한쪽에 서 있는 태무랑을 발견하고는 움찔 놀라며 본능적으로 경계를 했다.

은지화는 태무랑을 보면서 배시시 미소를 지었다.

"거봐요. 이 사람도 오라버니를 못 알아보잖아요."

'오라버니'라는 말에 그 사람은 흠칫 몸을 떨더니 태무랑을 조심스럽게 자세히 살펴보고는 중얼거렸다.

"정말… 태 상공이십니까?"

태무랑은 빙그레 미소 지었다.

"오랜만이군, 차도익."

"아…….."

삼 년 반 전, 낙양 홍작루에서 은지화와 함께 처음으로 태무랑을 만났었던 차도익은 탄성을 터뜨리면서 태무랑을 보다가 그 자리에 엎드려 절을 하였다.

"소인 차도익 태 상공을 뵈옵니다."

태무랑은 부드럽게 그를 일으켜 주었다.

"무사한 모습을 보니 다행이네."

은지화가 태무랑을 가리키며 차도익에게 물었다.

"도익, 오라버니 알아보겠어?"

차도익은 고개를 가로젓더니 겸연쩍은 표정을 지었다.

"어디서 본 듯한 모습이긴 했는데… 저는 처음에 부처님께서 현신하신 줄 알고 너무 놀랐습니다. 너무 많이 변하셔서…….."

"그렇지? 나는 옥황상제께서 강림하신 줄 알았다니까?"

태무랑은 담담히 미소 지으며 열려 있는 별채의 문을 가리켰다.

"저 안에 아버님이 계시느냐?"

"아……."

은지화는 낮은 탄성을 터뜨리고는 급히 문을 활짝 열고 태무랑을 안내했다.

은도겸의 상태는 예상했던 것보다 훨씬 더 위중했다.

목내이처럼 피골이 상접한 모습으로 혼수상태에 빠져 있는데, 기이하게도 얼굴을 비롯한 온몸 더구나 머리카락까지 짙은 자색(紫色)을 띠고 있었다.

침상 가에 앉아서 은도겸을 굽어보고 있는 태무랑 옆에 은지화가 바짝 붙어 앉아서 눈물을 글썽이며 울먹이는 목소리로 설명했다.

"일 년 반 전에 아버님을 처음 뵈었을 때부터 이 모습이었어요. 이곳 의원도 아버님의 상태를 짐작조차 하지 못하고 있어요. 그래서 현재는 몸에 좋다는 보약을 드시면서 겨우 연명하고 계세요."

은도겸은 맥만 희미하게 뛰고 있을 뿐 죽은 것이나 다름없는 상태였다.

"의원 말로는 독에 중독된 것도 아니라 하고 내상을 입은 것도 아니래요. 흑……."

그녀는 설명을 하다가 결국 울음을 터뜨리더니 태무랑 어깨에 기대서 하소연을 했다.

"흑흑. 어떻게 하면 좋아요, 오라버니……."

두 사람 뒤에 서 있는 차도익은 눈물을 글썽이며 고개를 숙였다. 그는 지난 일 년 반 동안 이곳에서 밤낮으로 은도겸을 돌보는 중이다.

태무랑은 은지화를 부드럽게 떼어내고 달랬다.

"걱정하지 마라. 곧 좋아지실 게다."

은지화는 그 말이 그저 예사로운 위로의 말이라고 여겼다.

태무랑은 묵묵히 은도겸을 응시했다. 그때 그에게서 하늘빛의 맑고 투명한 기운이 흘러나와 은도겸을 향해 스르르 이동하더니 그의 콧속으로 스며들었다.

은지화는 두 손으로 얼굴을 가리고 우느라 그 광경을 못 봤으나 뒤에 서 있는 차도익은 봤다.

그는 의아한 표정으로 눈을 동그랗게 떴다. 태무랑에게서 흘러나와 은도겸의 콧속으로 스며들어 간 하늘빛 기체가 무엇인지 알 수는 없으나 태무랑이 무언가 시도를 하고 있다는 사실을 깨달았다.

그러다가 그는 갑자기 비명 같은 탄성을 터뜨렸다.

"으… 어!"

이불을 덮고 있는 은도겸의 얼굴에서 짙은 자색이 빠르게 옅어지기 시작한 것이다.

차도익은 자신이 뭘 잘못 본 것이 아닌가 싶어서 비빈 눈을 부릅뜨고 다시 쳐다보았다.

그런데 그때는 은도겸의 얼굴에 한 점의 자색 기운도 남아 있지 않아서 그는 소스라치게 놀랐다.

"어… 어떻게 이런 일이……."

그의 중얼거림에 은지화는 얼굴에서 손을 떼고 의아한 표정을 짓다가 은도겸을 발견하고는 그 자리에 얼어붙었다.

"……."

그녀는 은도겸 얼굴로 자신의 얼굴을 바짝 갖다 대며 눈을 크게 뜨고 놀랐다.

"어… 떻게 된 거죠? 아버님 얼굴에서 자색이 사라졌어요!"

은지화는 영문을 모르겠다는 듯한 얼굴로 눈을 깜빡거렸다.

"설마… 아버님께서 잘못되는 것은 아니겠죠?"

"소저, 잠시 비켜보십시오."

차도익이 은지화에게 양해를 구하고서 은도겸이 덮은 이불을 젖히고는 상의 앞섶을 열었다. 그러자 앙상한 가슴도 본래의 살결로 돌아온 모습이 드러났다.

"아아… 도대체 이게……."

은지화는 적이 당황하여 어쩔 줄 몰랐다.

"음……."

그런데 그때 은도겸이 묵직한 신음소리를 흘리며 천천히 눈을 뜨는 것이 아닌가.

"아… 아버님!"

"문주!"

은지화와 차도익은 놀라서 동시에 소리쳤다.

은도겸은 눈을 몇 번 껌뻑이더니 은지화를 바라보았다.

"화야……."

"아버님! 정신이 드세요?"

은도겸은 눈동자를 굴려 은지화와 태무랑, 차도익을 두루 보고 나서 다시 시선을 은지화에게 주었다.

"어떻게 된 일이냐?"

은지화와 차도익은 은도겸이 비단 깨어났을 뿐만 아니라 정신이 맑고 목소리가 또렷한 것을 보고 그가 소생했다고 확신하여 비 오듯이 기쁨의 눈물을 흘렸다.

은지화는 울음을 그치지 못하면서 그간의 있었던 일들을 울먹이면서 설명해 주었다.

설명을 듣는 동안 은도겸은 지그시 눈을 감은 채 당시를 회상하는 듯했다.

"흑흑. 아버님께서 깨어나시다니… 꿈만 같아요."

설명을 끝낸 은지화는 기쁨에 겨워 또다시 눈물을 쏟았다.

하지만 은도겸은 자신이 살아났다는 것보다 낙성검문이 멸문했다는 사실에 더 큰 충격을 받은 듯했다.

그래서 태무랑을 봤으면서도 미처 그에게까지 신경을 쓸 겨를이 없었다.

그런데 잠시 후에 은도겸이 천천히 상체를 일으키는 것을 보고 은지화가 질겁해서 만류했다.

"아직 움직이면 안 돼요!"

"괜찮다."

은도겸은 말로만 그러는 것이 아니라 정말 괜찮은 듯했다. 은지화가 힘으로 미는데도 그녀를 가볍게 뿌리치고 상체를 일으켰다.

은지화는 은도겸이 자신을 뿌리치는 손에서 가볍지 않은 힘을 느끼고 어떻게 그럴 수 있는지 이해할 수 없다는 표정을 지었다.

은도겸은 비로소 태무랑을 보면서 물었다.

"이 청년은 누구냐?"

은지화는 태무랑을 소개할 수 있게 된 것이 자랑스럽다는 표정을 지었다.

"아버님, 이분이 바로 무적신룡 태무랑 오라버니예요."

"오……."

은도겸은 아까부터 태무랑의 신태가 너무도 비범하여 그가 자신을 치료했을 것이라고 추측했었다.

그런데 그가 무적신룡이라는 사실을 알게 되자 마치 잃었던 피붙이를 다시 만난 듯 반가운 표정을 가득 떠올렸다.

은도겸은 자신의 하나뿐인 딸 은지화가 한시도 잊지 못하는 사람이 태무랑이라는 사실을 잘 알고 있다.

또한 태무랑으로 인하여 낙성검문에도 적지 않은 풍파가 있었고, 더구나 그의 무적신룡이라는 별호가 대강남북을 진동하고 있는 차에 이제야 비로소 그를 상면하게 된 것이다. 시기로 치자면 많이 늦은 감이 있는 만남이다.

"자네가 나를 살렸군."

"아버님, 그게 아니고……."

"맞습니다, 소저."

은도겸의 말을 은지화가 손사래를 치며 부정하려는데 차도익이 나섰다.

은지화가 의아한 표정으로 차도익을 쳐다보자 그는 격동을 이기지 못하는 표정으로 설명했다.

"속하가 목격한 바에 의하면 태 상공께서 문주를 소생시킨 것이 분명합니다."

사실 차도익은 태무랑이 어떤 방법으로 은도겸을 소생시켰는지에 대해서는 전혀 모른다.

단지 태무랑에게서 흘러나온 하늘빛 기체가 은도겸의 콧속으로 스머드는 것만을 목격했을 뿐이다. 하지만 그 직후에 은도겸이 깨어났으므로 그 기체가 뭔가 큰 작용을 했을 것이라고 믿는 것이다.

은지화는 놀라서 태무랑과 차도익을 번갈아 쳐다보았다. 그녀는 뒤늦게야 과연 누가 부친을 살렸는지에 대해서 생각이 미쳤다.

방금까지만 해도 그녀는 부친이 저절로 깨어났다는 생각을 하고 있었다.

그런데 뒤늦게 그런 일이 있을 수 없으며, 만약 누군가 그런 일을 했다면 태무랑밖에 없다는 생각이 들었다.

하지만 그녀는 계속 태무랑 옆에 붙어 있었는데 그가 부친을 치료하려고 뭔가를 시도하는 것을 본 적이 없었다.

그때 차도익이 자신이 본 것을 은지화와 은도겸에게 설명했다. 그렇지만 길게, 그리고 자세히 설명할 것도 없었다. 그가 목격한 것은 너무 간단했기 때문이다.

그러므로 은지화와 은도겸은 그것만으로는 납득할 수가 없었다. 태무랑이 단지 한 움큼의 기체를 뿜어냈고 그것이 은도겸에게 흡수된 것만으로 소생했다는 것은 설득력이 없기 때문이다.

모두들 태무랑을 주시했다. 그가 그것에 대한 설명을 해주기를 원하는 것이다.

태무랑은 조용한 목소리로 입을 열었다.

"원래 만물(萬物)은 천원에서 비롯된 것입니다."

세 사람은 그게 무슨 말인가 싶어서 의아한 표정으로 서로의 얼굴을 마주 보았다. 만물과 천원이라니, 너무 뜬금없는 말이다.

그래도 은도겸이 경륜이 많고 박식하므로 그가 제일 먼저 태무랑의 말뜻을 조금 이해했다.

"자네 말은… 만물이 천원 그러니까 태극에서 비롯됐다는 뜻인가?"

"그렇습니다."

은도겸은 가볍게 고개를 끄덕였다.

"음! 태극에서 음양이 나오고, 음양에서 오행지기가 비롯된 후에, 오행지기가 삼라만상을 만들고 유지시키고 있으므로 당연한 말이지."

그렇게 말하고 나서 그는 문득 뇌리를 스치는 것이 있어서 소스라치게 놀랐다.

그래서 혹시 자신의 생각이 맞을지도 모른다는 생각에 태무랑에게 묻는 목소리가 가늘게 떨렸다.

"자네 말은… 조금 전에 자네가 노부에게 천원신기(天元神氣)를 주입했다는 뜻인가?"

천원신기란 삼라만상의 근본인 천원지기를 말함이다.

"그렇습니다."

"아……."

은도겸은 자신의 추측이 현실로 드러나자 망연자실하여 탄성만 흘려낼 뿐 아무 말도 하지 못했다.

은지화와 차도익도 일이 어떻게 된 것인지 짐작하고는 대경실색을 금치 못했다.

천원신기는 신(神)의 영역이다. 인간이 이를 수 있는 영역은 오행지기나 음양이 전부다.

그나마 제아무리 오행지기와 음양에 대성을 이루었다고 해도 전체 십 성(成) 중에 채 삼 푼(三分)에도 미치지 못하는 수준인 것이다.

그런데 태무랑은 신의 영역인 천원신기를 사용해서 은도겸을 살렸다고 하는 것이다.

은도겸은 눈도 깜빡이지 않고 태무랑을 주시했다. 그는 자신이 알고 있는 태무랑에 대한 모든 사실을 잊고 지금 이 순간의 일만을 생각하려고 애썼다.

"그렇다면 설마… 자네가 조화지경에 이르렀다는 말인가?"

천원신기를 사용할 수 있다는 것은 인간의 몸으로 조화지경, 즉 신의 경지에 이르렀다는 뜻인 것이다.

태무랑은 대답하지 않고 엷은 미소만 지었다.

그러나 그 미소는 은도겸과 은지화, 차도익에게는 태무랑이 그렇다고 대답을 한 것으로 보였다, 그가 조화지경에 이르렀다는.

태무랑은 자신의 능력에 대해서 은도겸 등이 놀라고 또 왈가왈부하는 것을 원하지 않았다. 번거롭기 때문이다. 그래서 슬쩍 화제를 바꾸었다.

"아버님, 일 년 반 전에 낙성검문이 누구의 공격을 받았는지 말씀해 주십시오."

그러나 은도겸은 너무 놀라서 정신을 수습하지 못했기 때문에 설명할 수 있는 상황이 아니다.

차도익은 태무랑이 자신을 쳐다보자 고개를 가로저었다.

"저는 모릅니다, 출타 중이었기 때문에. 돌아와 보니까 본 문이 풍비박산되어 있었습니다."

그는 돌이켜서 생각하기도 끔찍하다는 듯 몸서리를 치며 말을 이었다.

"본 문 곳곳에는 오백여 명의 제자들이 모두 죽은 채 널브러져 있었습니다. 그런데 거의 대다수가 문주처럼 얼굴이나 몸이 자색으로 변한 모습이었습니다. 생존자는 저와 함께 출타를 했던 다섯 명이 전부입니다."

그 다섯 명이란, 은지화와 함께 무도관 무적검무관에 있던 네 명과 차도익을 말하는 것이다.

그때 은도겸이 차도익의 말을 이었다.

"공격한 자들은 단유천과 다섯 명의 고수였네."

낙성검문 멸문에 대한 일을 처음 듣게 된 은지화는 크게 놀라 낮게 외쳤다.

"겨우 여섯 명이 본 문을 그 지경으로 만들었다는 건가요?"

"다섯 명은 상당한 무공 수준이었으나 단유천에 비할 바는 아니었네."

"아버님께선 그가 단유천이라는 것을 어떻게 아셨어요?"

"그자 스스로 자신의 신분을 밝혔단다."

"네에?"

은도겸은 착잡하기 그지없는 표정으로 그 당시를 회상하면서 눈초리를 파르르 떨었다.

"그자는 자신의 신분을 밝히고 나서 두 가지를 물어봤다."

"무엇을요?"

"무극신련 휘하에 들어오지 않겠느냐. 그리고 흑풍창기병의 행방을 아느냐는 것이었다."

은지화는 놀라서 눈을 동그랗게 떴다.

"그렇다는 것은… 단유천은 오라버니가 죽지 않았다고 생각했다는 뜻이네요?"

"그자의 태도로 봐서는 그랬다기보다는 무랑이 살아 있을
지도 모른다고 넘겨짚은 듯했다."

"그렇겠군요."

은지화의 눈빛이 차가워졌다.

"그래서 아버님이 무극신련 휘하에 들지 않겠다고 대답하
고, 오라버니의 행방도 모른다고 하니까 공격한 건가요?"

은도겸의 얼굴에 증오와 두려움이 함께 떠올랐다.

"노부는 그자의 일초지적도 되지 못했다."

"설마……."

"수치스러운 일이지만… 노부는 그자가 어떻게 손을 쓰는
지도 보지 못한 채 당하여 정신을 잃었다. 그리고 나서 지금
깨어난 것이다."

은지화와 차도익은 아연실색했다. 은도겸의 실력은 낙양
제일이고 하남성에서도 소림사의 몇몇 승려와 절정고수 두
명을 제외하면 최강이라고 할 수 있다.

그런 그가 단유천이 손을 쓰는 것도 보지 못했다는 사실은
믿기 어려운 일이다.

단유천의 실력을 익히 잘 알고 있는 태무랑은 뭔가 이상함
을 느꼈다.

태무랑의 예전 실력으로는 단유천을 이, 삼십여 초에 꺾을
수 있을 정도였었다.

그렇지만 태무랑은 은도겸을 일 초식에 그것도 어떻게 손을 썼는지도 모르게 죽일 수는 없다.

믿기 어려운 일이지만, 단유천은 태무랑이 마지막으로 만난 이후에 매우 고강해진 것이 분명하다. 그 당시에 태무랑은 그를 아예 병신으로 만들어놓았었다.

낙성검문 오백여 명 거의 대부분이 자색을 띤 채 죽었다면 단유천이 은도겸 이하 대부분을 죽였다는 뜻일 것이다. 물론 무슨 수법을 전개했는지는 모른다.

은도겸은 태무랑이 생각을 끝낼 때까지 기다렸다가 조용히 물었다.

"무랑, 노부의 병명이 무엇이었는가?"

"모르겠습니다. 저는 단지 치료해 드린 것뿐입니다."

"병명도 모르고 치료를 한 겐가?"

"그렇습니다."

은도겸은 그것에 대해서는 의혹을 갖지 않았다. 천원신기는 삼라만상의 근본지기인데 대저 그것으로 치료하지 못하는 것이 무엇이겠는가.

단지 의문이라면, 태무랑이 어떻게 해서 천원신기를 마음대로 다루게 되었는가 하는 것이다.

은지화는 조심스럽게 물었다.

"오라버니, 아버님은 완쾌되신 건가요?"

"그래. 정양만 잘하시면 곧 예전 모습을 찾게 되실 게야."

그 말과 함께 태무랑이 일어서자 세 사람은 화들짝 놀라서 어딜 가느냐며 붙잡았다.

태무랑은 선 채 조용히 말했다.

"어지러운 세상을 바로잡아야지요."

그 말에 세 사람은 더 이상 그를 붙잡을 구실을 찾지 못했다. 은지화와 차도익은 지금 세상이 얼마나 흉흉하고 어지러운지 너무도 잘 알고 있다.

은도겸은 비록 지금 막 깨어났으나 세상이 어떻게 변했을지는 듣지 않아도 짐작할 수 있다.

모르긴 해도 무극신련이 천하를 송두리째 뒤흔들어놓았을 것이 분명하다.

그것을 바로잡을 사람이 태무랑뿐이라는 사실을 세 사람은 아무도 부인하지 않았다.

그러나 은도겸은 태무랑을 이대로 보낼 수는 없었다. 최소한 자신이 어떻게 해야 좋을지는 알고 싶었다.

"무랑, 이제부터 노부가 무엇을 하면 되겠는가?"

칠십 세가 다 된 그는 이십이 세의 태무랑에게 조언을 구하는 것을 조금도 부끄러워하지 않았다.

태무랑 역시 개의치 않고 자신의 의견을 밝혔다. 두 사람은 엄혹한 현실 앞에서 이미 나이를 초월했다. 이런 상황에서의 나이란 거추장스러울 뿐이다.

"낙성검문을 재건하고 최소한 낙양 더 나아가서 하남성만이라도 지킬 힘을 기르십시오."

은도겸의 표정이 금세 어두워졌다.

"낙성검문의 재건은 어떻게든 해보겠네만 시일이 꽤 걸릴 걸세. 하지만 하남성을 지킬 힘을 기른다는 것은……."

은도겸이 소생했다고 해서 낙성검문이 금세 재기할 수 있는 것이 아니다.

낙성검문을 멸문하기 전의 세력으로 일으키려면 아무리 빨라도 몇 년, 어쩌면 몇십 년이 걸릴지도 모른다.

하지만 단유천을 비롯한 여섯 명에게 짓밟혔던 낙성검문이다. 아니, 단유천 한 명에게 멸문을 당했다고 해도 지나친 말이 아니다.

그런데 애써 재건해 봤자 단유천이 나타나면 또다시 초토가 되는 것은 시간문제일 터이다.

그런 상황에서 하남성을 지킬 힘을 기르다니, 그야말로 언감생심 눈앞이 캄캄해지는 말이다.

"하남성에는 소림사가 있지 않습니까? 또한 하남성에 인접한 무당파와 화산파, 아미파 등도 있습니다. 그들은 와호장룡(臥虎藏龍)이니 아버님께서는 그들과 연계하시는 게 좋을 것 같습니다."

은도겸은 씁쓸한 표정을 지었다.

"구대문파는 지난 수백 년 동안 무림의 일에는 일체 관여하지 않았네. 노부가 그들과 연계하려면, 아니, 그들을 무림으로 끌어내려면 그럴 만한 적절한 이유를 그들에게 말해야할 걸세."

은지화가 입술을 내밀며 불만이라는 듯 끼어들었다.

"지금 세상이 이처럼 도탄에 빠져 있는데 달리 무슨 이유가 필요하겠어요?"

은도겸은 고개를 절레절레 가로저었다.

"천하를 도탄에 빠뜨린 것은 황궁이고 황제다. 원래 구대문파는 황궁이나 관의 일에는 개입하지 않는다."

태무랑의 조용한 목소리가 그들을 일깨웠다.

"당금 황제가 가짜라면 얘기가 다르겠지요."

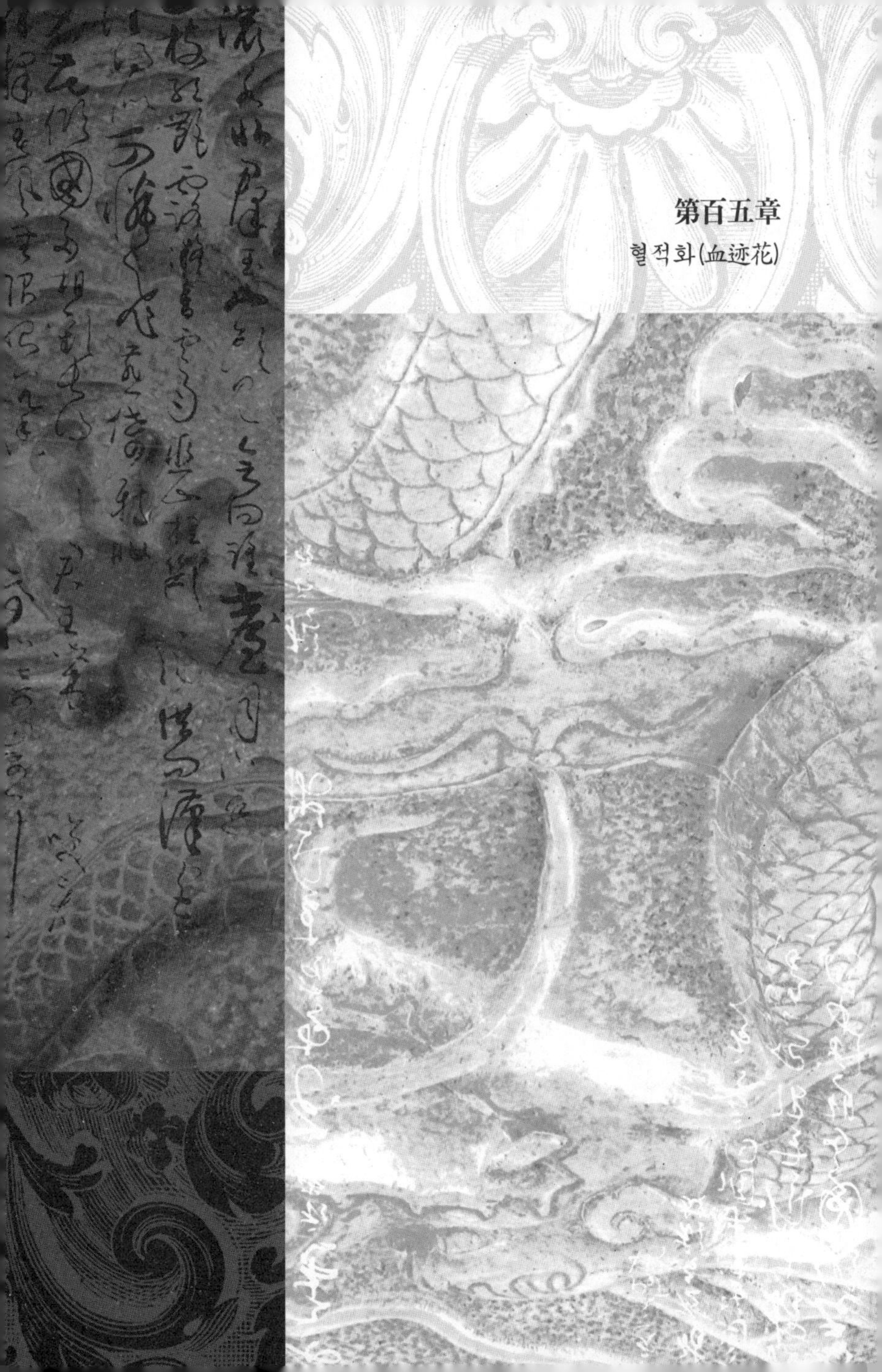
第百五章
혈적화(血迹花)

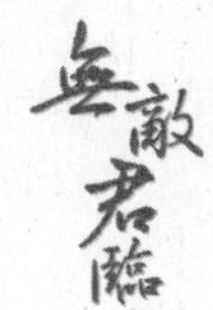

우두두—

세 필의 말이 낙양성 남쪽 장하문(長夏門)을 빠져나와 낙수(洛水) 쪽으로 곧게 뻗은 관도를 달려가고 있다.

마상에는 태무랑과 맹오, 군통이 타고 있다. 그들은 지금 낙양 동남쪽에 위치한 등봉현(登封縣)으로 가는 길이다. 그 근처 숭산(嵩山)에 있는 소림사가 목적지다.

오래지 않아서 세 사람은 낙수 포구에 도착했다. 그곳에서 도선을 타고 강을 건너야 하는데 아직 반 시진 정도 시간이 남아서 근처 주루로 들어갔다.

태무랑의 능력이면 맹오와 군통은 물론이고 세 마리 말까지 이끌고 단숨에 강을 건널 수 있다.

하지만 많은 사람들이 보고 있는 곳에서 구태여 그럴 필요를 느끼지 못했다.

또한 세 사람은 점심식사를 걸렀기 때문에 요기를 해야만 전 길을 갈 수가 있다.

낙양을 나설 때쯤 내리기 시작한 눈이 지금은 함박눈으로 변해서 반 시진 남짓 사이에 주위를 온통 은세계로 탈바꿈시켜 버렸다.

태무랑 일행은 주루의 아래층에 자리가 없어서 이층으로 올라가 창가에 자리를 잡았다.

그들이 식사를 하고 있을 때 계단으로 누군가 올라오는 발걸음 소리가 나더니 곧 한 사람이 이층 내를 두리번거리며 누군가를 찾는 듯했다.

태무랑은 계단 쪽을 향해 앉아 있었기 때문에 올라온 사람이 누군지 볼 수 있었다.

그런데 그 사람은, 아니, 그 여자는 태무랑이 오래전에 만난 적이 있는 구면이다.

삼 년이 거의 다 돼가는 오래전의 일이다. 그 당시에 태무랑은 지옥에서 죽임을 당하여 장강에 버려졌었다. 이후 장강에 떠내려가다가 장강 변 어촌 가송마을의 장상곤 노인 부자의 그물에 걸려서 살아난 적이 있었다.

다음날 그는 가송마을을 떠나 자신이 갇혔던 지옥을 찾기 위해서 무작정 장강을 거슬러 올라가고 있었다.

그러던 도중에 잠시 휴식을 취하고 있는데 난데없이 한 명의 흑의녀가 다짜고짜 그에게 암기를 던지면서 공격을 해왔다. 가만히 있다가는 고스란히 죽임을 당하고 말 세찬 공격이었다.

아무런 이유도 모르는 채 당하는 것에 분노한 태무랑은 사력을 다해서 반격하여 흑의녀를 반죽음 상태로 만들어 버렸다. 그런데 나중에 알고 보니까 흑의녀는 장님이었으며, 그를 다른 사람 즉, 자신이 쫓던 음풍서생이라는 색광으로 오인을 했었던 것이다.

그 당시에 태무랑은 흑의녀를 아예 죽여 버리려고 했었다. 그는 쓰러져 누워 있는 그녀 위에 올라타고 두 주먹으로 정신없이 두들겨 패서 그녀의 얼굴을 피범벅으로 짓이겨 버렸었다.

나중에 음풍서생이라는 놈에게 들은 얘기지만, 흑의녀는 혈적화(血迹花)라고 하는 현상금사냥꾼이었다.

그런데 지금 주루 이층으로 올라와서 날카롭게 실내를 두리번거리고 있는 여자가 바로 그 여자 혈적화였다.

혈적화의 얼굴은 눈을 뜨고는 봐주지 못할 만큼 참담한 몰골이었다.

부러져서 납작해지고 비뚤어진 코뼈와 뒤틀린 데다 윗입술이 찢어져서 언청이처럼 돼버린 입, 그리고 푹 꺼진 관자놀이와 한쪽 눈에는 안구가 없이 검게 퀭한 모습이고, 얼굴 전체에 많은 흉터가 거북이 등처럼 나 있다. 그것은 사람의 얼굴이 아니라 괴물의 모습이었다.

그녀를 그토록 흉측한 몰골로 만든 사람이 태무랑이었다. 그의 주먹질에 그녀의 얼굴이 짓이겨졌으며 한쪽 눈알도 터져 버렸던 것이다.

혈적화는 장님이어서 아무것도 보이지 않으면서도 하나뿐인 눈을 번뜩이며 날카롭게 주위를 둘러보았다.

그녀의 귀와 코가 쉴 새 없이 쫑긋거리고 있는 것으로 미루어 어떤 기척과 냄새를 감지하려는 것 같았다.

주루의 손님들은 갑자기 나타난 혈적화 때문에 조용해졌다. 그리고 그녀의 흉측하다 못해 끔찍한 얼굴을 보고 눈살을 찌푸렸다.

하지만 손님들은 그녀가 어깨에 한 자루 검을 메고 있으며, 양손에는 가죽으로 만든 검은 장갑을, 허리에는 가죽 주머니와 작은 활을 매달고 있는 것을 보고는 아무 소리도 내지 않고 먹는 것에만 열중했다.

이윽고 혈적화는 태무랑 일행이 있는 쪽을 힐끗 보더니 천천히 다가오기 시작했다.

그런데 의자와 탁자가 오밀조밀하게 복잡한데도 그녀는 전혀 부딪치지 않고 요리조리 잘 피했다.

그녀가 지나가는 양쪽의 손님들은 찍 소리도 내지 않고 요리에 얼굴을 박은 채 먹기에만 바빴다. 아니, 먹는 척하기에 열중했다.

잠시 후에 혈적화는 태무랑 일행의 탁자에 이르렀다. 하지만 그녀가 목표로 하는 것은 태무랑 뒤쪽에 있는지 계속 귀와 코를 쫑긋거리면서 천천히, 그러나 발걸음 소리도 내지 않고 걸어갔다.

그런데 그녀는 태무랑 옆을 지나치려다가 우뚝 걸음을 멈추었다. 그리고는 태무랑을 쳐다보았다. 아니, 그를 향해 얼굴을 돌렸다.

그녀는 하나뿐인 눈으로 잠시 태무랑을 응시했다. 하지만 동공에 초점이 없고 빛이 없었다.

그러다가 그녀는 문득 옷깃을 여미고 태무랑을 향해 가볍게 고개를 숙여 보였다.

아마 보이지 않는 상황에서도 태무랑에게서 뿜어지는 어떤 고귀한 기운을 감지한 듯했다.

그리고는 그녀는 태무랑을 지나쳐 갔다. 그가 과거에 자신의 얼굴을 짓이겨 놓은 장본인이라고는 추호도 짐작하지 못하고 있었다.

태무랑 뒤쪽에는 세 개의 탁자가 나란히 있었다. 바로 뒤 창가에 하나, 그 옆에 또 하나, 그리고 벽 쪽에 하나다. 혈적화는 벽 쪽 탁자로 곧장 걸어갔다.

태무랑은 구태여 뒤돌아보지 않았다. 눈으로 보지 않아도 그 이상으로 모든 것을 감지할 수 있기 때문이다. 즉, 그에게는 심안(心眼)이 생긴 것이다.

맹오와 군통은 혈적화에게는 신경도 쓰지 않은 채 식사에만 열중하고 있다. 무디기 때문이 아니라 아예 관심이 없는 것이다.

혈적화가 목표로 하고 있는 자는 곰처럼 큰 체구에 상투를 틀고 얼굴 전체가 수염투성이인 모습이다. 그는 두터운 모피 옷을 입고 있는데 어깨에는 커다란 대도 한 자루를 메고 있었다.

그는 혈적화의 존재를 아예 모르는 듯 묵묵히 식사에만 열중하고 있었다. 아니면 그녀의 존재를 알면서도 무시하고 있는 듯했다.

혈적화는 모피 옷의 사내와의 거리가 일 장 반으로 좁혀들자 문득 어깨의 검을 뽑았다.

딸깍 하는 아주 작은 소리만 났을 뿐이지 검을 뽑는 소리는 추호도 들리지 않았다.

검신의 크기보다 검실(劍室)을 훨씬 넉넉하게 만들었기 때문에 검이 검실에서 빠져나오는 소리, 즉 마찰음이 나지 않는 것이다.

다만 거친 동작을 해도 의도하지 않은 상황에서 검이 뽑히지 않도록 칼코등이에서 검신 쪽으로 두 치쯤을 약간 볼록하게 만든다.

물론 검실에는 오목한 부위가 있다. 볼록과 오목, 즉 요철(凹凸)이 정확하게 맞은 상태이기 때문에 아무리 심한 동작을 해도 검이 뽑히지 않고, 발검을 할 때 딸각 하는 작은 소리만 들리는 것이다.

혈적화는 검을 뽑자마자 발끝으로 바닥을 박차는 것과 동시에 모피 옷의 사내를 곧장 공격해 갔다.

검이 사내의 목을 노리고 베어가는 데도 일체의 파공음이 일지 않았다.

현상금사냥꾼 중에서도 실력이 좋은 자는 비단 발검하는 소리도 나지 않게 하지만 초식을 전개할 때에도 아무 소리를 내지 않는다.

즉, 무음검행(無音劍行)인데, 그것은 실력에 앞서 반드시 익혀야 할 기술이다.

현상금사냥꾼들은 정정당당한 대결을 될수록 피하고 대신 목표에 몰래 다가가서 일격에 죽여야 하기 때문이다.

혈적화는 현상금사냥꾼으로서는 꽤 명성이 높고 또한 실력도 출중한 편이다. 하지만 일류고수와 마주치면 낭패를 당할 정도의 수준이기도 하다. 정통으로 배운 무술 실력이 아니기 때문이다.

손님들은 혈적화가 자신들 옆을 지나간 다음에야 슬쩍 돌아보다가 그 광경을 보고 기겁했다.

지금 상황은 어느 누가 보기에도 혈적화의 검이 모피 옷 사내의 목을 당연히 자를 것이라고 여기기에 충분했다.

그 정도로 그녀의 검은 빨랐고 기척이 없었으며, 반면에 모피 옷 사내는 고개를 숙인 채 아무것도 모르는 듯 식사만 하고 있었기 때문이다.

껑!

그런데 어느새 모피 옷 사내가 도를 뽑아 혈적화의 검을 정확하게 막았다. 언제 대도를 뽑았는지 본 사람은 혈적화뿐이다. 검은 모피 옷 사내의 목에서 불과 반 뼘 거리에서 멈춘 상태다.

칭!

순간 모피 옷 사내가 도를 가볍게 비틀자 마주 닿아 있던 혈적화의 검이 퉁겨져 한쪽으로 날아갔다. 혈적화가 검에 잔뜩 힘을 주고 있었기 때문에 가능한 일이다.

쐐애― 팍!

“흐익?”

“으왓!”

검이 실내 한복판을 가로질러 쏜살같이 날아가 맞은편 벽에 꽂히자 손님들은 기겁하며 자라처럼 목을 움츠렸다. 여기저기에서 손님들이 바닥에 엎어지고 그릇들이 깨지며 나뒹굴며 작은 소란이 벌어졌다.

파파아아—

그 순간 혈적화의 오른손이 허리의 가죽 주머니 속으로 들어가는가 싶더니 번개같이 빠져나오면서 모피 옷 사내를 향해 휘둘러졌다.

그러자 대여섯 개의 반짝이는 작은 물체들이 쏜살같이 모피 옷 사내의 급소로 뿜어져 갔다.

타라라락! 쨍그랑!

그러나 작은 물체, 즉 암기들은 모피 옷 사내가 앉아 있던 탁자와 의자, 요리 그릇에 적중됐고, 그의 모습은 감쪽같이 사라졌다.

쉭!

다음 순간 혈적화의 머리 위에서 날카로운 파공음이 터졌다. 어느새 허공으로 떠오른 모피 옷 사내가 빠르게 하강하면서 대도로 그녀의 머리를 쪼개오고 있었다.

그 순간 혈적화의 오른손은 허리의 작은 활을 잡고 있었다.

암기를 발출한 직후에 활을 쏠 생각이었으나 그럴 기회가 없게 돼버렸다.

현재로선 그녀가 모피 옷 사내의 대도를 피하거나 막는 것은 불가능해 보였다.

그녀는 현상금을 노리고 범인을 죽이려다가 오히려 현상범에게 죽어야 하는 처지에 놓이고 말았다.

이것은 순전히 모피 옷 사내에 대한 정보가 부족했던 탓이다. 아니, 모피 옷 사내, 즉 상산맹호(湘山猛虎)라는 현상범이 고강한 줄을 알고 있었으나 현상금 은자 백 냥이 탐이 나서 욕심을 부린 탓이다.

그 돈만 있으면 오랜 병환으로 고생하고 있는 모친에게 좋은 약재를 복용시킬 수 있을 것이라는 욕심이 이런 상황을 초래하고 말았다.

혈적화가 자신의 목숨이 이승을 떠나기 직전의 마지막 순간에 할 수 있는 일이라곤, 정수리를 향해 맹렬하게 그어 내리는 대도를 착잡한 표정으로 올려다보는 정도에 불과했다.

하지만 그녀의 눈에 대도가 보일 리 없다. 다만 대도의 시퍼런 칼날이 일으키는 파공음과 곧 있을 자신의 죽음을 느낄 뿐이다.

껑!

그런데 다음 순간 그녀는 느꼈다, 대도가 자신의 머리 한 뼘쯤 높이에서 마치 보이지 않는 철판을 강하게 내려친 것처럼 튕겨 나가는 것을. 그것은 눈으로 보지 않았어도 생생하게 느낄 수 있었다.

와지끈!

"크으……."

대도만 튕겨진 것이 아니라 모피 옷 사내 상산맹호도 튕겨져서 벽에 호되게 부딪쳤다가 탁자와 의자를 부수며 바닥에 내동댕이쳐졌다.

그는 두 팔이 부러진 상태에서 이미 혼절했다. 얼마나 강한 충격이었는지 미루어 짐작할 수 있다. 얼굴이 온통 시커먼 수염으로 뒤덮인 그는 눈을 허옇게 뜨고 입에서는 게거품을 흘리고 있었다.

"……."

혈적화는 상산맹호가 움직임이 없는데다 호흡이 불규칙한 것을 감지하고 그가 혼절했음을 간파했다.

하지만 그녀는 상산맹호에게 다가가지 않고 보이지 않는 한쪽 눈을 뜨고 주위를 두리번거렸다.

누군가 자신을 도와주었다고, 아니, 목숨을 구해주었다고 판단한 것이다.

하지만 암중의 인물이 무형강기를 발출했을 것이라는 생

각은 하지 못했다.

단지 어떤 물체를 날려서 상산맹호의 대도를 막았을 것이라고 짐작했다.

장님인 그녀의 감각은 보통사람보다 수십 배 잘 발달되어 있다. 하지만 방금 전 그 일은 누가 그랬는지 추호라도 감을 잡을 수가 없었다.

결국 그녀는 알 수 없는 암중의 은인을 향해 정중히 포권을 하면서 입을 열었다.

"어느 방면의 귀인이신 줄을 모르겠으나 천한 목숨을 구해주신 은혜에 감사드립니다. 제가 인사를 드릴 수 있게 말씀을 해주십시오."

태무랑은 나서고 싶지 않았지만 혈적화에게 볼일이 있기 때문에 조용히 입을 열었다.

"네 이름이 무엇이냐?"

듣는 것만으로도 마음이 상쾌해지는 듯한 굵으면서도 청아한 목소리였다.

혈적화는 목소리가 들려온 곳, 즉 태무랑을 향해 조심스럽게 다가와서 멈춰 섰다. 그리고 그녀는 그 사람이 조금 전에 자신이 옷매무새를 고치고 예를 표했던 바로 그 사람이라는 사실을 깨달았다.

무림에, 아니, 험난한 세상에 나온 이후 누구에게도 자신의 이름을 밝힌 적이 없었던 혈적화는 공손히 포권을 하고 허리를 굽혔다.

"제 이름은 미료(美瞭)입니다. 은공께선 누구십니까?"

그녀의 이름은 매우 아름다워서 흉측한 모습과 전혀 어울리지 않았다.

하지만 실내의 손님들은 아무도 웃지 않았다. 웃을 상황이 아니기 때문이다.

"저자는 무슨 죄를 지었느냐?"

태무랑은 자신이 누군지는 밝히지 않고 오히려 상산맹호에 대해서 물었다.

"섬서성에서 부녀자 열여섯 명을 겁탈한 후에 살해했으며, 그녀들의 부모와 가족 사십여 명을 무참히 죽였고, 산서성에서도 역시 같은 죄를 저질러 삼십여 명을 살해했고, 하남성에서는 여승들만 거주하는 암자에 난입하여 비구승 이십여 명을 겁탈, 살해하는 등 일일이 다 열거하기 어려울 정도의 죄를 저지른 극악무도한 흉악범입니다."

태무랑은 고개를 끄덕였다.

"너, 나하고 식사 같이 하겠느냐?"

"네?"

뜬금없는 제안에 혈적화는 흉측한 얼굴을 일그러뜨렸다. 그것이 그녀 딴에는 의아한 표정을 짓는 것이다.

태무랑은 주루에 방을 하나 빌려서 들어갔다.

태무랑의 맞은편에는 맹오와 군통이 앉아 있기 때문에 혈적화는 태무랑의 옆에 앉아서 묵묵히 식사를 했다.

그녀는 누구에게 자신의 이름을 알려준 적도 없지만, 다른 사람과 함께 식사를 해본 적도 없었다. 물론 언제나 그녀를 기다리고 있는 가족을 제외하고는 말이다.

눈이 보이지 않는 혈적화지만 태무랑 일행이 자신에게 적의를 조금도 갖고 있지 않다는 것을 느낄 수 있었다.

그녀는 다른 요리들은 건드리지 않고 자신의 앞에 놓여 있는 것만 먹었다.

다른 요리는 보이지도 않지만, 태무랑 등이 먹는 것을 자신이 건드려서 더럽힐까 봐 그러는 것이다.

그런데 태무랑은 그녀를 위해서 맛있는 요리를 집어 그녀의 그릇에 놓아주었다.

그걸 깨닫고 혈적화는 움찔 가볍게 몸을 떨더니 보이지 않는 하나뿐인 눈으로 태무랑을 물끄러미 바라보았다.

그녀는 태무랑이 왜 자신의 목숨을 구해주었는지, 그리고 식사를 함께하자고 한 이유와 자신에게 잘 대해주는 것에 대해서 지금껏 아무것도 묻지 않았다.

"어쩌다가 얼굴이 그렇게 되었느냐?"

　태무랑은 자신을 바라보고 있는, 하지만 보지 못하는 혈적화 미료에게 조용한 목소리로 물었다.

　그녀는 머뭇거리는 것 같더니 젓가락을 쥔 손을 무릎 위에 얹고 젓가락을 만지작거리면서 나직하지만 처연한 목소리로 대답했다.

　"벌을 받은 거예요."

　그것에 대해서는 누구에게도 말을 한 적이 없었으나 은공의 물음이기에 대답하는 것이다.

　"벌을?"

　"삼 년쯤 전에 저는 음풍서생이라는 색마를 추격하고 있었는데… 어떤 사람을 오해해서 다짜고짜 공격했었어요. 그때는 그가 음풍서생이라고 확신했었지만 나중에 그가 무고한 사람이라는 것을 알았어요."

　남달리 먹성이 좋은 맹오와 군통은 아까 식사를 했으면서도 새로 주문한 요리를 부지런히 먹으면서 미료의 얘기를 듣는 둥 마는 둥 했다.

　"그가 저를 이렇게 만들었지요."

　군통이 꾸짖듯 불쑥 말했디.

　"죽지 않은 게 다행이로군. 내가 그 사람이었으면 당신을 죽였을 거요."

　미료는 보일 듯 말 듯 고개를 끄덕였다.

"제가 그 사람이었다고 해도 그랬을 거예요."

그녀는 식사를 더 이상 하지 않을 것처럼 젓가락을 탁자에 내려놓았다.

어차피 처음부터 식사를 할 생각은 없었다. 목숨을 구해준 은인이 함께 식사를 하자고 청했으므로 먹는 시늉을 했을 뿐이었다.

"정신을 차리고 난 후에 내 얼굴이 엉망으로 짓이겨진 것을 알게 됐어요."

"그 사람을 원망했겠군."

그녀는 얼굴을 살짝 일그러뜨렸다.

"제 얼굴이 짓이겨지고 눈알이 하나 터진 것 때문에요?"

"아닌가?"

미료는 고개를 살래살래 가로젓고 나서 쓴웃음을 지었다. 다시 말하지만 그녀의 얼굴이 만들어내는 모든 표정은 다 일그러짐뿐이다. 기쁜 표정도 성난 표정도 다 일그러짐으로 통일된다.

"저는 장님이에요. 무슨 말인지 아시겠어요?"

원래 그녀는 대단한 성깔의 소유자다. 만약 태무랑이 목숨을 구해준 은인이 아니었다면 이 정도로 고분고분하지 않았을 것이다.

그래서 식사가 끝나면 일어날 생각이다. 태무랑이 은혜를

베푼 것에 대한 보답을 원한다면 기꺼이 힘닿는 데까지 응해
줄 생각이다. 하지만 지금으로 봐서는 그런 기미가 보이지 않
았다.

이 방에서 나간 다음에는 주루 밖 나무에 제압해서 묶어놓
은 상산맹호의 목을 잘라서 수급을 들고 관가에 가서 현상금
을 받아 집으로 돌아갈 것이다. 다행히 그녀의 집은 이곳에서
멀지 않은 곳에 있다.

"아무것도 보지 못하죠. 누가 예쁘고 잘생겼는지, 제 얼굴
이 어떻게 생겼는지도 몰라요. 그러니까 외모 때문에 누굴 좋
아하는 것도, 누가 저를 좋아하는 일도 없으며, 그렇기 때문
에 그런 것에는 전혀 관심이 없어요."

그래서 장님은 한 가지 일에 집중을 잘하고, 그것은 대부분
눈이 멀쩡한 사람들이 못하는 일이다.

세상의 거의 모든 일은 보는 것으로 시작해서 보는 것으로
끝난다. 그러므로 장님은 보지 못하는 분야의 일에 정통하게
되는 것이다.

"그러므로 제 얼굴이 흉측해졌어도 상관이 없어요. 또한
보지 못하는 눈알이 하나쯤 터졌다고 해도 제가 하는 일에는
지장이 없지요. 그것은 앓던 종기 하나가 터진 정도에 불과해
요. 그러니까 저를 이렇게 만든 사람을 원망할 일은 없어요.
원래 잘못은 제가 먼저 하기도 했고요."

그녀는 가족 외에 누구에겐가 이렇게 말을 많이 해본 것도
처음이다.

"아까 내가 누구냐고 물었지?"

태무랑이 조용한 목소리로 물었다.

"그랬었죠."

미료는 그걸 잊고 있었다가 자못 긴장했다.

"나는 태무랑이라고 한다."

벌떡!

"적안혈귀?"

순간 미료는 크게 놀라서 자리를 박차고 퉁기듯 일어섰다.
그녀는 태무랑이 자신의 얼굴을 이렇게 만든 장본인인 줄은
꿈에도 모르고 있다.

하지만 그에게 거액의 현상금이 걸려 있었다는 사실은 똑
똑하게 기억하고 있는 그녀다.

그러나 태무랑은 태연했다.

"내게도 현상금이 있나?"

"아……."

미료는 적지 않은 충격을 받은 듯 나직한 탄성만 흘리고는
한참 동안 말이 없었다.

태무랑은 자신을 무적신룡이 아닌 적안혈귀라고 부르는
소리를 오랜만에 들었다.

미료는 다시 자리에 앉아서 태무랑 쪽으로 얼굴을 돌리고
는 팽팽한 목소리로 말했다.

"한때 적안혈귀에게는 은자 천 냥의 현상금이 붙었었어요.
하지만 이 년쯤 전에 현상수배가 취소됐지요."

한때 그녀는 적안혈귀가 일개 군사였다는 정보를 입수하
고는 그를 추적했던 적도 있었다.

이 년쯤 전이라면 태무랑이 무령왕가에 들어갔을 즈음이
다. 그때 무령왕이 손을 써서 그의 현상을 풀어주었다.

미료는 세상의 모든 사람들을 단 두 분류로 나눈다. 현상금
이 있는 자와 그렇지 않은 사람이다. 그러므로 세상 사람들이
태무랑을 무적신룡이라고 불러도 그녀에겐 여전히 적안혈귀
로 남아 있는 것이다.

"그때 내가 자칫 실수를 했거나 네가 좀 더 강했더라면 나
는 죽었을 것이다."

"……."

태무랑의 조용한 말에 미료는 외눈을 이리저리 굴리면서
얼굴을 일그러뜨렸다. 의아한 표정이다.

태무랑은 빙그레 미소 지었다.

"삼 년여 전에 네가 음풍서생으로 오해했던 사람이 바로
나였다."

"……."

순간 퉁기듯이 벌떡 일어선 미료의 얼굴이 확 일그러졌다. 경악하는 것이다.

그녀가 소스라치게 놀라고 있는 것은 그녀의 외눈이 잔뜩 부릅떠진 것으로 충분히 알 수 있다.

그녀는 태무랑 옆에 그를 향해 선 채 한참 동안 아무 말도 하지 않았다.

단지 가늘게 몸을 떨고 있을 뿐이다. 그런데 단순히 충격을 받은 것 때문에 그러는 것 같지는 않았다.

"내가 미우냐?"

얼마 전의 태무랑이었다면 이렇게 묻지 않았을 것이다. 혈적화의 일 이후에 그녀를 한 번도 생각해 본 적이 없었고, 생각했다고 해도 그 당시의 상황을 한 번도 후회하거나 미안하다고 생각하지 않았을 것이다.

하지만 지금의 그는 많이 변했다. 아마도 자신이 많이 강해졌기 때문일 것이다.

그래서 혈적화 같은 부류를 상대적 약자로 여겨서 연민을 갖는 것이리라.

미료는 대답 대신 고개를 세차게 가로저었다. 그리고는 일그러진 입술을 깨물며 망설이다가 조심스럽게 물었다.

"그 당시에… 당신이 저를 강간했나요?"

"풉!"

그녀의 뜬금없는 말에 맹오와 군통은 충격을 받고 동시에 먹던 것을 입에서 뱉어냈다.

그녀가 그렇게 묻는 데에는 이유가 있다. 당시 그녀가 깨어났을 때 벌거벗은 알몸 상태였었고, 옆에는 음풍서생이 죽어 있었기 때문이다. 그리고 누군가 자신을 겁탈한 듯한 흔적이 남아 있었다.

태무랑은 빙그레 미소 지었다.

"음풍서생이 나를 급습한 후에 너를 겁탈하려고 했었다. 내가 그자를 죽였지."

그래서 태무랑이 그녀를 구해주었다는 뜻이다. 그는 미료를 강간한 것이 아니라 오히려 구해준 은인이다.

"그랬었군요."

그런데 가만히 고개를 끄덕이는 그녀의 목소리가 왠지 아쉬워하는 것 같았다.

"왜 그러느냐?"

"당신이 저를 강간했으면 그것으로 당신에게 용서를 받은 것으로 생각하고 싶었어요."

태무랑은 가볍게 어이없다는 표정을 지었다. 대부분의 여자들에게는 목숨보다 소중하게 여겨지는 정조가 미료에겐 단지 용서를 받기 위한 도구일 뿐인 듯했다.

하지만 그녀가 자신의 실수에 대해서 그만큼 미안한 심정이었다는 사실이 태무랑에게 전해졌다.

"너는 착한 여자로구나."

태무랑의 말에 미료는 쓴웃음을 지었다.

"그거 어디에 쓰는 거죠?"

그녀는 자신이 착하다는 사실을 인정하는 것에는 인색한 대신 냉소적으로 보이는 것에 더 열중했다.

"어쨌든 네 얼굴을 그렇게 만든 것에 대해서 나도 미안하게 생각한다."

"신경 쓰지 마세요. 그것보다는 당신이 그 당시에 음풍서생으로부터 저를 구해주고 또 조금 전에도 제 목숨을 구해준 것을 진심으로 감사해요."

"너를 고쳐주마."

"……."

태무랑이 불쑥 말하자 미료는 하나뿐인 눈을 크게 떴다가 얼굴을 일그러뜨렸다. 미소다.

"고마워요."

그녀는 태무랑의 말이 농담이라 여기고 자신도 농담으로 대답한 것이다.

얼굴이 일그러진 후에 그녀는 한 번도 의원에 찾아가 본 적이 없었다. 이유는 한 가지, 의원에 쓸 돈이 아까워서였다.

그때 태무랑이 손을 뻗어 어깨를 잡자 미료는 움찔했다. 하

지만 태무랑은 개의치 않고 그녀의 어깨를 잡은 손에 가볍게
힘을 주어 의자에 앉혔다.

"우웃……."

그런데 갑자기 태무랑이 잡은 어깨를 통해서 찌릿찌릿한
기운이 체내로 파도처럼 쏟아져 들어오자 미료는 몸을 뻣뻣
하게 굳히면서 신음을 흘렸다. 그리고는 몽롱해지면서 정신
을 잃었다.

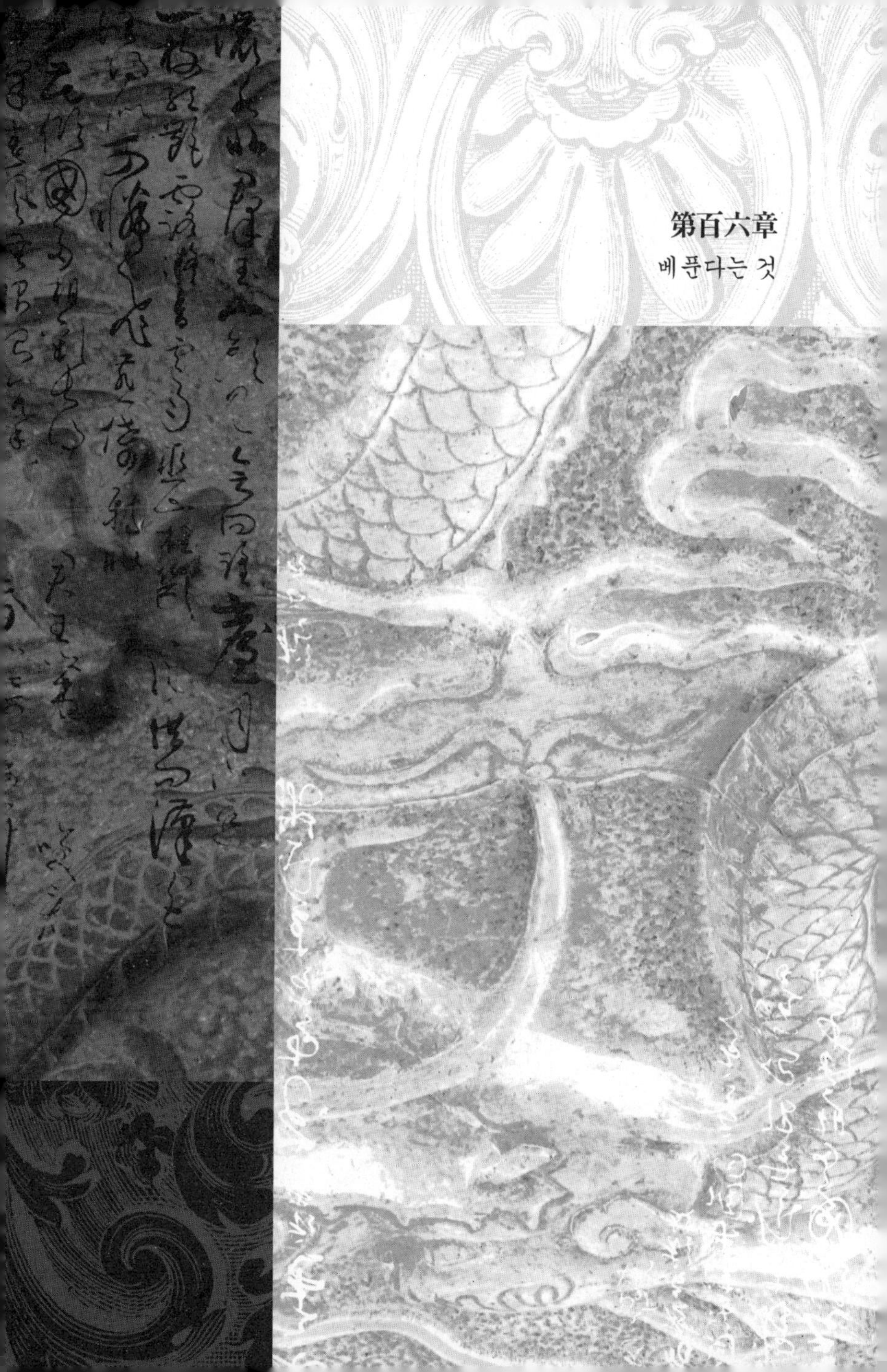

第百六章
베푼다는 것

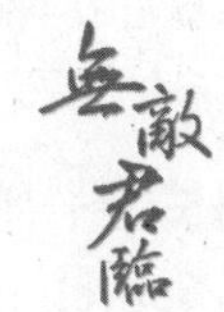

"아……."

미료의 입에서 흐릿한 신음이 새어 나왔다.

그녀는 정신이 들면서 자신이 바닥에 누워 있다는 사실을 제일 먼저 깨달았다. 몸의 뒷면에서 차갑고 단단한 것을 느꼈기 때문이다.

휙!

벌떡 퉁기듯 일어섰다. 바닥을 딛고 우뚝 선 그녀는 움찔 놀랐다.

기이하게도 몸이 깃털처럼 가벼웠다. 뿐만 아니라 심신이 더할 수 없이 상쾌했다.

게다가 온몸에 이상한 기운이 파도처럼 넘실거리고 있는 것이 느껴졌다.

손만 휘두르면 태산이라도 단숨에 쪼갤 수 있을 것 같은 힘이다. 아니, 꼭 힘이라고만 표현할 수는 없다.

'뭐지, 이건?

의아함에 그녀는 고개를 갸웃거렸다. 지금 그녀가 느끼고 있는 것들은 너무 생소했다. 평생 단 한 번도 느껴보지 못한 것들이다.

그러다가 문득 그녀는 재빨리 주위를 휘둘러 보았다. 방금 전까지 함께 있었던 태무랑 등을 찾으려는 것이다. 하지만 사람의 기척은 조금도 감지되지 않았다.

태무랑이 그녀의 어깨에 손을 얹었고, 그 직후에 어깨를 통해서 찌릿찌릿한 기운이 쏟아져 들어오는 순간 자신은 정신을 잃은 것 같았다.

'내게 무슨 짓을 한 것인가?

본능적으로 움찔 놀라서 급히 두 손으로 자신의 몸을 더듬어보았다. 그러나 옷은 입고 있는 상태고 아무런 이상도 없는 듯했다.

툭.

그런데 가슴속에서 뭔가 불룩한 것이 만져졌다. 급히 꺼내

보니 하나의 작은 가죽 주머니였다.

슥—

가죽 주머니를 열고 손을 넣었다.

자그락.

"……!"

물체끼리 부딪치는 소리와 손끝으로 전해지는 차가우면서도 단단한 어떤 쇠붙이의 감촉에 그녀는 후드득 놀랐다.

'금원보!'

틀림없는 금원보다. 현상금사냥꾼을 하면서 아주 드물게 만져 본 적이 있기에 정확하게 기억하고 있다. 장님의 감각은 보통사람보다 몇 배 이상 뛰어나다.

가죽 주머니 안의 금원보는 열 개였다. 금화 하나는 은자 이십 냥이지만, 금원보 하나는 은자가 백 냥이다. 그러므로 가죽 주머니 안에 담겨 있는 금원보 열 개는 무려 은자 천 냥의 가치다.

'이게 도대체…….'

미료는 망연자실한 채 서 있는데 머릿속이 엉킨 실타래처럼 복잡했다.

태무랑이 그녀의 품속에 금원보가 든 가죽 주미니를 넣어주고 간 것이 분명한데 도대체 왜 그랬는지 이유를 알 수가 없기 때문이다.

　마침내 그녀는 태무랑의 말을 기억해 냈다. 그는 그녀에게 얼굴을 이렇게 만들어서 미안하다고 했었다. 어쩌면 이 열 개의 금원보는 그것에 대한 보상일지도 모른다.

　상산맹호 한 명의 현상금이 은자 백 냥이므로 이것은 상산맹호 열 명을 잡은 현상금만큼의 거액이다.

　더구나 미료에겐 상산맹호를 잡을 만한 능력이 없었다. 은자 백 냥을 탐냈다가 하마터면 죽을 뻔하지 않았었는가.

　그러나 미안한 것은 오히려 미료인데 두둑한 거액까지 받았으니 그녀의 마음은 영 개운하지 않았다.

　하지만 은자 천 냥이면 병든 모친에게 좋은 의원과 좋은 약재들을 원없이 써볼 수 있다는 생각이 들자 그녀는 마음이 들떴다.

　그녀는 서둘러 주루의 방을 나갔다. 이어서 방에 들어가기 전에 기억해 두었던 계단의 위치를 정확하게 되짚어서 그곳으로 향했다.

　“아…….”

　“엇?”

　그런데 주위에서 나직한 탄성이 어지럽게 들렸다. 그녀가 방에 들어가기 전에 주루에 있었던 사람들이 그녀를 보고 놀라서 터뜨린 탄성이다.

　그녀의 모습이 들어갈 때와 크게 변했기 때문인데, 그녀 자신은 모르고 있는 상황이다.

하지만 그녀는 주루 밖에 제압해 둔 상산맹호 때문에 마음이 급했으므로 그냥 곧장 주루를 나섰다.

“……!”

주루 입구의 주렴을 걷고 막 밖으로 나선 그녀는 움찔 놀라 걸음을 멈추었다.

눈꺼풀 위로 붉은 기운이 보였다. 그리고 눈꺼풀에 차가운 기운이 느껴졌다. 예전에는, 아니, 조금 전까지만 해도 느끼지 못했던 것이다.

‘이게 뭐지?

밝은 빛이 눈꺼풀을 통해서 붉게 보인다는 사실을 그녀는 알지 못했다. 장님은 빛 자체를 느끼지도 보지도 못하기 때문이다.

그녀는 부지중에 손을 들어서 자신의 눈을 만져 보았다. 눈꺼풀이 만져졌다. 그제야 자신이 눈을 감고 있었다는 사실을 깨달았다.

그녀는 눈을 감고 있는 적이 거의 없다. 잠을 잘 때도 눈을 뜨고 잔다.

아무것도 보이지 않으니까 눈을 뜨나 감으나 매한가지이기 때문이다.

그런데 지금은 눈을 감고 있다. 눈꺼풀이 만져지니까 감은 것이 분명하다. 언제나 뜨고 있는 눈이 왜 감겨져 있는 것인지 모를 일이다.

하지만 그녀는 눈을 어떻게 떠야 하는지 모른다. 아니, 어떤 것이 눈을 뜬 것이고 어떤 것이 눈을 감은 것인지 그 자체를 모르고 있다.

하지만 별로 염려할 것은 없다. 가르쳐 주는 사람이 없다고 해도 본능이라는 것이 있기 때문이다.

미료는 자신의 눈꺼풀이 감겨져 있다는 것을 깨달은 순간 눈을 뜨고 있었다.

"아앗!"

순간 그녀는 엄청난 고통에 비명을 지르면서 비틀비틀 뒤로 물러나다가 엉덩방아를 찧으며 주저앉았다.

그녀의 눈을 통해서 한 번도 겪어본 적이 없는 어마어마한 그 무엇이, 아니, 고통이 쏟아져 들어왔다. 그것은 고통이라고밖에는 설명할 수가 없다.

"으으…… 그놈이 나를…….."

필경 태무랑이 자신에게 무슨 수작을 부렸을 것이라는 생각이 번쩍 들었다.

그녀는 자신도 모르게 손으로 두 눈을 가리고 있었다. 그렇게 하니까 엄청난 고통이 어느 정도 감소됐다. 하지만 여전히 생전 처음 느끼는 굉장한 고통이 계속 눈 속으로 파고들고 있었다.

그 고통이 생전 처음 보는 빛 때문이라는 사실을 그녀는 아직 모르고 있었다.

차륵.

그때 뒤에서 주루 입구의 주렴이 흔들리는 소리가 나자 그녀는 반사적으로 뒤돌아보았다.

이상한 물체가 보였다. 하나가 아니고 셋이다. 그들 중 하나가 미료를 보면서 의아한 표정을 지으며 조심스럽게 말을 걸었다.

"소저, 그런 곳에 앉아서 무얼 하십니까?"

"……."

미료는 자신에게 말을 거는 것이 사람이며 목소리로 미루어 남자라는 것을 깨달았다.

그녀는 눈을 깜빡이며 세 남자를 쳐다보았다. 그들은 어정쩡한 표정으로 그녀를 보며 이거 잘못 건드린 거 아닌가, 하는 표정을 지었다.

"너… 희들… 사람이냐?"

미료는 일이날 생각도 하시 않고 더듬거리며 세 남자에게 물었다.

"사… 람이긴 합니다만 왜 그러시는지……."

세 남자는 공포를 느끼기 시작했다.

"내가 보이느냐?"

"보… 입니다만……."

"나도 너희들이 보인다."

"아… 알고 있습니다요."

세 남자는 미료가 멍한 표정을 짓고 있는 동안 게걸음으로 재빨리 그 자리를 벗어났다.

미료는 망연자실해서 실성한 것처럼 중얼거렸다.

"보여……. 내 눈이 보여……."

정녕코 믿을 수 없는 일이다. 죽을 때까지 세상에 존재하는 물체 중에 단 하나도 보지 못할 것이라고 생각했었던 그녀였는데, 이제는 보였다. 모든 것이 다 보였다. 잠깐 사이에 그녀의 인생이 완전히 바뀌어 버렸다.

"아아……."

그녀는 이끌리듯이 일어나 하늘과 주위를 둘러보면서 아무 데로나 걸었다.

상산맹호의 목을 베어야 하는 것도 까맣게 잊어버렸다. 그냥 발길 가는 대로 걸으면서 두리번거리며 주위의 경물들을 보고 또 봤다.

눈물이 흘렀다. 손을 들어 눈물을 닦으면서 계속 걸었다. 눈물이 계속 흘러넘쳐서 뺨을 적시는 데도 연신 닦으면서 걸음을 멈추지 않았다.

희뿌연 하늘이 보였고, 펑펑 쏟아지는 함박눈과 산과 들, 그리고 강이 보였다. 눈으로 보는 세상이라는 것은 너무도 아름다웠다.

그녀는 자신의 눈을 뜨게 해준 사람이 태무랑일 것이라고 믿었다.

그가 아니면 이런 기적을 일으킬 수가 없다. 처음에 그의 옆을 지나갈 때 말로는 형언할 수 없는 숭고하고 장엄한 기운을 느끼고 그녀는 자신도 모르게 예를 취했었다. 부처를 보고도 예를 취하지 않는 그녀가 말이다.

'고마워요. 정말 고맙습니다……'

삼 년 전에 그녀가 죽이려고 했던 사람이 그녀를 원망하기는커녕 눈을 뜨게 해주었다.

그는 원수를 은혜로 갚은 것이다. 말로만이 아니라 실천으로 보여주었다. 그녀는 가슴이 터져 버릴 것처럼 벅차서 주체할 수가 없었다.

그녀는 어느덧 사람들이 많이 모여 있는 포구에 이르렀다.

장님이었을 때는 세상 모든 사람들이 악독할 것이라고만 생각했었나.

그런데 지금은 보이는 모든 사람들이 더할 수 없는 착한 사람들로 보였다.

"이봐! 예쁜 아가씨! 왜 울고 있는 게요?"

그때 포구에 모여 있는 사람 중에서 무림인으로 보이는 한 명이 건들거리면서 미료에게 다가왔다. 그녀의 미모가 출중하여 한 번 어떻게 찝쩍거려 보자는 심보다. 그리고 그 뒤로 동료인 듯한 두 명이 재미있겠다는 듯 어슬렁거리며 따라오고 있었다.

'내가 예쁘다고?'

미료는 부지중에 두 손을 들어 자신의 얼굴을 만져 보았다.

'아……'

그런데 얼굴에 바늘을 꼽을 자리조차 찾을 수 없을 정도로 빼곡했던 흉터들이 하나도 만져지지 않았다. 코도 반듯했고 입술도 멀쩡했다.

그리고 이제 보니까 눈도 두 개 다 있었다. 터졌던 눈알도 다시 생긴 것이다. 그제야 자신의 흉측한 얼굴이 고쳐졌다는 사실을 깨달았다.

꿈을 꾸는 것만 같았다. 그녀가 있는 이곳이 이승이 아니라 저승인 듯했다.

어찌 이승에서 그녀의 눈이 보이고 흉측한 얼굴이 씻은 듯이 나을 수 있다는 말인가.

그러나 이승이면 어떻고 저승이면 또 어떠랴. 보인다는 것과 제 얼굴을 갖고 산다는 것은 축복이지 않은가. 저승에서라도 그렇게만 살 수 있다면 그것으로 족하다.

태어나면서부터 세상만물을 볼 수 있는 자들은 정녕코 모를 것이다. 태어나면서부터 세상만물을 보지 못하는 사람의 서러움을 말이다.

"이봐, 낭자. 지금부터 우리와 동행하는 것은 어떻겠소? 산천유람하면서 맛있는 요리와 술도 마시고 재미있게 즐겨봅시다."

"그거 좋지."

건달 같은 무림인의 수작에 미료는 흥에 겨워서 고개를 끄덕이며 맞장구를 쳤다.

뜻밖의 반응에 무림인은 반색하면서 손을 뻗어 대뜸 그녀의 나긋나긋한 허리를 안았다.

"……!"

미료는 바야흐로 눈을 뜨게 되고 또 흉측한 모습이 사라져서 예쁜 얼굴이 되어 남자들의 관심을 끌 용모가 되었는지 모르지만, 아직 남자들에게는 추호도 관심이 없다.

낯선 사내의 팔이 자신의 허리에 둘러지자 그녀는 본능적으로 슬쩍 몸을 비틀면서 무림인에게 일권을 날렸다.

쩍!

"흐악!"

미료는 자신의 무술 실력의 수준을 잘 알고 있다. 그렇기 때문에 일권 정도로는 무림인을 맞추거나 격퇴시키지 못하고 단지 물러나게만 할 수 있을 것이라고 짐작했다. 그래서 그다음에 무기를 사용하여 본격적으로 싸울 생각이었다.

그녀는 품속으로 두 손을 넣어 재빨리 양손에 한 쌍의 단검을 잡고 휘두르려다가 깜짝 놀랐다.

방금 일권을 맞은 무림인이 삼 장이나 날아가서 강물에 빠져 버린 것이다.

그녀는 자신의 오른손과 강물에 빠진 자를 번갈아 쳐다보면서 어리둥절한 표정을 지었다.

그 순간 그녀는 또 한 가지 사실을 깨달았다. 태무랑은 비단 그녀에게 광명을 찾아준 것만이 아니다.

얼굴의 흉터를 말끔히 사라지게 해주었으며, 그녀의 공력을 예전에 비할 수 없을 정도로 증진시켜 준 것이 분명하다. 방금 일어난 일이 그것을 증명하고 있지 않은가. 정녕 믿기 힘든 일이다.

'아아… 어떻게 이런 일이……'

그녀가 감격에 겨워하고 있을 때 나머지 두 명의 무림인이 험악한 표정으로 도를 뽑아 쥐고 덤벼들었다.

그녀는 자신의 양손에 쥐어져 있는 단검을 내려다보다가 그것을 다시 품속에 집어넣었다.

예전에 그녀는 한 가지 권법을 배운 적이 있었다. 봉영비각권(鳳影飛脚拳)이라는 것인데 동작은 완벽하게 익혔으나 공력이 부족해서 성취를 이루지 못했었다. 그래서 지금 그것을 써 보려고 한다. 공력이 증진된 것이 분명하므로 이 기회에 그것을 시험해 보고 싶은 것이다.

"죽어라, 이년!"

쉬이익! 쌔액!

두 명의 무림인은 좌우 양쪽에서 맹렬하게 도를 휘두르며 공격해 왔다.

그런데 그들의 초식으로 미루어 삼류 잡공은 아니다. 꽤나 명성있는 문파의 제자가 분명했다.

그것을 보고 미료는 약간 불안해졌다. 얼마 전의 그녀였다면 두 명의 무림인 중에서 한 명과 팽팽하게 맞서는 정도였을 것이다.

하지만 도망치거나 단검을 다시 꺼내서 상대하기는 늦었다. 죽으나 사나 맨손으로 대결하는 수밖에 없다.

그런데 이상하다. 공격해 오는 두 명의 무림인들의 허점이 일목요연하게 보였다.

마치 그들이 형편없는 오합지졸로 여겨졌다. 그뿐만 아니라 그들의 공격이 매우 느리게 느껴졌다.

순간 미료는 피하지 않고 오히려 그들 속으로 뛰어들면서 봉영비각권을 전개했다.

슈슉!

그녀는 비상하는 한 마리 봉황처럼 쏘아 오르며 주먹이 허공을 갈랐다.

뻑!

“끅!”

주먹이 한 명의 가슴에 정통으로 적중됐다. 주먹을 통해서 묵직한 느낌이 전해졌다.

뒤이어 그녀는 허공에서 빙글 몸을 반 회전 비틀면서 발등으로 남은 한 명의 턱을 짧게 걷어찼다.

떡!

“캑!”

두 명은 공격해 올 때보다 더 빠른 속도로 날아 강물에 빠졌다.

*　　　*　　　*

정오가 일각쯤 지났을 무렵에 태무랑 일행은 이수(伊水) 강가 포구에 이르렀다.

강을 건너는 도선이 한 시진 후에 출발한다고 하여 태무랑은 잠시 어떻게 할까 생각하다가 그냥 기다리기로 했다. 이곳 역시 보는 사람이 많기 때문에 신기에 가까운 실력을 발휘하여 강을 건너는 것은 자제하는 것이 좋을 듯했다. 또한 조금 일찍 간다고 해서 달라질 것이 없다는 생각이다.

하지만 태무랑의 가슴은 내내 답답했다. 은지화에게 들은 바로는 새로운 황제가 즉위한 이후 태평성대는 반년 만에 종지부를 찍었다는 것이다.

이후 황제는 갑자기 표변하여 대대적으로 군사를 양성하고 세금을 대폭 늘리는가 하면 군사양성의 명목 이외에 부역(賦役)을 위해 천하각지에서 남자들을 대거 강제징집(强制徵集)하기 시작했다.

천하에는 황제가 머지않아서 전쟁을 일으킬 것이라는 소문이 공공연하게 나돌았고 민심은 뒤숭숭해졌으며 백성들은 불안에 떨었다.

남자들은 군역(軍役)으로 혹은 부역에 끌려가지 않으려고 발버둥쳤으나 부질없는 몸부림에 불과했다.

남편과 아버지, 아들을 나라에 뺏긴 여자들의 울부짖음이 도처에서 끊이지 않았다.

결국 남자들은 집을 떠나 도망 다니기 시작했으며, 붙잡히면 무조건 처형당했다.

천하각처의 성이나 현, 마을 어귀에는 처형당한 사람들의 시체가 높은 나무에 줄줄이 메달린 채 까마귀밥이 되고 있었다. 군역과 부역을 기피하면 이런 꼴이 된다는 일종의 전시용이었다.

가족과 이웃의 시체가 썩어가면서 까마귀밥이 되는 것을 봐야만 하는 백성들의 가슴은 갈가리 찢어졌다.

그뿐이 아니었다. 남아 있는 부녀자들이 먹고살기 위해서 뼈 빠지게 농사를 짓고 일을 하면 나라에서 팔 할 이상은 세금으로 거의 몰수해 갔다.

또한 나라에서는 백성들의 재산을 강제로 몰수하기 시작했다. 부자는 부자대로, 가난한 사람은 가난한 대로 기둥뿌리가 뽑혀 나갔다.

태무랑 일행이 낙양을 떠나 이곳까지 오는 동안 목격한 참상은 은지화에게 들은 얘기보다 더하면 더했지 결코 못하지 않았다.

지나치는 마을 어귀마다 적게는 십여 구, 많게는 수십 구의 시체들이 매달린 채 썩고 있었다.

또한 이 추운 겨울에 굴뚝에서 연기가 나고 있는 집을 찾아보기가 어려웠다.

그렇다는 것은 요리를 하지 못하고 있다는 뜻이다. 그래서 도처에서 굶어죽고 얼어 죽은 백성들이 속속 늘어나고 있는 형편이다.

'화명군 이놈. 도대체 무슨 짓을 하려고…….'

태무랑은 함박눈이 내리고 있는 강을 응시하면서 착잡한 마음을 달랠 길이 없었다.

한시바삐 화명군을 황제의 권좌에서 끌어내려야지만 천하가 태평할 것이라는 생각이다.

천하가 도탄에 빠진 데에는 사실 태무랑의 책임도 크다고 할 수 있다.

그가 무령왕가에 몸을 의탁했기 때문에 단유천이 무령왕가에 잠입하여 죄를 저질렀던 것이다.

그리고 이후 단유천의 죄를 씻으려고 화명군이 현도왕을 만나서 모종의 거래를 했다가 결국 화명군이 가짜 황제가 되는 미증유의 사태가 벌어졌으니까 말이다.

이윽고 강 건너에서 도선이 도착하여 기다리고 있던 사람들이 도선에 오르기 시작했다.

태무랑 일행이 세 필의 말을 끌고 도선에 오른 지 얼마 지나지 않아서 배가 출발했다.

"기다려!"

그때 어디선가 날카로운 여자의 외침이 들려왔다.

도선에 탄 사람들이 돌아보자 관도에서 포구 쪽으로 한 여자가 쏜살같이 달려오고 있었다.

그러나 도선은 작은 배가 아니므로 일단 줄발한 상황에서 되돌리는 것은 불가능했다.

여자는 도선이 강 건너에 갔다가 돌아올 때까지 기다려야만 할 것 같았다.

그런데 포구에 이른 여자가 도선을 향해 번쩍 신형을 날리는 것이 아닌가.

포구에서 도선까지는 오륙 장에 이르는 데다, 도선은 점점 더 멀어지고 있는 상황이다.

탁!

그런데 여자는 포물선을 그리며 허공으로 솟구쳤다가 공중제비를 한 바퀴 돈 후에 어렵지 않게 도선의 끄트머리에 가볍게 내려섰다.

그녀의 멋들어진 솜씨에 여기저기에서 탄성이 터져 나오고 어떤 사람들은 박수를 쳤다.

그녀는 사람들의 시선을 한 몸에 받으며 주위를 둘러보다가 도선의 앞쪽으로 성큼성큼 걸어갔다.

그녀가 목표로 하고 있는 사람은 자신을 쳐다보고 있지 않은 세 사람, 즉 태무랑 일행이었다.

구준마를 비롯한 세 필의 말은 난간에 묶여 있고 그 옆 난간가에 태무랑이 서 있으며, 그의 뒤에 맹오와 군통이 나란히 우뚝 서 있었다.

그녀는 맹오와 군통 뒤에 멈춰서 아무 말도 하지 않고 시립하듯이 가만히 있었다. 자신이 무슨 행동을 취하면 도선에 타고 있는 많은 사람들의 시선을 끌어서 태무랑에게 폐를 끼치게 될 것 같아서다.

군통이 힐끗 그녀를 돌아보았다. 그녀, 즉 미료가 어색한 미소를 짓자 군통은 다시 앞을 쳐다보았다.

미료는 삼 년여 전에 태무랑을 본 적이 있었으나 기억에 거의 남아 있지 않았다.

그런데도 그녀가 도선의 많은 사람들 중에서 태무랑을 어렵지 않게 찾을 수 있었던 것은 태무랑에게서 뿜어지는 남다른 기운 때문이었다. 그런 기운을 지닌 사람은 천하에 태무랑 한 사람뿐일 것이다.

도선이 강 건너에 닿자 사람들이 우르르 앞다투어 내렸고, 태무랑 일행과 미료도 내렸다.

미료는 구준마에 올라타고 있는 태무랑에게 빠르게 다가가 땅에 납작하게 부복했다.

"주인님."

태무랑은 가볍게 어이없다는 미소를 지으며 그녀를 굽어보며 물었다.

"내가 어째서 너의 주인이냐?"

"저를 다시 태어나게 하셨으니까 주인이십니다."

"나는 미안함을 덜려고 너를 고쳐준 것이니 개의치 말아라."

"오히려 제가 주인님께 죄를 졌는데 고쳐주셨으니까 하늘 같은 은혜를 입은 것입니다."

미료는 한마디도 지지 않고 꼬박꼬박 대답했다. 하지만 그녀의 말은 그녀의 입장에서는 하나도 틀리지 않았다.

"나는 종을 거둘 생각이 없다."

태무랑은 잘라서 말하고 구준마의 말머리를 돌렸다.

미료는 움찔 놀라 부복한 자세에서 고개를 들었다.

우두두두—

그녀가 보고 있는 동안 세 필의 말이 지축을 울리며 관도를 달려가기 시작했다.

대지에 땅거미가 깔리기 시작할 무렵 태무랑 일행은 어느 마을에 도착했다.

오십여 호(戶) 정도 되는 작은 마을인데 어디를 둘러봐도 쉴 만한 주루나 객잔이 보이지 않았다.

태무랑이나 맹오, 군통은 이쪽이 초행길이다. 길을 가르쳐 준 사람의 말에 의하면 이 마을이 이평촌(伊坪村)일 테고, 소림사가 있는 숭산이나 등봉현은 이곳에서 삼십여 리쯤 더 가야 할 것이다.

어둠이 내리고 있지만 계속 달려갈 수는 있다. 하지만 구준마는 끄떡없는 반면에 맹오와 군통이 탄 말들이 많이 지쳐서 더 이상 갈 수가 없는 상황이다.

설혹 달려간다고 해도 등봉현에 도착하면 자정이 지난 시각일 터이다.

그때쯤이면 당연히 문을 연 주루나 객잔이 없을 테니 천상 노숙을 할 수밖에 없는 상황이다.

그렇다고 한밤중에 숭산에 올라 소림사의 문을 두드리는 것은 큰 결례라고 할 수 있다.

그러므로 제일 좋은 방법은 이 마을에서 오늘 하룻밤 쉴 만한 장소를 찾는 것이다. 더불어서 식사를 할 수 있으면 더욱 좋을 터이다.

세 사람이 말을 탄 채 천천히 마을로 들어서고 있을 때 뒤쪽에서 누군가 달려오는 소리가 들렸다.

돌아보니까 미료가 십여 장 거리에서 달려오고 있는데 멀리에서 봐도 기진맥진한 모습이 역력했다.

포구에서부터 달려서 따라온 것이 분명하다. 물론 태무랑은 그녀가 시야에서 보이지 않는다고 해도 따라오는 것을 알고 있었다.

말을 탄 태무랑 일행이 방금 전에 도착을 했으니까 그녀는 포구에서부터 쉬지 않고 달려온 모양이다. 사십여 리 길을 쉬지 않고 달렸으면 그녀가 제아무리 공력이 증진됐다고 해도 기력이 극도로 고갈됐을 것이 분명하다.

"하아악. 하악."

그녀는 멈춰 선 태무랑 일행에게까지 달려와서는 그 자리에 주저앉아 거친 숨을 몰아쉬었다.

태무랑은 측은한 눈길로 그녀를 굽어보았다. 그는 천원경에 다녀온 이후 성품이 많이 온후해졌는데, 그것은 자신의 심안으로 상대의 진심을 읽었을 때 더욱 그러했다. 그는 지금 미료의 진심을 읽었다.

하지만 그가 미료를 치료해 준 것은 그녀가 지금보다는 훨씬 좋은 삶을 살 자격이 있다고 생각했기 때문이었다. 그녀가 자신의 종이 되겠다고 매달릴 줄은 예상하지 못했었다. 뜻밖에 혹을 하나 만든 셈이다.

미료는 땀범벅인 상태고 아직도 호흡이 거칠지만 태무랑이 자신을 두고 가버릴 수도 있다는 불안감 때문에 구준마의 다리를 붙잡고 일어섰다.

"하아. 학학… 식사와 쉴 곳을 찾으시나요?"

태무랑이 가볍게 고개를 끄덕이자 미료는 급히 마을 쪽으로 달려갔다.

"저를 따라오세요."

태무랑은 묵묵히 그녀를 바라보다가 구준마를 몰아 뒤를 따랐다.

마을은 대부분 불이 꺼져 있었다. 또한 저녁때가 되었는데도 굴뚝에서 연기가 나지 않았다.

그렇다는 것은 마을 사람들이 저녁식사 준비를 하지 않는다는, 아니, 못하고 있다는 뜻이다.

또한 땔감이 없어서 추운 겨울에 불을 때지 못하고 있으며, 식량이 없어서 굶고 있다는 의미이기도 했다.

이 마을 이평촌은 이수를 끼고 드넓고 기름진 평야가 펼쳐져 있는 덕분에 제법 잘사는 마을로 알려졌었다.

그러나 이평촌이 이 지경이라면 다른 마을들은 두말할 필요가 없을 터이다.

화명군은 백성들의 고혈을 비틀어 짜서 천하를 말려죽이고 있는 것이다.

"하아… 하아… 여기가 저희 집이에요."

미료는 마을에서 야산 쪽으로 동떨어진 어느 외딴집으로 태무랑을 안내했다.

그녀는 지친 상태에서 쉬지도 않고 계속 달려왔기 때문에 극도로 지쳐 버렸다.

그녀가 안내한 곳은 전혀 특별하게 보이지 않는, 그저 함박눈을 소복하게 이고 있는 전형적인 시골의 농가였다.

좁은 나무를 잇대서 만든 담은 가슴 높이로 낮아서 안쪽이 한눈에 들여다보였다.

담 안쪽은 아담한 마당이 있고, 마당 건너에는 기와를 얹은 일자형 단층집이 있었다.

"들어오세요."

웍! 워억! 웍!

미료가 익숙하게 낮은 나무문을 밀고 들어가자 갑자기 세차게 개 짖는 소리가 터지며 단층집 한쪽 모퉁이에서 시커멓고 큰 물체가 쏜살같이 달려나왔다.

그것은 곰처럼 검고 커다란 한 마리 개였다. 개처럼 짖지 않으면 영락없이 곰이라고 착각할 정도다.

개는 들어서는 미료에게 다가와 앞발을 들어 올리고 머리를 비비면서 매우 반가워했다.

그녀의 눈이 떠지고 얼굴이 완전히 변했어도 개는 냄새로 그녀가 주인이라는 사실을 알아차렸다.

"흑구(黑丘), 조용히 해라."

미료가 머리를 쓰다듬으면서 타이르자 개 흑구는 말을 알아듣는 것처럼 즉시 짖는 것을 멈추었다.

"집 지키는 개예요. 괜찮아요. 들어오세요."

미료는 흑구를 떼어내고 태무랑에게 공손히 허리를 굽히며 안쪽을 가리켰다.

일 년의 거의 대부분을 외지에서 지내는 미료에게 흑구는 집을 지켜주는 든든한 호위병인 셈이다. 흑구가 웬만한 사람보다 낫기 때문에 미료는 안심하고 현상범들을 쫓을 수 있는 것이다.

끄응. 끙끙.

그런데 갑자기 산처럼 커다란 흑구가 태무랑을 보더니 꼬리를 감추고는 나왔던 곳으로 냅다 도망을 쳤다.

"흑구."

미료는 움찔 놀라서 개를 불렀으나 돌아오지 않고 집 모퉁이를 돌아가 버렸다.

그녀는 태무랑을 보며 당황한 표정을 지었다.

"아… 죄송해요. 흑구가 이런 적이 없었는데… 지나치게 사납고 용맹해서 늑대를 물어죽일 정도인데 어째서 갑자기……."

태무랑은 빙그레 미소 지으며 자신의 약간 불룩한 가슴을 가볍게 두드렸다.

"이 녀석 때문일 게다."

그러자 그의 가슴에서 주먹보다 작은 백표, 즉 소설이 얼굴을 쏙 내밀고 반짝이는 눈으로 태무랑과 미료를 번갈아 쳐다보았다. 마치 나를 불렀느냐는 것 같았다.

미료는 소설을 보면서 귀엽다는 생각을 했다. 하지만 태무랑의 말을 전적으로 믿었다.

사람이란 누구나 이런 상황에 처하면 반사적으로 첫 반응이 '믿기 어렵다' 는 생각을 하게 될 것이다.

어떻게 이토록 작고 귀여운 짐승 때문에 산처럼 커다란 흑구가 겁을 집어먹고 도망칠 수 있겠느냐는 생각이 들 테니까 말이다.

그리고 그다음에야 '이 사람이 나한테 거짓말을 할 리가 없어'라는 생각을 하게 되고, 그래서 이 상황을 믿게 되는 순서를 거친다.

하지만 미료는 태무랑이 말하는 즉시 그것을 믿었다. 그것은 아마도 그녀가 장님이었기에, 그리고 세상과 단절된 삶을 살아왔었기에 가능할 것이다.

또한 장님이었을 때는 세상에 대한 불신이 컸으나 그것이 고쳐지고 나서는 고쳐준 사람에게만큼은 절대적인 신봉을 보이고 있는 것이다.

미료는 공손하게 안쪽의 집을 가리켰다.

"여긴 저희 집이에요. 누추하지만 하룻밤 모시고 싶어요. 부디 들어오세요."

태무랑이 고개를 끄덕이고 걸음을 옮기자 맹오와 군통이 뒤를 따랐다.

그들은 단층집 앞에 이르러 문이 약간 열려 있고 그곳으로 하나의 하얗고 작은 얼굴이 두려운 듯한 표정으로 밖을 내다보고 있는 것을 발견했다.

미료가 문을 열자 십오륙 세쯤 되어 보이는 소녀가 오도카니 서서 뚫어지게 미료를 바라보고 있었다.

“란(蘭)아…….”

소녀 효란(曉蘭)은 미료의 여동생이다. 그녀는 변해 버린 미료의 모습과 귀에 익은 그녀의 목소리 때문에 혼란스러워하고 있었다. 그런데 미료가 자신의 이름을 부르자 설핏 기쁜 표정을 지었다.

“언… 니?”

“그래, 언니다. 네가 란이구나. 우리 란이가 이렇게 귀엽고 예쁘게 생겼었구나.”

피도 눈물도 없는 현상금사냥꾼 혈적화는 떨리는 두 손을 뻗어 효란의 두 뺨을 감싸면서 펑펑 눈물을 흘렸다.

태어나서 처음으로 여동생의 얼굴을 보는 것이니 어찌 그렇지 않겠는가.

“아아… 언니… 내가 보여요?”

“그럼 보이고말고…….”

“아아… 언니…….”

집안의 가장 미료는 어린 여동생 효란을 와락 품에 안았다.

그녀가 한 푼이라도 돈을 벌기 위해서 천하를 누빌 때 어린 여동생 효란이 집안 살림을 도맡았었다. 그것이 벌써 육 년 전 일이다. 그러니까 효란은 아홉 살 때부터 집안 살림을 했었던 것이다.

효란은 미료 품에 안겨서 작게 몸부림을 치며 기쁨의 울음을 터뜨렸다.

태무랑은 그 모습을 바라보면서 빙그레 온화한 미소를 짓고 있었다.

행복은 그다지 멀리 있는 것이 아니다. 그리고 능력이 있는 사람이 누군가에게 행복을 주는 일도 그다지 어려운 일이 아니다.

태무랑은 서로 부둥켜안고 울고 있는 미료와 효란을 보면서 옛날 화전민 마을에서의 자신의 가족을 생각했다.

미료네는 네 식구다. 미료와 여동생 효란, 병든 어머니, 그리고 십팔 세 남동생인 영보(英甫)가 있다.

그러나 지금 미료의 남동생 영보는 집에 없다. 군역에 끌려가지 않으려고 깊은 산중 토굴 속에 숨어 있다고 한다.

태무랑 일행과 미료, 효란, 다섯 명은 좁은 주방에 둘러앉아서 오붓하게 저녁식사를 했다.

마을의 거의 대부분의 다른 집들은 하루에 한 끼를 먹는 것조차도 힘겨울 정도로 식량이 부족한 열악하기 짝이 없는 상황이다.

하지만 이 집은 그나마 미료가 목숨을 걸고 현상금사냥꾼 노릇으로 돈을 버는 덕분에 풍족하지는 않아도 하루 세 끼는 거르지 않고 있다.

만약 병든 모친에게 미료가 버는 돈의 팔 할 이상을 쏟아붓는 일만 없었더라면 이들의 생활은 지금보다 훨씬 더 여유로웠을 것이다.

올해 이십삼 세인 미료는 부엌일이나 집안일은 할 줄 아는 것이 아무것도 없다.

장녀로서 일찍 부친을 여의고 어렸을 때부터 집안을 먹여 살리기 위해서 이곳저곳을 떠돌아다니면서 온갖 궂은일을 다 하느라 집에 붙어 있을 새가 없었고 요리를 만들어볼 기회가 없었기 때문이다.

그래서 그날 저녁식사는 늘 하던 대로 열다섯 살짜리 효란이 차렸다.

그런데 소박한 요리와 밥이었지만 모두들 놀랄 만큼 효란의 요리 솜씨는 훌륭해서 모두의 입맛에 맞았다.

특히 맹오는 어린 효란이 너무나 착하고 기특한데다 최고의 요리 솜씨에 살림 솜씨까지 뛰어나다는 말을 듣고는 연신 고개를 끄덕이면서 엄지를 치켜세우며 칭찬을 아끼지 않았다.

그걸 보고는 군동이 맹오더러 그렇게 효란이 마음에 들면 아예 색시로 맞으라고 자못 진지하게 말하는 바람에 모두들 한바탕 폭소를 터뜨렸다.

식사를 하고 난 태무랑 일행은 방으로 안내됐다. 미료네 집은 방이 세 개인데 그중 두 칸을 그들에게 내주었다.

"그럼 편히 쉬세요."

태무랑을 방까지 안내한 미료는 깊숙이 허리를 굽히고는 그가 방으로 들어가기를 기다렸다. 그런데 태무랑은 방에 들어가지 않고 미료에게 말했다.

"네 모친에게 가보자."

"네?"

미료는 허리를 펴고 깜짝 놀라는 표정을 지었다.

"무엇 때문에 그러시는지……."

"조금 전에 란아에게 네 모친이 병환 중이시라고 들었다."

"그런데 무엇 때문에……."

"내가 너를 치료해 주었다는 사실을 잊은 게냐?"

미료는 무슨 말인지 금세 알아차리지 못하고 눈을 깜빡이며 태무랑을 바라보았다. 그러다가 어느 순간 화들짝 놀라서 탄성을 터뜨렸다.

"아……."

그녀는 태무랑이 자신을 치료해 주었다는 사실을 그제야 깨달았다.

태무랑이 태어날 때부터 장님이었던 그녀를 눈 뜨게 해주고, 흉측한 얼굴을 말끔히 고쳐줄 정도의 뛰어난 능력이라면 병든 모친을 고쳐주는 일도 어쩌면 가능할 것이라는 생각을 지금에야 하게 된 것이다.

순간 미료의 마음속에서는 기대와 죄스러움이 복잡하게 교차했다.

태무랑이 모친의 병을 낫게 해줄지도 모른다는 기대가 넘실거리는 반면에, 자신이 태무랑을 주인으로 섬기려 하고 또 부득부득 집으로 데려온 목적이 모친을 치료해 달라는 부탁을 하려고 했다는 오해를 살 수도 있다는 죄스러움이 그녀를 괴롭혔다.

사실 그녀는 그런 생각을 추호도 품지 않았다. 단지 순수한 마음에서 태무랑을 집으로 모셨을 뿐이다.

"주인님, 오해하지 마세요. 저는 그런 의도로 주인님을 집으로 모신 것이 아닙니다."

"알고 있다."

태무랑이 미소를 지으며 고개를 끄덕여도 미료는 마음이 개운하지 않았다.

그래서 그녀는 두 손을 저으며 태무랑이 방으로 들어갈 것을 종용했다.

"주인님, 어미님을 치료하지 않으셔도 됩니다. 아니, 그러셔야만 제 마음이 편할 겁니다. 방에 들어가셔서 쉬세요."

태무랑은 미료의 순수한 마음이 마음에 들었다. 하지만 마땅히 받아도 될 복을 차버리는 것은 우둔함이다.

"미료."

"네, 주인님."

태무랑은 그녀가 자꾸 주인님이라고 부르는 것이 마뜩찮았으나 지금은 그런 것을 나무랄 때가 아니다.

"나는 사람의 마음을 읽는다."

"그렇습… 니까?"

"네 마음을 읽었으니 염려하지 마라."

"하지만……."

사람이나 짐승, 한낱 벌레까지도 천지간에 존재하는 모든 피조물들은 오행지기로 만들어졌으며 또한 오행지기로 생명을 유지하는 것은 마찬가지 이치다.

즉, 삼라만상을 이루고 있는 최초의 기운인 천원신기가 그 모든 것들을 만들고 창조했으며 진화시켰다는 뜻이다.

그러므로 천원신기를 지니고 있는 태무랑이 고치지 못할 병이란 없다.

그는 조화지경, 즉 조화(造化), 사물을 창조할 수도 유지시킬 수도, 그리고 불러일으키는 경지에 도달한 것이다.

다음날 이른 아침에 태무랑 일행이 잠자리에서 일어났을 때 주방에서 세 모녀가 즐겁게 웃으면서 식사 준비를 하는 소리가 들렸다.

　미료의 모친은 간밤에 태무랑의 간단한 치료, 아니, 천원신기를 약간 주입받고는 십오 년 동안 죽을 것처럼 앓아온 중병이 거짓말처럼 거뜬히 나았다.

　그리고는 새벽에 아무 일도 없었다는 듯 일어나서 아침식사를 준비하고 있는 것이다.

　그 모습을 보고 미료와 효란은 세상을 다 가진 것처럼 기뻐하면서 울며 웃으며 한시도 모친의 곁을 떠나지 못했다.

　언제나 소박한 희망은 큰 행복을 가져다주는 것이다.

　태무랑 일행은 모친이 차려준, 효란이 만든 것보다 훨씬 더 맛있는 아침식사를 마친 후에 미료네 집을 나섰다.

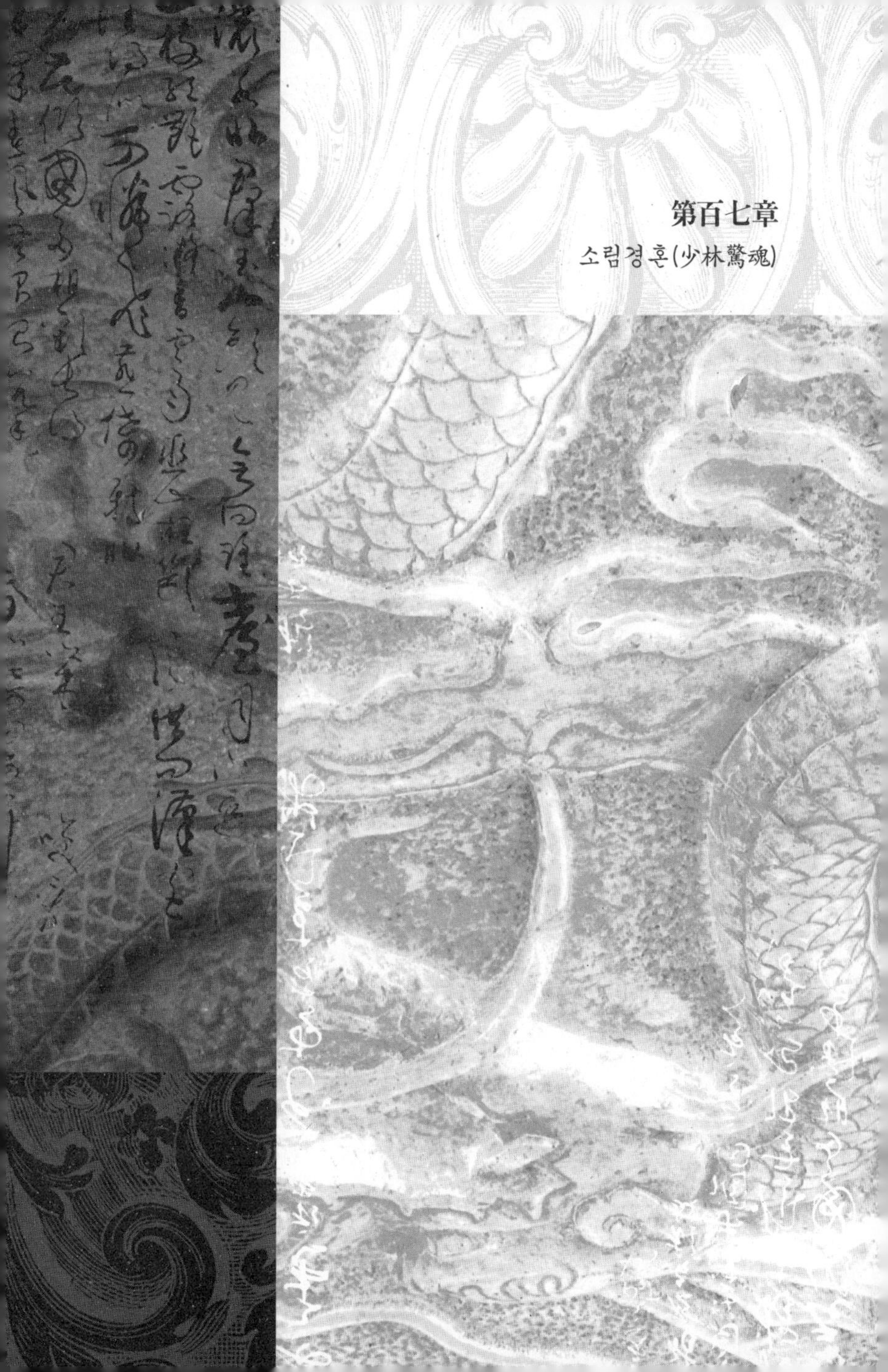
第百七章
소림경혼(少林驚魂)

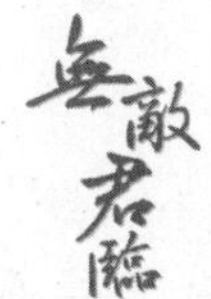

미료는 줄곧 태무랑 일행을 따라왔다. 태무랑은 몇 번이고 그녀를 타일렀으나 쇠귀에 경 읽기 마냥 아예 들으려고 하지 않았다.

그렇다고 해서 그녀를 혼낸다거나 무력으로 쫓아 보내고 싶은 생각은 없다.

또한 맹우와 군통이 어느덧 그녀를 일행인 것처럼 대하게 되고 보니까 태무랑으로서도 더 이상 그녀를 매몰차게 대할 수가 없게 되었다.

또한 이틀 남짓 함께 지내다 보니 그도 미료에게 조금쯤 정이 들어버린 상태였다.

그래서 어쩔 수 없이 네 사람은 등봉현 주루에 말을 맡겨놓고 숭산에 올랐다.

태무랑 일행이 소림사 방장, 즉 장문인을 만나는 일은 그리 녹록하지 않았다.

하지만 맹오가 무적신룡이라는 별호를 대자마자 일행은 곧장 지객당(知客堂)으로 안내되었다.

그러고 나서 한 시진 후에나 소림 장문인 원각선사(元覺禪師)가 모습을 드러냈다.

원각선사가 앞서고 그 뒤에 네 명의 소림 장로로 구성된 그 유명한 소림사로(少林四老)가 따르고, 그들 좌우에는 청년승과 중년승으로 이루어진 소림팔현장(少林八賢將)이 호위하고 있는데, 그 위세가 자못 장중했다.

앉아 있던 태무랑이 일어나 다가오는 소림 장문인 원각선사 앞으로 마주 걸어가다가 멈추자 뒤따르던 맹오와 군통, 미료도 걸음을 멈추었다.

맹오 등 세 사람은 무림제일성지로 추앙받는 소림사 한복판에 들어왔다는 사실 때문에 매우 긴장했다. 하지만 주눅 들지 않으려고 목과 이마에 힘줄을 곤두세우고 어금니를 악다물었다.

이윽고 원각선사가 태무랑 정면 다섯 걸음 앞에 멈추었
다.

원각선사는 나이를 가늠하기 어려운 모습이다. 눈처럼 흰
눈썹과 배까지 이르는 길고 흰 수염, 그리고 얼굴색은 아이처
럼 불그스름했다.

오른손에는 소림사의 방장신물인 녹옥불장(綠玉佛杖)을,
왼손에는 자묵옥주(紫墨玉珠)를 쥐고 있는 모습은 가히 천하
신승(天下神僧)이라는 또 다른 아호에 걸맞았다.

태무랑은 소림 장문인을 한 번도 본 적이 없으나 첫눈에 원
각선사가 소림 장문인일 것이라 알아보고 그에게 포권을 하
며 가볍게 고개를 숙여 보였다.

"소림 장문인을 뵈오."

그의 인사가 너무 가볍다고 여긴 소림사로 중 두 명의 표정
이 슬쩍 찌푸려졌다.

하지만 발작하지는 않고 그중 한 명이 태무랑을 꾸짖는 듯
가볍게 헛기침을 할 따름이다.

사실 원각선사와 소림사로는 태무랑의 신위(神威)를 보고
는 내심 적잖이 감탄했다.

그들은 태무랑을 보는 순간 부처가 현신한 것으로 착각을
했을 정도였다.

미상불 소림사로가 발작하지 못한 실제 이유는 바로 그것

때문이었다. 물론 두려워서가 아니라 경거망동을 삼가려는 것뿐이다. 하지만 다른 사람 같았으면 벌써 축객을 당했을 터이다.

그들은 무적신룡의 위명을 익히 알고 있으나 그렇다고 해도 대소림사 앞에서는 월광과 반딧불이라고 여긴다. 그만큼 소림사에 대한 자부심이 대단했다.

그렇지만 원각선사는 개의치 않고 자묵옥주를 쥔 손을 들어 가슴 앞에 세우며 가볍게 고개를 숙여 답례했다.

"아미타불. 무적신룡 태무랑 시주에 대한 소문은 익히 들었소이다. 이렇게 만나고 보니 과연 명불허전이오."

그는 먼저 자리로 가서 앉으며 태무랑에게 맞은편에 앉기를 권했다.

지객당에는 단상에 장문인의 자리가 따로 있으며, 객을 맞이할 때 장문인은 그곳에 앉지만 원각선사는 아래쪽의 접객대에 앉았다. 무적신룡에 대한 예우인 것이다.

"아미타불. 혹시 태 시주께선 당금 무림의 일 때문에 노납을 찾아온 것이오?"

원각선사는 말을 돌리지 않고 단도직입적으로 물었다. 그러는 편이 태무랑으로서도 훨씬 편하다. 그는 담담한 표정으로 가볍게 고개를 끄덕였다.

"그렇소."

원각선사의 호의는 거기까지였다. 그는 잔잔한 목소리지만 단호하게 선을 그었다.

"아미타불. 오래전부터 본 파는 속세의 일에는 일체 관여하지 않고 있소이다. 태 시주께선 이 점을 해량해 주시기 바라외다."

"속세란 어딜 말씀하시는 것이오?"

태무랑은 엷은 미소를 지으며 물었다. 말꼬리를 잡은 것이 아니고, 물론 몰라서 묻는 것도 아니다. 하지만 정말로 몰라서 묻는 것이기도 하다.

소림사가 말하는 속세란 소위 '바깥세상' 혹은 '사바세계(娑婆世界)'를 가리키는 것이다.

하지만 태무랑이 보기에는 소림사도 '바깥세상'의 범주 안에 들기 때문이다.

신승 원각선사는 태무랑의 말뜻을 알아차렸으나 말다툼을 하고 싶지는 않았다.

그렇지만 눈앞의 신비로운 청년에 대해서 좀 더 알고 싶다는 생각이 들었다. 그러려면 이 대화를 이어가야 한다.

"태 시주께선 속세가 어디라고 생각하시오?"

태무랑이 대답을 하면 그것에 대해서 차근차근 설법을 해 줄 생각이다. 하지만 태무랑은 원각선사가 원하는 대답을 하지 않았다.

"원래 속세란 없소. 그것은 처음부터 불가에서 만들어낸 말장난일 뿐이오."

태무량은 길게 생각하지도 않고 즉시 대답했다. 그리고 지나칠 정도로 신랄했다.

소림사로 중 두 명이 또다시 울컥했으나 원각선사는 빙그레 미소 지었다.

"아미타불. 어째서 그렇게 생각하시오?"

태무량 뒤에 나란히 서 있는 맹오와 군통, 미료는 과연 태무량이 뭐라고 대답을 할는지 궁금했다.

하지만 추호도 두려움은 생기지 않았으며 시간이 지날수록 마음이 안정되었다.

비록 자신들이 소림사 한복판에 들어와 있다고 해도 태무량을 굳게 믿고 있기 때문이다.

소림사로는 수양심이 깊기도 하지만 워낙 자존심이 강한 노승들이기도 했다. 그들은 이번에 태무량이 어떻게 대답하느냐에 따라서 따끔한 응징을 하거나 훈계를 해야겠다고 마음먹었다.

태무량은 이번에도 막힘없이 대답했다. 물이 흐르는 듯 청아하고 나직한 목소리다.

"하나의 웅덩이가 있소. 그곳에 여러 종류의 물고기와 벌레, 식물 따위가 함께 어우러져서 살고 있소. 더러는 깊은 곳에서 살고, 또 더러는 수면 가까이에서, 그리고 또 더러는 물 가장자리나 바위틈새에서 살고 있소."

원각선사가 설법을 해서 태무랑을 깨우치려고 했는데 오히려 태무랑이 설법을 하고 있다.

좌중은 조용했다. 중인은 태무랑이 무슨 이야기를 하려는 것인지 짐작은 하고 있으나 정확하게 무슨 말인지는 아직 알지 못했다.

"그것들은 다 제각기 불리는 이름이 있으며 살아가는 방법도 조금씩 다르지만 우리는 그것들을 통틀어서 물고기 또는 수중생물이라 부르고 그것들이 사는 세상을 웅덩이라 부르고 있소."

그제야 사람들 얼굴에 아! 하는 표정이 조금씩 떠올랐다. 태무랑이 천하를 웅덩이에 비유하고 사람들을 물고기에 비유하고 있다는 것을 깨달은 것이다.

"그곳에서 바위틈새에 숨어서 사는 물고기 무리가 자신들을 특별하다 여기고 자신들이 살고 있는 바위틈새 이외의 곳을 속세라 부르며 자신들 이외의 일에는 일체 관여하지 않는디고 칩시다. 선사께선 그것을 어찌 생각하시오?"

"허허허……."

원각선사는 그저 웃기만 했다. 하지만 다른 사람들은 충격을 받은 듯한 표정이기도 하고 모욕을 당한 것 같은 표정을 짓기도 했다.

태무랑이 웅덩이 속 바위틈새에 사는 물고기 무리를 소림사에 비유했다는 것을 깨달았기 때문이다.

태무랑은 청아하게 웃었다.

"하하하! 그래 봐야 우리가 보기에 웅덩이는 그저 웅덩이일 뿐이 아니겠소? 그곳에 속세가 어디에 있으며 서방정토(西方淨土)가 또 어디에 있겠소?"

"으흠! 시주! 말이 지나치군!"

소림사로 한 명이 드디어 분기를 이기지 못하고 묵직하게 태무랑을 꾸짖었다.

하지만 태무랑은 개의치 않고 말을 이었다.

"그런데 어느 날 갑자기 그 웅덩이에 포식자가 나타나 물고기들을 잡아먹기 시작했소. 처음에는 포식자가 한 마리뿐이더니 점점 수가 늘어났고 반면에 물고기들 수는 빠르게 줄어갔소. 머지않아서 포식자들은 웅덩이 안의 물고기들을 다 먹어치우고 말 것이오. 그런데도 바위틈새에 사는 물고기 무리는 바위틈새로 더욱 깊이 숨기만 할 뿐이오. 다른 물고기들이 잡아먹히든 죽든 상관하지 않고 자기들만 안전하면 된다고 생각하고 말이오. 그러나 언젠가는 포식자들이 바위틈새 물고기들마저 잡아먹을 텐데, 선사께선 이것을 어찌 생각하시오?"

포식자는 무극신련이다. 그래서 그 무극신련이 언젠가는 소림사를 비롯한 구대문파에게도 손을 뻗쳐서 속세나 마찬가지의 운명이 될 텐데 과연 그때가 되면 어찌할 것이냐고 묻는 것이다.

태무랑의 비유는 너무나 논리정연하고 이치에 합당하여 맹오 등이나 소림사로 등도 모두 공감했다. 다만 소림사로 등은 그것을 인정하지 않을 뿐이다.

"웅덩이의 물고기들이 다 죽어서 포식자들의 세상이 돼버려도 괜찮소?"

태무랑이 다시 물었으나 원각선사는 담담하게 미소만 지을 뿐 대답하지 않았다. 아니, 반박할 만한 마땅한 말이 떠오르지 않았다.

"그리고 언젠가는 포식자들끼리 서로 잡아먹어서 종국에는 웅덩이에 생명체라곤 아무것도 존재하지 않게 될 것이오. 물론 그때는 속세도 바위틈새도 아무런 의미가 없을 것이오. 그렇지 않소?"

이윽고 원각선사는 담담히 고개를 끄덕였다.

"좋은 말씀이오. 태 시주."

이번에는 사람들이 원각선사가 뭐라고 말을 할 것인지 긴장한 표정으로 귀를 기울였다.

"그러나 말이오. 포식자가 사실은 포식자가 아니라면 어떻게 되는 것이오?"

"포식자가 분명하오."

태무랑은 일고의 가치도 없다는 듯이 잘라 말했다.

"어떻게 그리 확신하오?"

원각선사는 자비로우면서도 위엄있는 눈빛으로 태무랑을 똑바로 주시했다.

"무극신련은 오랫동안 무림을 지탱해 왔소. 그들이 무림의 사마외도를 징벌하고 정의와 협의를 수행하기 위해서는 어느 정도의 희생이 따를 수밖에 없다고 보오만, 태 시주의 생각은 어떠시오?"

태무랑은 빙그레 미소 지었다.

"무극신련이 낙양의 낙성검문을 멸문시킨 것이 어느 정도의 희생이라고 할 수 있소?"

원각선사의 눈이 조금 커졌다.

"그게… 사실이오?"

소림사는 낙양 낙성검문이 멸문했다는 사실은 알고 있으나 무극신련의 짓이라는 것은 전혀 모르고 있었다.

"이틀 전에 낙성검문주 은도겸 대협을 직접 만나서 들은 얘기외다."

"그가… 뭐라고 말했소?"

"무극신련의 단유천과 몇 명의 고수가 낙성검문을 멸문시

컸다고 말씀하셨소."

"으음……."

태무랑은 이제 이 고집스러운 노승을 일깨워 줄 때가 됐다고 판단했다.

"불초가 무령왕의 사위로 책봉됐었다는 소문을 들으셨소?"

"들었소."

"그런데 무극신련 총련주 화명군이 직접 수하들을 이끌고 남경 무령왕가에 침입하여 무령왕과 수월공주 등을 납치한 것을 불초의 눈으로 똑똑히 목격했소."

"설마……."

"이후 불초는 무령왕과 수월공주를 구하러 북경 현도왕가에 갔다가 화명군과의 싸움에서 패하여 중상을 입은 채 패주하고 말았었소."

원각선사나 소림사로 등으로서는 처음 듣는 사실이라서 놀라움을 금치 못했다.

"당금 황상이 누구라고 생각하시오?"

태무랑은 그늘의 놀라움에 기름을 더 부었다.

"그야… 예전에는 현도왕이셨던 분이 지금은 홍치제가 된 것이 아니오?"

태무랑은 조용한 목소리로 원각선사를 일깨웠다.

"현도왕은 무령왕을 죽이려고 화명군과 음모를 꾸몄다가 절정문주이신 소성협에게 죽었소. 그 수급을 내 눈으로 직접 봤소."

원각선사는 흠칫했다.

"그렇다면 당금 황상은 누구라는 말이오?"

"화명군이오."

"……."

원각선사의 눈이 더 커졌다. 그러나 그는 잠시 후 고개를 설레설레 가로저었다.

"있을 수 없는 일이오."

"불초가 직접 봤다고 하지 않았소?"

"그렇지만 사안이 너무도 중차대한지라……."

원각선사가 말끝을 흐리는 것은 태무랑의 말을 믿지 못하겠다는 은연중의 표현이다.

무적신룡이라는 위명을 봐서는 그를 믿을 수 있으나, 화명군하고는 비교할 수가 없다.

무적신룡이냐 화명군이냐 한 사람을 선택하라면, 원각선사는 당연히 화명군 쪽을 선택할 것이다.

"헛소리!"

그때 조금 전에 태무랑을 꾸짖었던 노승, 즉 소림사로의 이로 원태대사(元太大師)가 웅혼한 목소리로 재차 태무랑을 꾸짖었다.

"어디에서 열흘 삶은 호박에 이도 들어가지 않을 소리를! 만약 시주가 지금 당장 장경각에 벼락을 때린다면 노납이 그 말을 믿도록 하지! 흠!"

구름 한 점 없이 청명한 대낮에 장경각에 벼락이 떨어질 리가 없다. 그러므로 그 말은 태무랑의 말을 절대로 믿지 않겠다는 뜻이다.

그런데 태무랑이 지그시 눈을 감았다. 그리고는 두 손을 단전 높이에서 뻗어 손바닥이 위로 향하게 했다.

그의 난데없는 행동에 원각선사와 소림사로 등은 가볍게 의아한 표정을 지었으나 그다지 신경 쓰지는 않았다. 태무랑의 그런 행동이 장경각에 벼락을 떨어뜨리는 것하고는 전혀 무관하다는 생각이다.

우르르—

그때 접객당 밖에서 은은한 폭음이 들렸다. 그런데 그것은 틀림없는 뇌성(雷聲)이다.

원각선사를 제외한 소림사의 승려들은 흠칫하며 입구 쪽을 쳐다보았다.

물론 원각선사도 가볍게 표정이 변했다. 그는 설마 하는 표정으로 뚫어지게 태무랑을 주시했다.

그러더니 실내가 갑자기 어두컴컴해졌다. 사방의 창을 통해서 비치던 햇빛이 일시에 사라져 버린 것이다. 그것은 하늘을 온통 먹구름이 가렸다는 뜻이다.

우르르릉—

뒤이어 밖에서 조금 전보다 더 큰 뇌성이 울리며 허공이 은은하게 진동했다.

스파앗—

다음 순간 주위가 대낮처럼 밝아졌다. 그것은 익히 봐온 번개가 작렬하는 광경이다.

꽈꽈꽝!

그리고 뒤를 이어 지척에서 천지를 뒤흔드는 엄청난 폭음이 터졌다.

"허엇!"

"앗!"

소림사 승려들은 크게 놀라 우왕좌왕했다.

이윽고 태무랑은 조용히 눈을 떴다. 그와 동시에 어두컴컴했던 실내가 다시 밝아졌다. 하늘을 가렸던 먹구름이 일시에 사라지고 다시 청명한 날씨가 된 것이다.

그때 놀란 얼굴의 청년승 한 명이 부리나케 접객당 안으로 달려들어 와 원각선사에게 보고했다.

"사부님! 장경각이……."

조금 전에 태무랑에게 장경각에 벼락을 때리면 말을 믿겠다고 소리쳤던 원태대사가 급히 청년승에게 물었다.

"장경각에 벼락이 떨어졌느냐?"

"사숙님, 장경각 바로 옆 석등에 벼락이 떨어졌습니다. 그래서 석등이 박살 났습니다."

원각선사와 원태대사 등은 아연실색한 표정으로 태무랑을 쳐다보았다.

태무랑은 초연한 모습으로 조용히 말했다.

"소림사 장경각은 비단 소림사만이 아니라 무림 전체의 소중한 보고(寶庫)이니 함부로 훼손해서는 안 될 것이오. 그러나 정말로 장경각에 벼락이 떨어져야 불초의 말을 믿는다면 그리해 줄 수도 있소."

원각선사와 소림사로는 망연자실한 표정으로 아무 말도 하지 못했다.

어찌 한낱 인간이 마음먹은 대로 벼락을 내릴 수가 있다는 말인가. 그것은 신의 영역인 것이다.

"아미타불. 노납은 믿지 못하겠다……."

원태대사가 고개를 절레절레 가로저으면서 중얼거렸다.

태무랑은 가볍게 고개를 끄덕였다.

"알겠소."

그가 다시 두 손바닥을 펼쳐서 위로 향하게 하고 눈을 감으려고 하자 원각선사가 손을 내저었다.

“그만 됐소, 태 시주.”

가만 놔두면 필시 장경각에 벼락이 떨어질 것이라고 원각선사는 생각했다.

태무랑이 손을 바로 하고 원각선사를 쳐다보자 그는 찬탄하는 표정으로 한숨을 길게 내쉬었다.

“휴우. 태 시주께선 조화지경에 이르셨구려.”

‘조화지경’ 이라는 말에 소림승려들뿐 아니라 미료까지도 소스라치게 놀랐다.

원각선사와 소림사로 등은 만면에 큰 놀라움을 떠올린 채 태무랑을 쳐다보았다.

그들의 눈에는 조금 전까지의 태무랑과 지금의 태무랑이 전혀 다르게 보였다.

조화지경이라니, 실로 어마어마한 경지가 아닌가. 여기에 있는 사람들은 누군가 조화지경에 이른 것을 보기는커녕 들어본 적조차 없었다.

마음먹기에 따라서 사물을 소멸시키는 것은 물론이고 창조하기도 하고, 바람과 비와 번개, 눈 등을 뜻대로 일으키기도 하는 것이 조화지경이라고 알고 있다.

원각선사의 말에 의하면, 바로 그 조화지경에 이른 사람이 태무랑이라는 것이다.

맹오와 군통은 조화지경이 무엇인지 자세하게는 모르지

만, 여하튼 태무랑이 어마어마한 경지에 이르렀다는 사실을 잘 알고 있다.

처음부터 태무랑과 생사고락을 함께했던 그들이 모른다면 누가 알겠는가.

'조화지경이라니… 아아…….'

미료는 자신의 앞에 의연하게 앉아 있는 태무랑의 뒷모습을 보면서 내심 놀라움과 감탄을 연발하며 벌어진 입을 다물지 못했다.

하지만 그녀 또한 그 사실을 믿었다. 태무랑이 일으킨 기적을 직접 체험했던 당사자가 아닌가.

원각선사는 자신의 입으로 '조화지경' 이라고 말을 해놓고서도 여전히 마음을 진정시키지 못하고 있었다.

태무랑은 아무 말도 하지 않고 그저 담담한 표정만 지으며 기다리고 있다.

"아미타불. 태 시주."

"말씀하시오."

오랜 침묵 끝에 겨우 입을 열어놓고도 원각선사는 무슨 말부터 해야 할지 갈피를 잡지 못했다.

"정녕 조화지경에 이르렀소?"

그래서 자신이 말을 해놓고도 다시 한 번 그렇게 물어봐야만 했다.

원래 화제는 소림사가 무림의 일에 나서야 한다는 것이었
는데, 이제는 태무랑이 조화지경에 이르렀느냐 아니냐 하는
것으로 바뀌었다.

태무랑은 자신의 조화지경 얘기를 매듭짓지 않고는 소림
사의 무림 참여를 이끌어내기 어렵다는 생각을 했다.

"약간의 성취가 있었소."

태무랑의 대답에 원각선사 등은 더욱 흥미를 보였다.

소림사의 승려들은 승려이기 전에 무학을 탐구하는 사람
들이기 때문에 조화지경에 남다른 집요함을 보였다.

그럴 수밖에 없는 것이, 조화지경이란 무학에 몸담은 사람
이 궁극적으로 이룰 최고의 경지이기 때문이다.

원각선사와 소림사의 승려들은 지금 하나의 경이(驚異)를
눈앞에서 보고 있다. 인간의 몸으로 조화지경에 오른 태무랑
을 지척에서 보고 있는 것이다.

그들은 태무랑에게, 아니, 조화지경을 이룬 인간에게 무한
한 호기심을 품고 있다.

과연 어떤 방법으로 조화지경에 올랐을까. 또한 어떤 능력
들을 발휘할 수 있을까 하는 것들이다.

원각선사가 조심스럽게 자신의 호기심을 드러냈다.

"태 시주께선 어떤 방법으로 조화지경에 이르렀으며 어떤
능력을 지니고 계시오?"

태무랑은 그들의 호기심을 조금쯤 충족시키지 않고는 대화를 더 이상 진행하기 어렵다는 사실을 직감했다.

"불초는 원래 오행지기를 지니고 있었으며 화명군과의 싸움에서 생사의 고비에 처했다가 여러 고비를 넘긴 끝에 천원경에 들었소."

"아… 천원경."

전설로만 전해지는 천원경에 태무랑이 들어갔다고 하자 원각선사와 소림승려들은 탄성을 터뜨렸다.

"천원경은 어디에 있소?"

호기심이란 끝이 없다. 그것은 불가의 수양 깊은 고승이라고 해도 다르지 않았다. 더욱이 무학에 몸담은 사람이라면 더욱 그럴 터이다.

"천산산맥에 있소."

태무랑은 구태여 숨기고 싶지 않았다. 누구라도 인연이 닿으면 조화지경에 들 수 있는 것이다. 그것은 사람이 원해서 이루어지는 것이 아니라 하늘이 선택하는 것이라고 생각하기 때문이다.

"장문인께선 무얼 원하시오?"

"태 시주께선 벼락을 일으키는 것 외에 무슨 능력을 갖고 계시오?"

태무랑은 결국 자신의 능력을 하나쯤 보여줄 수밖에 없다

고 판단했다. 하지만 원각선사 등도 그것을 보는 대가를 치러
야 할 것이다.

"그렇다면 지금부터 장문인의 일신무공을 폐지시켜 보겠
소. 괜찮겠소?"

원각선사는 움찔 놀라며 즉시 대답하지 못했다. 태무랑의
능력을 보고 싶은 마음은 간절하지만 자신이 희생되는 것은
원하지 않기 때문이다.

만약 태무랑이 진짜 원각선사의 무공을 폐지시킨다면 그
것은 너무 큰 대가다.

다른 사람들이야 큰 충격을 받고 말겠지만 원각선사 자신
은 모든 것을 잃는 것이다.

그는 천하신승이라고 만인의 추앙을 받는 불가의 최고승
이지만, 근본은 인간인지라 완벽한 무욕지경(無慾之境)에는
들지 못한 것이다.

하긴 무욕지경에 들었다면 끈덕지게 태무랑의 능력을 보
겠다고 조르지도 않았을 것이다. 그래서 태무랑은 그에게 가
벼운 훈계를 하려는 것이다.

"그만두십시오, 장문 사형."

그때 소림사로의 맏이인 일로 원불대사(元佛大師)가 조용
히 만류했다.

그러나 설사 원각선사의 무공이 폐지되더라도 태무랑의

능력을 꼭 보고 싶은 이로 원태대사가 나섰다.

"빈승은 태 시주의 능력을 믿지 않습니다. 그러므로 장문 사형께선 괜찮으실 겁니다."

그는 팔짱을 끼고 태무랑을 쳐다보며 말을 이었다.

"만약 태 시주가 조화지경에 이르렀다고 하는 것이 거짓으로 드러나면 그가 화명군 시주를 모함한 것이 되므로 응당 그것에 대한 벌을 받아야 할 것입니다."

더불어서 그는 이번 태무랑의 능력 시험이 꽤나 중요하다고 열변을 토했다.

과연 그의 말은 설득력이 있었다. 그의 말대로 된다면 태무랑의 능력도 볼 수가 있고, 그게 실패한다면 소림사가 무림의 일에 개입하지 않아도 되는 빌미를 얻을 수도 있다는 것이다.

천하의 사물은 제각각 특성과 능력을 지니고 있다. 조화지경에 이른 사람이 그 특성과 능력을 없애는 것은 별로 어려운 일이 아니다. 사물이 반발을 하지 않기 때문이다.

하지만 사물 중에서 유독 인간만은 자신에게 위험이 닥치면 반발을 하고 항거를 한다. 능력이 뛰어난 인간일수록 반발력이 거세게 마련이다.

조화지경에 이른 사람은 초자연적(超自然的)인 능력을 지니고 있지만, 뛰어난 인간의 능력에 부딪치면 다소 애를 먹을 수도 있다.

원각선사는 담담히 고개를 끄덕였다.

"노납은 준비가 됐으니 태 시주는 손을 써보시오."

모든 사람들의 이목이 자신에게 집중되었을 때 태무랑의 몸에서 흐릿하면서도 은은한 광채를 흩뿌리는 오색기체가 스르르 흘러나왔다.

좌중은 쥐 죽은 듯이 고요했다. 모두들 눈도 깜빡이지 않고 숨도 멈춘 채 태무랑을 뚫어지게 주시했다.

태무랑은 앉은 채 꼼짝도 하지 않는데 그의 몸에서 흘러나온 오색기체가 그를 감싸면서 천천히 오른쪽으로 회전하며 위로 솟구쳤다.

그러면서 흐릿하던 오색기체가 점점 뚜렷해지면서 광채도 눈부시게 영롱하고 또 밝아졌다.

"아아……."

너무도 아름답고 장엄한 광경이라서 몇몇 사람의 입에서 저절로 탄성이 흘러나왔다.

스으으.

태무랑 머리 위 한 자 높이까지 솟아오른 오색기체가 갑자기 방향을 바꿔 원각선사를 향해 느릿하게 날아갔다.

하지만 사람들 눈에 느릿하게 보일 뿐이지 오색기체는 어느새 원각선사 일 장 앞에서 쇄도하고 있었다.

원각선사는 나름대로 만반의 준비를 하고 있었으므로 즉

시 녹옥불장을 앞으로 뻗으면서 자신의 전 공력을 한꺼번에 발출했다.

구오옴—!

흐릿한 금광이 번뜩이면서 강맹하기 짝이 없는 강기가 빛처럼 빠르게 오색기체를 향해 마주쳐 갔다.

소림사의 절학 중 하나인 반야대신공(般若大神功)인데 과연 타의 추종을 불허할 정도의 위력이다.

그러나 반야대신공과 오색기체가 격돌할 것이라고 기대했던 사람들은 전혀 다른 결과에 움찔 놀랐다.

오색기체가 반야대신공을 그대로 통과해 버렸기 때문이다. 그것은 빛이 투명한 얼음을 통과한 듯한 광경이다.

원각선사는 움찔 놀랐다. 오색기체, 즉 오행지기가 자신의 몸에 닿으면 무공이 폐지될 것이기 때문에 본능적으로 몸을 움츠렸다.

그와 동시에 그가 발출했던 반야대신공은 일 장 정도 더 뿜어져 나가다가 저절로 소멸됐다.

사아아.

원각선사가 이렇게 해볼 겨를도 없이 오행지기는 그의 몸 속으로 흔적도 없이 스며들었다.

"장문 사형!"

"어, 어서 오행지기를 몰아내십시오!"

소림사로는 대경실색해서 급히 소리치며 원각선사 주위로 몰려들었다.

원각선사는 망연자실한 표정으로 태무랑을 응시하다가 잠시 후에 담담한 표정을 지었다.

"노납이 자초한 일이니 받아들이겠소."

그러나 소림사로는 그러지 못했다. 하늘같은 장문인이고 사형인 원각선사가 무공이 폐지됐다는 사실에 순간적으로 이성이 마비됐다.

그들은 일제히 태무랑을 공격해 가면서 웅혼하게 외쳤다.

"당장 장문 사형을 원상태로 돌려놓으시오!"

"감히 소림을 능멸하다니!"

그런데 두 마디 각기 다른 외침이 터졌다.

"사제들! 노납의 무공은 폐지되지 않았네!"

"앗! 내, 내 무공이!"

원각선사와 원태대사의 외침이었다.

소림삼로는 즉시 공격을 멈추고 원각선사와 원태선사를 번갈아 쳐다보았다.

원각선사는 적잖이 놀라는 표정을 지었다.

"노납의 무공은 그대로일세. 폐지되지 않았네."

그러나 원태대사가 안색이 하얗게 질려서 외치듯 말했다.

"장문 사형……! 소제의 무공이 사라졌습니다! 폐지됐다는 말씀입니다!"

순간 모두의 시선이 태무랑에게 집중됐다. 그러나 그는 거기에 대해서는 아무 말도 하지 않고 담담한 표정으로 앉아 있을 뿐이다.

구태여 그의 말을 듣지 않아도 사람들은 어떻게 된 영문인지 알 수 있을 듯했다.

원태대사가 원각선사의 무공을 폐지해 보라고 태무랑에게 강력하게 요구했으며, 원각선사는 마지못해서 그러라고 승낙을 했었다.

그렇기 때문에 태무랑은 강경한 원태대사의 무공을 폐지하고 원각선사는 그대로 놔두었던 것이다.

"물러들 나게."

원각선사의 말에 앞을 가렸던 소림사로가 분분히 양쪽으로 물러났다.

원각선사는 의아한 표정을 지으며 태무랑에게 물었다.

"그렇다면 노납을 적중시킨 오행지기는 무엇이오?"

태무랑은 빙그레 미소 지었다.

"불초가 보기에 장문인께선 곧 오기조원(五氣調元)에 오르실 것 같소."

원각선사는 움찔 놀랐다. 사실 그는 삼화취정(三花聚精)의 단계에 머무른 지가 어언 이십여 년이 넘었다.

모든 무림인들의 꿈인 생사현관이 소통된 이후에 무공에 전력하면 수십 년 내에 삼화취정에 이르게 되는데, 당금 무림에서 그런 경지에 도달한 사람은 채 열 손가락으로도 꼽을 수 없을 정도일 것이다.

원각선사는 이십여 년 전에 삼화취정에 이르러 이후 그다음 단계인 오기조원에 오르기 위해서 부단히 노력했으나 지금까지 뜻을 이루지 못하는 중이었다.

그런데 그가 곧 오기조원에 이를 것이라고 태무랑이 말했으므로 어찌 놀라지 않겠는가.

그렇다면 그의 말인즉, 조금 전에 원각선사에게 주입된 오행지기가 그를 삼화취정에서 오기조원으로 오르게 해줄 것이라는 뜻이 분명했다.

이십 년 묵은 소망이 이루어진 원각선사는 뛸 듯이 기뻤다. 하지만 태무랑이 언제 원태대사의 무공을 폐지했는지가 놀라웠다. 또한 그를 이대로 두고 볼 수가 없어서 기쁜 마음을 애써 억눌렀다.

"아미타불……. 노납은 이제 태 시주의 조화지경을 믿으니 그만 이 사제를 용서해 주시는 것이 어떻겠소?"

원태대사는 태무랑을 쳐다보며 복잡한 표정을 지으며 어깨를 씨근거렸다.

하지만 잠시 후 그는 풀 죽은 모습으로 어깨를 늘어뜨리며 중얼거렸다.

"아미타불. 빈승이 객기를 부렸으니 태 시주께선 부디 용서해 주시오."

태무랑은 가볍게 고개를 끄덕이며 미소를 지었다.

"하하! 놀라게 해서 미안하오. 대사에게 무공을 다시 돌려드렸으니 너무 심려치 마시오."

"아니?"

"대체 언제……."

중인은 태무랑이 손가락 하나 까딱하지 않고 그 자리에 앉아 있는 것을 똑똑히 보고 있었다. 그런데 어느새 원태대사의 무공을 복원시켰다는 말인가.

원태대사는 모두의 시선과 관심을 한 몸에 받으면서 긴장한 표정으로 조심스럽게 운기를 해보다가 깜짝 놀라더니 탄성을 터뜨렸다.

"아! 됐소! 이제 무공이 회복됐소!"

바야흐로 장내는 찬탄과 경악의 도가니로 변했다. 소림승려들은 자신들이 마치 조물주나 신 앞에 모여 있는 듯한 착각에 빠시기도 했다.

결국 원각선사가 참지 못하고 물었다.

"태 시주, 대체 언제 손을 쓴 것이오?"

그의 목소리는 처음에 비해서 많이 공손해졌다. 신승도 인

간인지라 강자, 아니, 지상초유의 강자 앞에서는 자신도 모르
게 굴신(屈身)할 수밖에 없는 것이다.

"불초는 손을 쓰지 않았소."

그런데 태무랑의 입에서 나온 말은 모두의 예상을 완전히
빗나갔다.

손을 쓴 적이 없다니, 그게 될 법이나 한 말인가. 그렇다면
대체 어떻게 원태대사의 무공을 폐지시키고 또 회복시켰다는
말인가.

"모든 것은 마음에서 일어나는 것이오."

"마음에서……?"

"마음으로 어떻게 그럴 수 있다는 말이오?"

소림승려들은 이해할 수 없다는 듯 제각기 한마디씩 했다.

그러나 원각선사는 뭔가 짚이는 바가 있는 듯 해연히 놀라
는 표정을 지었다.

"아미타불. 설마 태 시주께선 천원경에 들었다가 천원신기
를 얻으셨소?"

태무랑은 빙그레 미소 지으며 고개를 끄덕였다.

"인연이 따라주었지요."

"오오… 과연 그렇구려!"

원각선사뿐만 아니라 소림사로들까지도 경탄에 경탄을 거
듭하며 고개를 크게 끄덕였다.

천원신기라는 것은 삼라만상을 만들고 지배하는 모든 기운의 원천지기(源泉之氣)다.

원천지기가 어떤 장소에 존재한다면, 바로 그곳이 삼라만상이 시작된 곳이다.

같은 이유로, 원천지기가 사람에게 있다면 그가 삼라만상을 뜻대로 부릴 수 있다는 뜻이다.

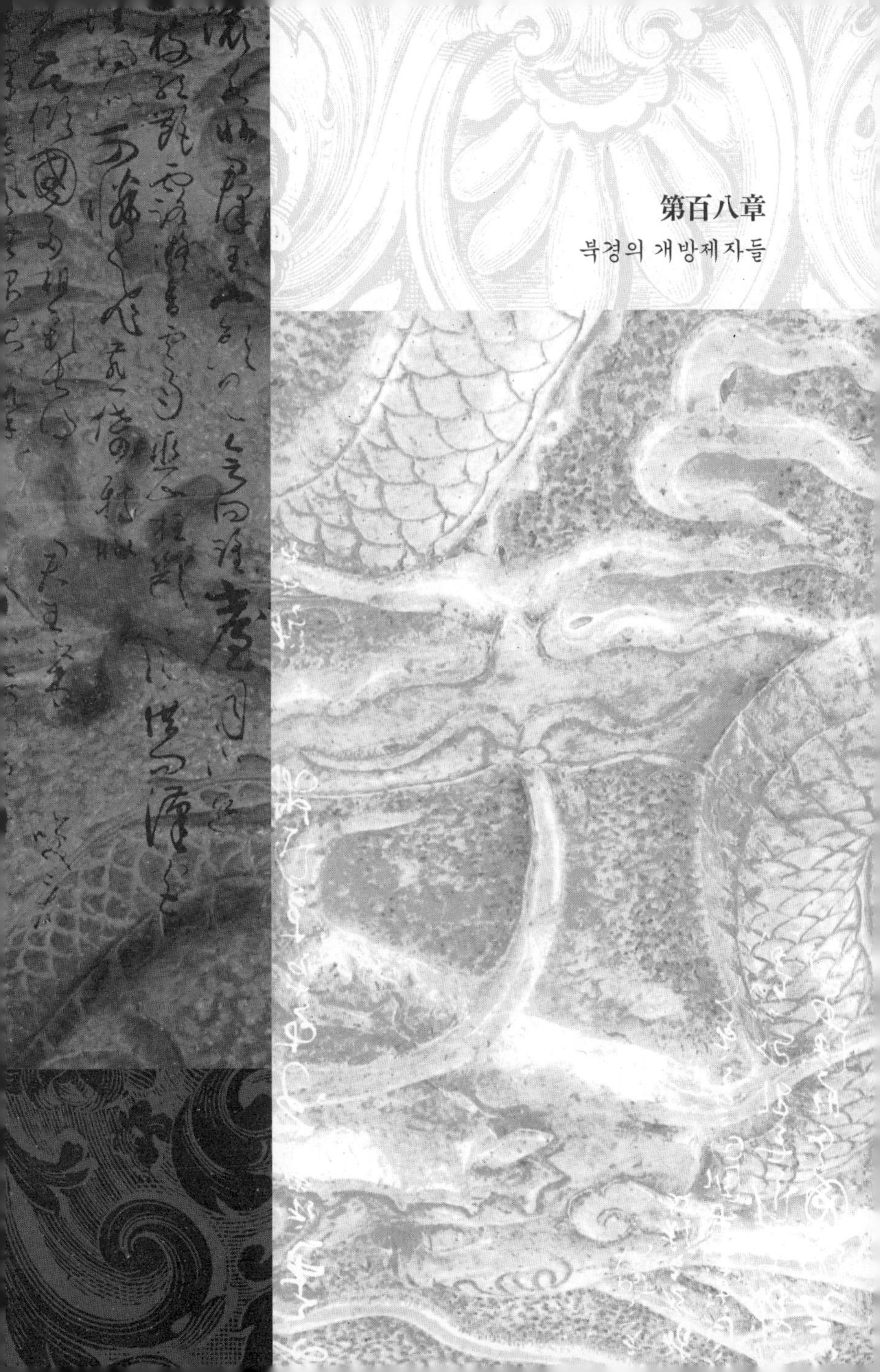

第百八章

북경의 개방제자들

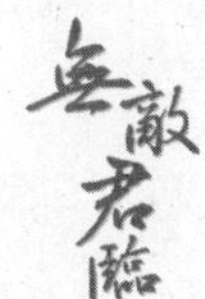

태무랑은 남경으로 갈까 북경으로 갈까 고심하다가 결국 북경행을 결정했다.

북경에 화명군과 단유천이 있을 것이며, 만약 수월화와 무령왕이 아직까지 살아 있다면 황궁 어딘가에 감금되어 있을 것이기 때문이다.

소림 장문인 원직선사는 소림사가 앞장서서 다른 팔대문파를 설득하고 결속시키겠다고 약속해 주었다.

구대문파가 하나로 뭉친다면 큰 힘을 발휘하게 될 터이다. 하지만 그들만으로는 무극신련을 당해내지 못할 것이다.

황제인 화명군을 등에 업은 무극신련은 지난 이 년여 동안 세력을 급속도로 신장시켜서 현재는 무림사상 초유의 초거대 세력이 되어 있었다.

그런 무극신련을 구대문파만으로 상대하는 것은 계란으로 바위를 치는 격이다.

하지만 구대문파는 무림의 아홉 개의 기둥이다. 그들이 하나로 뭉쳐서 각 지역의 반 무극신련 방, 문파와 인물들을 모은다면 이 땅에서 무극신련을 몰아내는 것이 전혀 불가능한 일만은 아닐 것이다.

소림사를 그들이 말하는 속세로 끌어낸 것이 시작이다. 앞으로 그들이 얼마나 제 역할을 제대로 해주느냐에 따라서 천하의 운명은 바뀔 것이다.

태무랑이 상대할 사람은 화명군과 단유천, 그리고 그들의 측근이다.

태무랑 혼자서 무극신련 전체를 찾아다니면서 일일이 상대할 수는 없는 노릇이다.

그 일은 구대문파와 그들이 결집한 무림 세력이 해주어야 하는 것이다.

*   *   *

소림사를 출발한 태무랑 일행은 한 달여 만에 황도 북경에 도착했다.

네 사람이 북경까지 이천오백여 리 길을 오는 동안 별다른 일은 일어나지 않았다.

단지 각 성과 현을 지날 때마다 검문을 당했는데 그때마다 무사히 통과했다. 미료가 등봉현 현청에서 돈을 주고 구한 통행증 덕분이었다.

돈은 원래 어디에서나 큰 힘을 행사하지만, 지금처럼 세상이 뒤숭숭하고 각박할 때에는 더 큰 위력을 발휘한다. 즉, 돈이면 안 되는 일이 거의 없다는 뜻이다.

더구나 이런 시대에는 관(官)의 부정부패가 만연하고 또 뿌리 깊어서 거의 모든 관리들이 한 푼이라도 더 벌기 위해서 혈안이 되어 있다.

태무랑 일행은 북경으로 오는 동안 보게 된 모든 백성들이 예상했던 것보다 훨씬 더 참혹하게 살아가고 있다는 사실을 알게 되었다.

그리고 십오 세 소년에서 육십 세의 노인에 이르기까지의 남자들이 군역과 부역에 짐승처럼 끌려가는 광경을 질리도록 목격했었다.

물론 끌려가지 않으려다가 처형당한 남자들의 시체도 곳곳에서 보았다.

시체들이 매달린 기둥 아래에서는 부녀자들이 남편과 아들, 아버지의 이름을 부르면서 통곡하고 있었다.

북경은 세상이 어떻게 돌아가든지 상관없이 여전히 번화하고 활기에 넘쳤다.

거리마다 인파가 넘쳐서 태무랑 일행은 말을 타고 앞으로 나아가기 어려울 정도여서 말에서 내려 끌고 걸어갔다.

북경은 맹오가 이십여 년 동안 살아온 삶의 터전이었다. 그러므로 그는 눈을 감고도 북경 성내 구석구석까지 찾아갈 수 있을 정도다.

일단 태무랑 일행은 정양문(正陽門) 근처의 최고급 객잔에 방을 잡았다.

군통이 선불을 치르고 두 개의 객방을 잡았다. 등봉현을 출발하여 오는 동안 그래 왔던 것처럼, 군통 자신과 맹오가 방 하나를, 그리고 태무랑과 미료가 한방을 사용하려는 것이다.

여행 첫날밤은 객방 세 개를 잡았다. 태무랑이 하나를, 그리고 맹오와 군통이 함께 자고, 나머지 하나는 미료의 방이었다.

하지만 미료는 자신은 태무랑의 종이기 때문에 절대로 따로 잘 수 없다면서, 강제로 떼어낼 바에는 차라리 죽이라고 떼를 쓰듯이 막무가내였다.

세 사람은 그녀에게 다른 흑심이 없다는 것을 너무도 잘 알고 있다.

그녀는 태무랑에게 연정을 품거나 혹은 자신의 몸을 바치겠다는 식의 행동을 할 여자가 절대로 아니다. 단지 그녀의 말대로 종이기 때문에 태무랑의 근처에서 시중을 들겠다는 순수한 심정일 뿐이다.

결국 미료의 고집에 태무랑이 졌고 그때부터 한 달여 동안 밤마다 태무랑과 미료는 한방에서 잠을 잤었다.

맹오는 개방 북경총타 사람들을 만나러 외출했다. 그는 북경총타에서 살아남은 사람들이 반드시 있을 것이라고 굳게 믿고 있었다.

그렇다면 그들은 어딘가에 모여서 개방의 부활을 모색하거나 암암리에 무극신련에 저항하는 일을 진행하고 있을 것이라고 생각했다.

하지만 맹오의 그런 생각은 빗나갔다. 개방제자들을 만나기는 했으나 그들은 자신들의 앞가림조차 하지 못하는 극한의 상황에 내몰려 있었다.

맹오는 나간 지 두 시진 반에 한 사람을 데리고 객잔으로 돌아왔다.

"주군, 이 사람은 북경총타 제오분타의 부분타주였던 철완개(鐵腕丐)입니다."

　그가 소개한 사람은 키가 작달막한데다 몹시 깡마른 체구를 지녔으며, 입 주변에 짧고 까칠한 검은 수염을 기른 눈매가 날카로운 중년인이었다.

　맹오와 군통은 미료가 태무랑을 주인님이라고 부르는 것에 자극을 받아서 자신들은 태무랑을 '주군'이라 부르기로 하여, 이곳까지 오는 동안 줄곧 '주군'이라고 불렀었다.

　이제 그들은 태무랑을 떠나서 사는 것은 상상조차 할 수 없는 몸이 돼버렸다.

　자신들은 오로지 태무랑의 그늘에서 그의 한마디에 생사를 맡기겠다고 결심한 것이다.

　철완개라고 소개한 사내는 태무랑을 보더니 날카로운 눈빛을 누그러뜨리며 최대한 공경한 자세로 예를 취했다.

　"개방제자 철완개가 대협께 인사드립니다."

　과거 무적신룡과 개방은 너무도 끈끈한 관계였다. 개방은 무적신룡의 눈과 귀 역할을 해주었으며, 무적신룡의 일이라면 만사 제쳐두고 기쁜 마음으로 헌신했었다.

　무적신룡의 위명이 사해팔황을 떨어 울리면 개방제자들은 자신들의 일인 양 의기양양했고, 그에게 불행이 닥치면 피눈물을 흘리면서 슬퍼했었다.

　덥썩!

　태무랑은 철완개의 두 손을 힘주어 잡았다.

"반갑네."

철완개는 감개무량한 표정을 지으며 눈시울이 붉어졌다.

"우리는 이 년 전 현도왕가에서 대협께서 돌아가셨다고 생각했었습니다……."

태무랑은 맹오의 어깨에 손을 얹었다.

"맹오가 아니었으면 그때 죽은 목숨이었지."

철완개는 크게 놀라 맹오를 보더니 환한 표정을 지었다.

"정말 잘해주었다, 맹오. 네가 자랑스럽다."

맹오는 북경총타 제오분타 소속이었다. 사부 뇌웅이 오분타주였으며, 철완개가 부분타주였으므로 철완개하고는 친분이 두터웠었다.

맹오는 겸연쩍은 표정을 지으며 어쩔 줄 몰랐다. 사실 그는 철완개를 만나서 태무랑이 살아 있다는 말만 해주었을 뿐 다른 얘기는 해주지 않았다. 또한 자기자랑을 늘어놓는 것은 체질상 절대로 하지 못했다.

태무랑과 철완개 등은 탁자 주위에 자리를 잡고 앉았다.

평소에 태무랑은 맹오와 군동에게 격식을 차리지 말라고 누누이 말하기 때문에, 두 사람은 태무랑과 마주 앉는 것에 익숙해 있다.

하지만 미료는 아무리 태무랑이 말해도 듣지 않고 특별한 일이 없는 한 항상 태무랑 뒤에 그림자처럼 서 있다.

"어떤가, 괴노협과 풍개 소식은 들었는가?"

앉자마자 태무랑이 묻자 문득 철완개는 어두운 표정을 지으며 착잡하게 대답했다.

"방주께선 이 년 전 현도왕가에서 돌아가셨고… 소방주의 생사는 전혀 모르고 있습니다."

태무랑은 자신이 예상했던 것처럼 괴노협이 죽었다는 사실을 직접 듣자 마음이 무거워졌다.

"괴노협께서 돌아가시다니… 더구나 개방제자들마저 몰살당했으니 그 모든 게 내 탓일세."

"무슨 말씀을! 절대 그렇지 않습니다!"

철완개는 고개를 세차게 가로저으며 강하게 반박했다.

"개방은 예로부터 항상 약자의 편이었고 정의와 협행을 몸으로 실천했습니다. 그러므로 그 당시에 대협의 부탁이 아니라 다른 사람의 부탁이었다고 해도 방주께선 흔쾌히 그 일을 하셨을 것입니다."

태무랑은 이미 맹오를 통해 개방의 의로운 기상을 익히 경험했다. 그러므로 철완개의 정의로움은 새삼스러운 것이 아니다.

아니, 맹오를 알기 오래전부터 태무랑을 헌신적으로 도왔던 신풍개와 많은 개방제자들로부터 그 사실을 뼈저리게 느껴왔었다.

그런데 지금 철완개로부터 다시금 개방의 의기와 정의에 대해서 듣게 되자 가슴이 훈훈해졌다.

"뇌웅은 어떤가?"

태무랑은 맹오의 눈이 붉어진 것을 보고 이미 어느 정도 짐작을 하고 있었다.

"오분타주는 그 당시에 입은 상처 때문에 고생하시다가 지난달에 숨을 거두셨습니다."

철완개는 착잡하게 한숨을 내쉬었다.

"좋은 약재를 한 번이라도 써봤더라면… 오분타주는 돌아가시지 않았을지도 모릅니다."

그 말이 모두의 심금을 울렸다. 또한 죽어가는 뇌웅을 위해서 약 한 첩 제대로 쓰지 못했을 정도로 북경의 개방제자들이 궁핍한 생활을 영위하고 있었다는 뜻이다.

철완개는 주먹으로 눈물을 닦았고, 맹오는 고개를 숙이고 있는데 탁자에 눈물이 뚝뚝 떨어졌다.

맹오는 뇌웅의 죽음을 몹시 안타까워했다. 더구나 지난달에 죽었다는 말을 듣자 안타까움이 극에 달했다. 뇌웅이 조금만 더 버텼더라면, 그래서 대무랑이 올 때까지 기다려 주었더라면 죽지 않았을 것이기 때문이다.

철완개는 맹오가 사준 옷을 입고 이곳에 왔으나, 겉에 드러난 손과 얼굴에는 때가 더덕더덕했고 머리카락은 까치 둥우

리처럼 봉두난발이었다.

　이 년여 전에 북경에는 총 천이백여 명의 개방제자들이 우글거렸었다.

　그 당시에 현도왕가를 공격했던 괴노협 이하 오백여 명의 고수들이 전멸을 당했으며, 사결제자 이하인 나머지 칠백여 명도 거의 소탕을 당했었다.

　그래서 현재 살아남아 있는 개방제자는 다 합쳐 봐야 서른세 명이 고작이었다.

　그나마 그들은 개방제자라는 사실을 철저하게 감춰야 하기 때문에 다른 거지들처럼 거리에서 동냥이나 구걸을 하면서 지난 이 년 동안 근근이 살아왔었다.

　태무랑은 하루 만에 북경 외성에 비어 있는 한 채의 아담한 장원을 구입하여 생활에 필요한 모든 물건들을 하나부터 열까지 완벽하게 구비를 하였다.

　이후 철완개 이하 서른세 명의 개방제자들을 모두 그곳으로 옮겨와서 살게 했으며, 자신들도 그곳을 거처로 삼았다.

　그런데 서른세 명의 개방제자 중에서 이 년 전에 현도왕가 싸움에 참가했던 사람이 네 명 있었다.

　그중에는 철완개도 끼어 있었다. 그는 심각한 내상을 입었는데 아직까지도 치료하지 못한 상태였다.

그들은 그 당시에 심한 부상을 입었으며, 지난 이 년 동안 치료조차 변변하게 받아보지 못했고, 오히려 상처가 덧나서 고생을 하고 있었다.

태무랑은 우선 그들 네 명을 말끔히 치료해 주었다. 그뿐 아니라 개방제자 서른세 명 모두의 생사현관을 소통시켜 주었으며, 벌모세수와 탈태환골까지 시켜주었다.

개방제자 서른세 명에겐 일생일대의 홍복이 한꺼번에 쏟아진 것이다.

지난 이 년 동안의 지긋지긋했던 거지 아닌 거지생활을 청산하고 번듯한 장원에서 풍족하게 살게 된 것만도 꿈을 꾸는 것처럼 굉장한 일이다.

그런데 무림인이라면 꿈속에서조차 갈망한다는 생사현관 소통을 서른세 명 모두 이루었으며, 더구나 벌모세수와 탈태환골까지 마쳤으니 하루아침에 초일류의 고수가 된 것이다.

"팔을 내밀어보게."

태무랑의 말에 철완개는 의아해하면서 조심스럽게 두 팔을 내밀었다.

태무랑은 철완개의 팔을 잠시 어루만지더니 가볍게 고개를 끄덕였다.

"자네 이름이 철완개라고 해서 살펴보니까 과연 보통사람에 비해서 뼈가 훨씬 굵고 단단한데다 근력이 대단하군.”

철완개는 겸연쩍은 듯 얼굴을 붉혔다.

“원래 이름은 따로 있습니다만 제 팔 힘이 세다고 동료들이 지어준 이름입니다.”

태무랑은 철완개를 데리고 밖으로 나갔다. 이 장원은 일곱 채의 전각으로 이루어져 있으며, 태무랑과 맹오, 군통, 미료가 한 채를 사용하고, 다른 다섯 채는 개방제자들이, 그리고 나머지 한 채는 하인과 하녀, 숙수들이 사용하며 그곳에 주방과 식당이 딸려 있다.

태무랑은 미료에게 철봉을 하나 가져오라고 지시했다. 그러자 그녀는 큰 소리로 사람을 불러서 그에게 철봉을 가져오라고 대신 시켰다. 그러면서 하는 말이 걸작이다.

“소인은 주인님의 그림자예요.”

그러므로 절대 떨어질 수 없다는 뜻이다. 사실 그녀는 등봉현을 출발한 이후 지금까지 한시도 태무랑 곁을 떠나본 적이 없었다. 물론 볼일을 보러 측간에 갈 때는 예외다.

가져온 철봉은 어른 팔뚝 정도 두께의 강철이다. 태무랑은 그것을 미료에게 주었다.

“너는 그것으로 철완개를 힘껏 내리쳐라.”

이어서 철완개에게 주문했다.

“자네는 팔로 철봉을 막게.”

“녯?”

철완개는 깜짝 놀랐다. 자신의 팔뚝이 남들보다 강한 것은 맞지만 무림고수가 전력으로 내리치는 굵은 철봉을 견뎌낼 정도는 아니기 때문이다.

슥—

그러나 미료는 이미 철봉을 두 손으로 잡고 머리 위로 치켜 들고 있었다.

철완개가 마음의 준비를 하고 자시고 할 겨를도 없이 철봉이 허공을 가르며 파공음을 흘렸다.

위잉!

“앗!”

미료가 바로 코앞에서 내리긋기 때문에 피할 수도 없어서 철완개는 다급히 왼팔을 들어 철봉을 막았다. 살기 위한 몸부림이지 태무랑이 시키는 대로 한 것이 아니다.

땅!

“윽!”

날카로운 음향이 터지는 것과 동시에 철완개는 나직한 신음을 토해냈다. 그러나 고통스러워서가 아니라 무의식중에 터뜨린 신음이다.

“어……?”

다음 순간 철완개는 어리둥절한 표정을 지으면서 미료의

손에 쥐어져 있는 부러진 철봉과 바닥에 떨어져 있는 부러져 나간 철봉을 번갈아 쳐다보았다.

"어… 떻게 이럴 수가……."

그리고는 자신의 팔뚝이 조금도 아프지 않다는 사실을 깨닫고는 더욱 대경실색했다.

태무랑은 미료에게서 철봉을 건네받아 철완개에게 주었다.

철완개가 엉겁결에 손을 내밀어 철봉을 잡자 태무랑은 담담히 말했다.

"힘껏 잡게."

철완개는 태무랑이 시키는 대로 아무런 생각 없이 철봉을 힘껏 잡았다.

으적.

순간 철봉이 그의 손안에서 떡 반죽처럼 일그러졌다.

"이, 이런……."

화들짝 놀라서 손을 펴자 철봉 속으로 손가락이 깊숙이 파고들어 가 있었다.

그가 어떻게 된 영문인지 모른 채 귀신에 홀린 표정을 짓는 것을 보고 태무랑이 빙그레 미소 지으며 설명했다.

"자네 두 팔에 오행지기의 금기(金氣)를 주입했네. 이제 자네 두 팔은 신병이기로도 잘라지지 않으며 아무리 강한 것이라도 한 주먹에 부술 수 있을 걸세."

"아……."

사실 태무랑은 조금 전에 철완개의 두 팔을 어루만지며 살피면서 금기를 주입해 두었던 것이다.

철완개는 자신의 두 팔과 태무랑을 번갈아 쳐다보면서 경악을 금치 못했다.

"공력을 주입해서 발출하면 권강(拳罡)이 될 걸세."

그런데 태무랑이 이곳은 장소가 적합하지 않으니까 시험하지 말라고 말하기도 전에 철완개는 오른팔에 공력을 주입하여 이미 휘두르고 있었다.

태무랑은 그것을 충분히 무마시킬 수 있으나 그대로 내버려 두었다. 철완개가 주먹을 휘두른 방향이 인공 숲 쪽이기 때문이다.

후아앙!

순간 철완개의 주먹에서 금광이 번쩍이더니 전방 삼 장쯤에서 둔탁한 음향이 연이어 터졌다.

퍼퍼퍽! 쾅!

직후 전방의 아담한 인공 숲 바깥쪽에서 안쪽으로 연달아 두 그루의 아름드리나무가 묵직한 소리를 내며 쓰러지기 시작했다.

우지직!

그리고 그 안쪽에 하나의 석등이 있었는데 박살 나서 흔적도 찾아볼 수 없게 되었다.

철완개의 주먹에서 발출된 권강은 세 그루 나무를 적중시켰으며, 그중 첫 번째와 세 번째 나무는 바깥쪽이 적중되어 쓰러졌고, 두 번째 나무는 가슴 높이에 주먹 크기의 구멍이 뻥 뚫렸다.

그러고도 권강은 이 장을 더 쏘아가서 석등 하나를 가루로 만들어 버린 것이었다.

"아아……."

철완개는 망연자실하여 한동안 자신의 주먹과 쓰러진 나무들을 번갈아 쳐다보았다.

그러다가 번쩍 정신을 차리고 갑자기 태무랑을 향해 땅에 납작하게 부복하여 큰절을 올렸다.

"대협……! 뭐라고 감사를 드려야 할지 모르겠습니다. 소인은… 소인은……."

그는 제대로 말을 잇지 못하고 고개를 조아렸다. 하지만 그는 곧 일으켜져서 허리가 꼿꼿하게 펴져 태무랑 앞에 선 자세가 되었다. 물론 태무랑이 일으킨 것이다.

태무랑은 엷은 미소를 지었다.

"내가 개방에 입은 은혜에 비하면 만분지 일조차 못 되네. 마음에 두지 말게."

"대협……."

하지만 철완개는 마음속으로 태무랑을 위하는 일이라면 목숨이라도 바치겠다고 결심하고 있었다.

이후 태무랑은 개방제자 서른두 명을 일일이 찾아다니면서 그들의 신체적 특성에 맞게 새로운 능력을 하나씩 갖게 해주었다.

그는 북경에 도착하자마자 무엇보다도 제일 먼저 수월화와 무령왕의 생사에 대해서 알고 싶었다.

하지만 그것은 알고 싶다고 해서 알게 되는 것이 아니다. 그는 황궁에 아는 사람이 아무도 없으므로 누굴 통해서 알아볼 수도 없는 상황이다.

그렇다고 그가 한가해서 개방제자들에게 매달려 그들을 치료하고 생사현관을 소통시켜 주며 그들 개개인에게 새로운 능력을 주고 있는 것이 아니다.

수월화와 무령왕의 생사 확인과 그들이 감금되어 있는 곳을 알아내는 것이 무엇보다도 중요하지만, 개방제자들을 거두고 그들이 충분히 자신들의 힘으로 자립할 수 있도록 돕는 것도 중요한 일이나.

그렇게 해야지만 그의 마음이 조금이라도 편해지고 또 죽은 괴노협이나 개방제자들에게 보은을 하는 길이기 때문이다.

북경에 도착한 지 사흘째 밤이다.

태무랑은 자신의 방 창가의 탁자 앞에 앉아서 술잔을 기울이는 중이다.

하루 종일 여러 사람과 섞여 지내다가 비로소 혼자 있게 된 한가한 시간이다.

아니, 혼자가 아니다. 그의 그림자를 자처하는 미료가 있다. 하지만 그녀는 정말 없는 듯이 한쪽 벽면 아래에 조용히 가부좌의 자세로 앉아 있다.

그래서 언제부터인가 태무랑은 그녀의 존재를 조금씩 느끼지 않게 되었다.

그녀는 한 번 바닥에 앉으면 태무랑이 부르기 전에는 일체 꼼짝도 하지 않는다.

태무랑은 여간해서는 그녀를 부르지 않고 부를 일도 별로 없기 때문에 그녀가 자리를 잡고 앉으면 다음날 아침까지 움직이지 않는 경우가 다반사다. 물론 그녀는 그 자세로 잠을 잔다.

그래서 그것이 태무랑으로 하여금 그녀를 실내의 가구나 사물로 여기도록 하는 것 같았다.

그때 태무랑이 마시던 술병이 비었다. 그런데 그것을 어떻게 귀신같이 알고 미료가 발딱 일어나 방문을 열고 하녀에게 술을 가져오라고 일렀다.

이 장원의 이름은 개방제자들이 상의해서 신풍장(神風莊)이라고 지었다. 소방주 신풍개의 시체가 발견되지 않았기 때문에 그가 살아 있다고 믿고, 그의 무사귀환을 기원하는 간절한 마음에서 그렇게 지었다고 한다. 개방제자들의 마음이 새삼 갸륵하다.

현재 신풍장에서는 암암리에 하녀와 하인, 숙수들을 모으고 있는 중이다.

개방제자들과 예전부터 인연이 있는 입이 무거운 사람들을 모으는 것이므로 한꺼번에 모아지지 않았다. 그래서 하루에 한두 명씩 알음알음 끌어 모으고 있다.

현재 신풍장에 있는 하녀는 겨우 세 명인데 개방제자들의 우두머리인 철완개는 그녀들 세 명 모두를 태무랑의 거처에 배치했다.

하녀가 술을 가져오자 미료가 술병을 받아 탁자로 가지고 와서 공손히 내려놓고 돌아섰다.

"너도 한잔해라."

미료는 태무랑 맞은편에 꼿꼿한 자세로 앉아 빈 잔 하나를 자신의 앞에 놓고 술병을 들었다. 태무랑의 말을 권유가 아닌 명령으로 받아들인 그녀다.

슥—

태무랑이 그녀 손에서 술병을 받아 자신이 직접 따라주자 미료는 움찔 놀라 고개를 숙인 채 두 손으로 최대한 공손히 술을 받았다.

태무랑이 술을 마시자 미료는 조심스럽게 잔을 들어 단숨
에 마셔 버렸다.

"미료야."

"말씀하세요."

태무랑이 조용히 부르자 그녀는 빈 잔을 내려놓고 조심스
럽게 그를 바라보았다.

"너는 내 그림자를 자처하기에는 너무 약하다. 그 정도 실
력으로는 나를 돕는 게 아니라 오히려 짐만 될 뿐이다."

에두르지 않은 직설적인 말이다.

언뜻 미료의 얼굴에 놀람과 암울한 표정이 연이어 가볍게
떠올랐다가 사라졌다.

"지금의 너는 네가 말한 것처럼 단지 몸종일 뿐이다. 하지
만 나는 몸종이 필요하지 않다."

"……."

미료는 불안한 표정을 지으며 가늘게 몸을 떨었다. 그의 말
이 평소와 다른 것을 느꼈기 때문이다. 그래서 그녀는 자신이
할 수 있는 유일한 방법, 즉 간절한 표정을 지으며 그를 바라
보기만 했다. 하지만 지금 분위기로는 통하지 않을 것 같았다.

"무슨 말인지 알겠느냐?"

"……."

미료는 대답하지 않았다. 아니, 뭐라고 해야 좋을지 몰라서

입을 꼭 다물고 있었다.

"나는 앞으로 화명군을 위시해서 매우 고강한 자들과 상대해야 한다. 그런데 네가 자신의 앞가림도 못하면서 지금처럼 내 그림자를 고집한다면, 나는 너를 보호하느라 아무것도 못하게 될 것이다."

태무랑의 말은 어느 것 하나 틀린 게 없다. 그리고 그 말 한마디 한마디가 날카로운 비수가 되어 미료의 온몸에 날아와 꽂혔다.

"소인은……."

그의 말을 듣고 그녀는 더 이상 고집을 부릴 수가 없었다. 그리고 이로써 태무랑 곁을 떠나야만 한다고 생각하니 갑자기 눈물이 왈칵 쏟아졌다.

"주인님 곁에서 터럭만큼이나마 은혜를 갚지 못한다면 어디에 가서도 결코 살아갈 수 없을 것 같아요."

그녀의 눈물이 후드득 탁자에 쏟아졌다. 그리고 그 진심은 고스란히 태무랑에게 전해졌다.

태무랑이 그녀에게 베푼 은혜는 천지간을 다 합친 것보다도 더 크다.

그는 그녀와 모친을 치료해 준 것으로 그치지 않고, 소림 장문인 원각선사에게 특별히 부탁하여 군역에 끌려가지 않으려고 산속 토굴에 숨어 있던 미료의 남동생 영보를 소림사에서 지내도록 해주었다.

말하자면 태무랑은 미료 한 사람이 아니라 가족 전체의 은인인 것이다.

그래서 미료가 그의 곁에서 미력이나마 보탬이 되려고 발버둥을 쳤었는데 이제 그나마도 여의치 않게 돼버렸다.

"그러지 않기 위해서는……."

"주인님……."

태무랑의 입에서 무슨 말이 나올 것인지 짐작한 미료는 절박한 표정으로 그를 바라보았다.

"너를 강하게 만들어야겠다."

"……."

미료는 놀란 것도 기쁜 것도 아닌 묘한 표정으로 태무랑을 말끄러미 바라보았다.

자신을 쫓아낼 것이라고 생각했는데 전혀 생각하지도 않았던 말이 나온 것이다.

"너는 어떻게 강해졌으면 좋겠느냐?"

태무랑이 빙그레 미소 지으며 묻자 미료는 부르르 세차게 몸을 떨더니 갑자기 두 손으로 얼굴을 가리며 왁! 하고 울음을 터뜨렸다.

이번 것은 기쁨의 눈물이다.

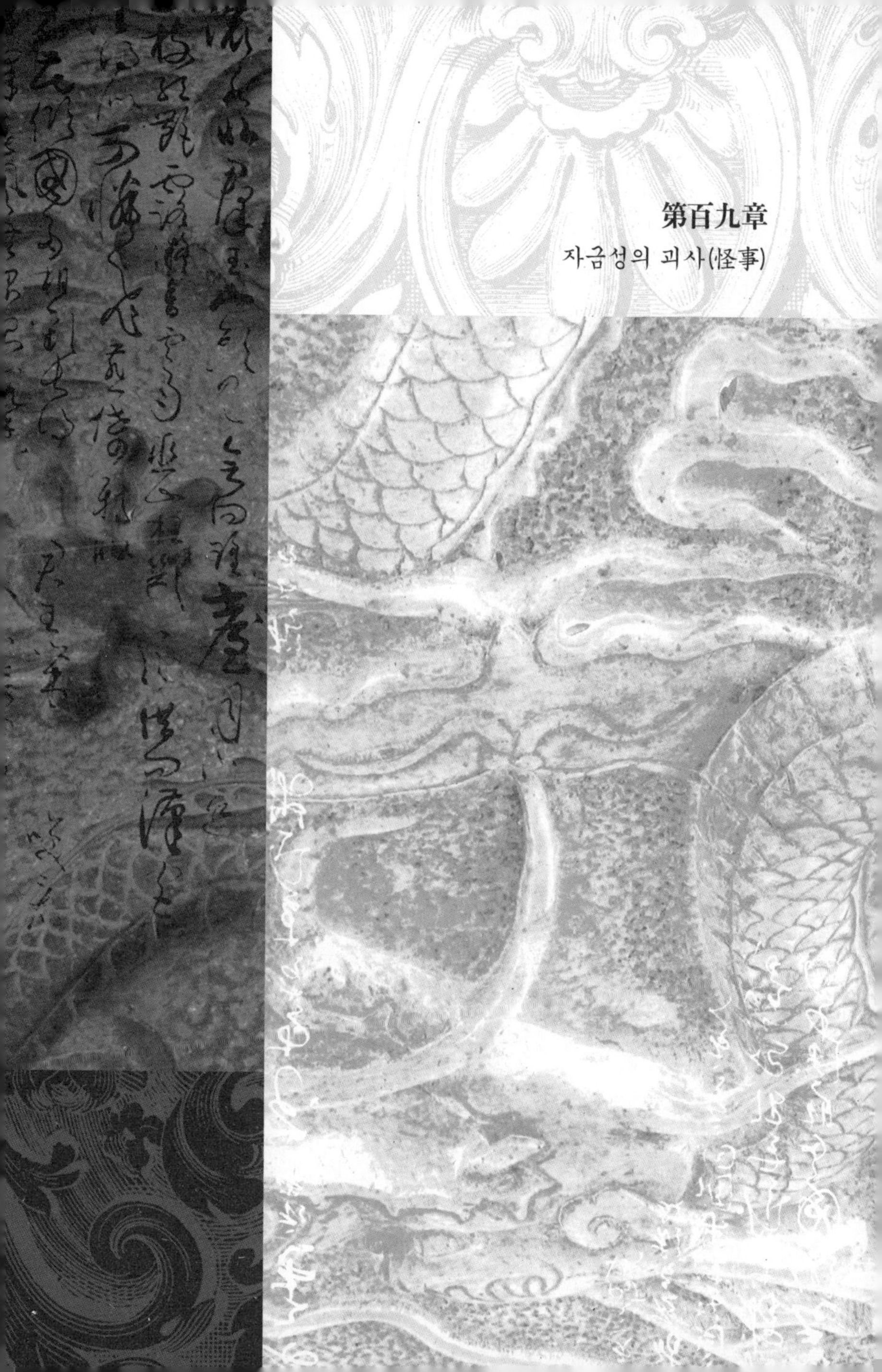

第百九章
자금성의 괴사(怪事)

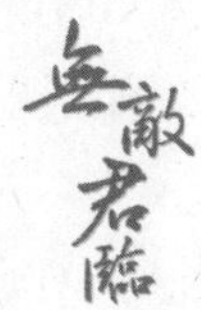

　태무랑은 이틀 동안 혼자 자금성에 잠입하여 곳곳을 살피고 다녔으나 별다른 소득이 없었다.

　자금성 내에서 나름 고위관리나 장군쯤 되는 자들을 발견하여 심문해 봤으나 그들은 수월화와 무령왕에 대해서 아는 것이 전혀 없었다.

　물론 상대를 제압하여 그가 알고 있는 것늘을 낱낱이 실토하도록 하고, 깨어난 후에는 그 사실을 추호도 기억하지 못하는 수법, 즉 심지를 완전히 제압했었기 때문에 일체 후환을 남기지는 않았다.

또한 태무랑은 자신이 마음먹은 곳이면 어디든 공간을 이동할 수 있으며, 자신의 모습이 누구에게도 보이지 않도록 할 수도 있으므로 그가 자금성에 잠입했다는 사실은 귀신조차 모를 것이다.

그는 자금성 내에 존재하는 열두 군데의 뇌옥과 다섯 군데의 지하뇌옥을 모두 살펴봤으나 수월화와 무령왕을 찾지 못했다.

그가 자금성에서 잠입하지 않은 몇 군데가 있다. 하지만 그곳들은 화명군이나 그의 측근들이 있을 것으로 짐작됐기 때문에 섣불리 건드리지 않았다.

그는 조화지경에 도달했으나 여전히 인간이다. 천원경에서 그는 천상계에 오를 것인가, 아니면 조화지경을 이루어 지상에 남을 것인가라는 물음에 후자를 선택했었다.

천상계에 오르는 것은 신이 된다는 뜻이다. 그것은 완전(完全)을 말한다.

또한 인간세상하고의 영원한 결별이다. 더 이상 인간세상에 영향력을 행사해서도, 연연해서도 안 되는 것이다.

하지만 조화지경에 이르러 인간세상에 남으면 인간들의 희로애락에서 자유로울 수가 없다. 또한 능력마저 유한(有限)하다. 인간의 능력은 훨씬 초월했으나 신의 반열에는 들지 못했기 때문이다.

만약 태무랑이 신이라면 수월화나 벽교상 등 인간세상의 일에 연연하지 않을 것이다.

하지만 인간을 선택한 이상 인간에서 신으로 이르는, 즉 입신(入神)의 능력을 지닌 상태에서 인간과 똑같은 감정을 지니고, 인간과 똑같이 먹고 자고 또 아파하고 슬퍼해야 할 것이다.

현재 그는 자신이 조화지경에 이르렀으나 진짜 능력이 어느 정도인지 정확하게 모르고 있는 상태다.

그렇다고 일부러 시간을 내서 자신의 능력의 한계를 시험해 보고 싶은 생각은 없다.

그래서 그는 자금성에 잠입해서도 조심하고 있는 것이다. 신이 아닌 인간이기에.

자금성 밖 우측의 화지자(花池子) 바깥쪽 해자 건너 어느 골목 어귀에 미료가 혼자 서 있다.

그녀는 백오십여 장 거리의 자금성 높은 담을 뚫어지게 주시하면서 태무랑이 나오기를 기다리고 있다.

'가자.'

'앗!'

그때 미료는 등 뒤에서 조용한 목소리가 들리자 소스라치게 놀라 짧은 비명을 터뜨렸다.

하지만 사실 등·뒤에서 들린 목소리는 실제 육성이 아니고 그녀의 머릿속에서만 울린 것이다.

또한 그녀는 입 밖으로 비명을 터뜨리지 않았다. 그러기 직전에 어떤 힘이 작용하여 그녀의 비명이 목구멍 안에서만 울리도록 만들었다.

미료는 반사적으로 등 뒤를 향해 공격하려다가 멈칫했다. 방금 일어난 일은 태무랑만이 가능하다는 사실을 깨달았기 때문이다.

과연 그녀가 놀란 가슴을 쓸어내리며 돌아보자 그곳에는 언제 나타났는지 태무랑이 우뚝 서 있었다.

이틀 전 밤에 태무랑은 일각에 걸쳐 손을 써서 미료를 열 배 이상 고강하게, 그리고 몇 가지 특별한 능력을 갖도록 해 주었다.

그래서 요즘 미료는 그것들을 한시바삐 사용하고 싶어서 안달이 난 상태다.

태무랑의 말에 의하면 그녀는 신풍장에서 가장 고강한 맹오를 백 초식 안에 제압할 수 있을 정도라고 했다.

그런데도 그녀는 태무랑이 바로 등 뒤에 나타나는 것을 추호도 감지하지 못했다.

태무랑이 말없이 골목 안쪽으로 미끄러져 한 줄기 바람처럼 쏘아가자 미료도 즉시 뒤따랐다.

태무랑은 골목 막다른 곳에 이르러 비스듬히 솟아올라 지상에서 십여 장 높이에 도달하자 수평을 유지했다.

이어서 왼팔을 뻗어 그 높이까지 오른 미료의 가느다란 허리를 안고 수평을 유지한 채 야공을 쏘아갔다.

미료는 어제와 오늘 이틀에 걸쳐서 자금성에 올 때와 돌아갈 때 지상 십여 장이라는 까마득한 높이에서 밤하늘을 비행해 봤다.

그녀는 새로 생긴 능력을 발휘하면 스스로의 힘으로도 십여 장 높이에서 어느 정도까지는 비행할 수가 있다.

하지만 지금처럼 엄청난 속도로, 또 오랫동안 비행할 능력은 없다. 그래서 태무랑이 그녀의 허리를 안아 비행하고 있는 것이다.

미료는 슬쩍 태무랑의 표정을 살피고는 그가 자금성 안에서 별다른 수확을 얻지 못했다는 사실을 깨달았다. 그녀는 말을 할까 말까 망설이다가 이윽고 결심하고 조심스럽게 전음을 보냈다.

[주인님, 아까 조금 이상한 광경을 목격했어요.]

태무랑은 반응을 보이지 않고 전방만 주시하고 있지만 미료는 말을 이었다.

[검은 복장을 한 세 명이 자금성 담을 넘어서 안으로 들어갔어요.]

한밤중에 세 명의 흑의인이 자금성 담을 넘어서 들어갔다면 과연 이상한 일이다.

[그런데 그들은 자루를 한두 개씩 메고 있었는데 아무래도 사람인 것 같아요. 그것도 어린 여자처럼 보였어요.]

흑의인들이 자루를 메고 있었으며 그 안에 사람이 들었다면 그 사람의 체구로 미루어 남녀를 구별하는 것은 어렵지 않은 일이다.

또한 작은 체구라면 어린 여자, 즉 소녀일 것이라고 짐작하는 것도 가능하다.

'언제쯤이었느냐?'

미료의 머릿속에서 마치 그녀가 생각을 하는 것처럼 태무랑의 말이, 아니, 의미가 전달되었다.

[축시(새벽 2시)쯤이었어요.]

그런 상황이라면 누가 봐도 흑의인들이 소녀들을 납치하고 있다는 것이다.

그리고 자금성 안에 있는 누군가 아니면 그 무엇이 소녀를 필요로 하고 있다는 뜻이다.

태무랑은 어쩌면 그런 일이 일회성, 즉 한 번에 그치는 것이 아닐지도 모른다는 생각이 들었다.

그 짐작이 맞는다면 매일 아니면 며칠에 한차례씩 주기적으로 그런 일이 벌어지고 있을 것이다.

인간에게 있어서 완벽함이란 존재하지 않는다. 그러므로 인간이 하는 일에는 반드시 허점이 있게 마련이다.

수월화와 무령왕이 아직 살아 있다면, 그래서 자금성 안 어딘가에 감금되어 있다면 필경 어떤 흔적이나 실마리가 있을 것이다.

아무리 노력해도 그런 것이 발견되지 않는다면, 두 사람은 죽었거나 자금성에 없다는 뜻이다.

태무랑은 두 사람이 살아 있다고 믿지만, 그의 능력으로는 사람의 생사를 확인할 수가 없다.

그러나 인간으로서의 본능적인 느낌이 두 사람이 생존해 있다고 강하게 알려주고 있다.

태무랑과 미료가 신풍장에 돌아왔을 때 그의 거처에서 맹오와 철완개가 기다리고 있었다.

"북경을 중심으로 오십여 리 일대에서 이십여 명의 개방제자들이 흩어져 있는 것을 발견했습니다."

철완개가 태무랑을 보자마자 기쁜 표정으로 보고했다.

"대협, 이곳은 장소도 넉넉한데 그들을 이곳으로 불러와서 함께 생활해도 되겠습니까?"

철완개는 매우 상기된 표정으로 물었다. 그의 언행을 보면 태무랑이 반대할 이유가 없다고 확신하는 듯했다.

철완개를 비롯한 신풍장의 개방제자들은 생활이 안정되고 자신들의 무공이 예전보다 몇 배나 고강해지자 제일 먼저 은밀하게 동료들을 찾아 나섰다.

그러나 태무랑은 철완개와 맹오가 기대했던 것과는 달리 담담하게 대답했다.

"내일 아침에 얘기하세."

두 사람은 의아한 표정을 지었다. 지금 얘기하지 못할 이유가 없다고 생각하기 때문이다.

하지만 두 사람은 한마디도 이의를 제기하지 못하고 공손히 물러났다. 그들로서는 이 기쁘고도 흥분되는 일의 결과를 내일 아침까지 기다려야 한다는 것이 너무도 지루하게 여겨졌다.

다음날 아침에 맹오와 철완개는 태무랑이 식사를 끝내고도 한참이 지나서야 느지막이 찾아왔다.

미료는 그들이 동이 트자마자 부랴부랴 찾아올 것으로 예상했었는데 뜻밖이었다.

맹오와 철완개는 밤새 한숨도 잠을 이루지 못했다. 물론 북경 근교에 뿔뿔이 흩어져 있는 개방제자들에 대한 생각으로 머리가 복잡했기 때문이다.

그리고 동이 틀 때쯤에 두 사람은 태무랑이 어째서 내일 아침에 얘기하자고 했는지 그 이유를 깨달았다. 그리고 한 가지 결론을 내렸다.

"그들을 신풍장에 데려오는 것은 무리인 것 같습니다. 다른 방법을 찾아봐야겠습니다."

철완개가 공손한 어조로 입을 열었다. 사실 그와 맹오는 지난밤에는 동료들을 찾았다는 사실 때문에 몹시 흥분한 상태였었다.

그래서 길게 생각하지도 않은 채 그들을 신풍장으로 데려오겠다고 서둘러 결정을 내려놓고서 태무랑에게 그 허락을 요구했던 것이다.

하지만 북경은 무극신련 고수들이 성민들보다 더 많을 정도로 우글거리고 있는 상황이다.

그래서 신풍장에 있는 서른세 명의 개방제자도 성내를 돌아다닐 때에는 극도로 조심을 하고 있다.

그런 상황에 이십여 명의 개방제자들을 더 불러오면 신풍장은 더 북적거릴 것이고, 그만큼 적들에게 발각될 가능성이 높아진다.

더구나 이후에는 그들 이십여 명을 데려오는 것으로 끝나지 않을 것이다.

앞으로 더 많은 개방제자들을 발견하게 될 텐데, 그들을 모두 신풍장으로 데려올 수는 없는 노릇이다.

태무랑이 지난밤에 얘기해도 될 일을 굳이 오늘 아침에 얘기하자고 한 이유는, 맹오와 철완개가 좀 더 냉정하게 생각해 보라는 시간적 여유를 준 것이다.

그리고 두 사람은 그것을 깨닫고 태무랑의 깊은 심기에 적잖이 감탄했다.

"방법을 생각해 봤나?"

맹오와 철완개는 똑같이 허리를 굽혔다.

"가르침을 내려주십시오."

아무래도 자신들보다는 태무랑의 생각이 훨씬 좋을 것이라고 생각했다.

태무랑은 고개를 끄덕였다.

"그 지역에 장원을 하나 구입하여 그들을 묵도록 하게."

"아……."

"다른 지역에서 개방제자들이 발견되면 그곳에 또 하나의 장원을 구입하는 걸세. 그렇게 약 백여 리의 거리를 두고 새로운 장원을 계속 구입해서 개방제자들을 거주시키는 것이 좋을 듯하네."

맹오와 철완개는 반색했다. 두 사람은 개방제자들을 신풍장으로 데려올 생각만 했지 제이, 제삼의 신풍장을 계속 늘려나간다는 데까지는 생각하지 못했었다.

그렇게만 된다면 구태여 개방제자들을 한곳에 모으지 않고서도 왕래를 하거나 전서구 따위로 교류를 할 수 있고, 각 지역의 장원들을 예전 개방의 분타식으로 운영할 수도 있을 것이다.

그래서 개방제자들을 점차 많이 찾게 되면 예전 개방만큼은 아니더라도 하나의 세력을 이루게 될 것이다.

하지만 돈이라곤 한 푼도 없는 철완개와 개방제자들이라서 여러 개의 장원은 고사하고 한 채도 살 능력이 없었다.

철완개가 쭈뼛거리는 것을 보고 태무랑이 품속에서 구주옥패를 꺼내 내밀었다.

그러자 미료가 냉큼 받아서 맹오에게 건넸다. 태무랑에 관한 한 모든 것을 반드시 자신을 통해서 하라는 미료의 무언의 강요다.

구주옥패에는 은자가 팔천만 냥 가까이 있으므로 장원을 수천 채도 더 살 수 있을 것이다.

구주옥패를 잘 알고 있는 맹오가 그것을 갈무리하고 태무랑에게 허리를 굽히자 철완개도 엉겁결에 예를 취했다.

"가시죠."

이어서 맹오는 철완개의 소매를 잡고 밖으로 이끌었다. 철완개는 구주옥패가 무엇인지 모른다. 하지만 눈치는 있기 때문에 그것이 돈하고 연관이 있을 것이라는 짐작 정도는 할 수가 있었다.

잠시 후 문밖에서 철완개의 숨넘어가는 소리가 들렸다.

"흐액?!"

아마 맹오가 구주옥패에 얼마가 들어 있는지 설명을 해준 모양이다.

그날 밤 축시가 되어갈 무렵, 자금성 동쪽 화지자 건너편 골목 어귀에 태무랑과 미료의 모습이 보였다.

두 사람은 골목 어귀에 자금성 화지자 쪽을 향해서 나란히 서 있었다.

그런데도 아까 야경꾼이 서너 걸음 앞을 스쳐 지나가면서도 두 사람을 전혀 발견하지 못했다.

미료는 어째서 그런지 궁금했으나 태무랑에게 물어보지는 않았다.

단지 태무랑에게 놀라운 능력이 하나 더 있다는 사실을 알게 된 것으로 만족했다.

하지만 그날 밤에는 소녀가 담겨 있는 것으로 추정되는 자루를 메고 자금성 담을 넘어 들어가는 흑의인들이 나타나지 않았다.

그 다음날에도 태무랑과 미료는 축시 반 시진 전부터 골목 어귀에서 기다렸으나 끝내 흑의인들을 발견하지 못했다.

이틀 동안 헛수고를 한 태무랑은 하루 더 흑의인들을 기다려 보기로 했다.

그 대신 그들을 발견하지 못하면 대안으로 다른 것을 시도해 보기로 결정했다.

자금성에 잠입했을 때 들러보지 않았던 곳들, 즉 화명군과 그의 최측근이 있는 곳으로 짐작되는 전각들을 살펴볼 생각이다.

물론 거기에 수월화와 무령왕이 감금되어 있을 것이라고는 생각하지 않는다. 그런 곳에는 뇌옥 같은 것이 없을 것이기 때문이다.

단지 그곳의 인물들과 직접 맞부딪쳐서 수월화와 무령왕이 있는 곳을 알아내려는 것이다.

현재 태무랑의 최우선 과제는 수월화와 무령왕을 구해내는 것이다.

그런 다음에 화명군이나 단유천을 상대해야 한다. 즉, 수월화와 무령왕의 안전을 확보한 이후에 마음 놓고 싸워보겠다는 뜻이다.

지난 이 년 사이에 화명군과 단유천이 더 고강해지지 않았다면 결코 태무랑의 상대가 되지 못할 것이다.

그러나 문제는 단유천이다. 그가 불과 다섯 명의 고수만을 이끌고 낙성검문의 은도겸 이하 오백 명을 몰살시켰다는 사실이 왠지 마음에 걸렸다.

더구나 그것은 일 년 반 전의 일이다. 현도왕가의 싸움이 있고 나서 반년 남짓 지난 후인 것이다.

단유천에게 무슨 일이 있었는지는 짐작조차 못하겠지만, 어떤 놀라운 기연을 얻은 것이 분명했다.

그러지 않고서는 단유천이 그토록 고강해질 수가 없다. 더구나 지금은 그때로부터 일 년 반이나 지났으니 훨씬 더 고강해지지 않았겠는가. 도대체 단유천에게 무슨 일이 있었던 것인가.

[주인님!]

그때 미료가 다급한 목소리로 전음을 보냈다.

태무랑도 그녀가 보고 있는 것, 즉 세 명의 흑의인이 자루를 한두 개씩 어깨에 멘 채 화지자를 훌훌 날아서 건너고 있는 광경을 똑똑히 보는 중이다. 시각은 정확하게 축시였다.

'인시(새벽 4시)까지 내가 나오지 않으면 집으로 돌아가라.'

미료의 머릿속에 태무랑의 뜻이 전해질 때 그는 이미 세 명의 흑의인의 이삼 장 뒤를 바짝 쫓고 있었다.

태무랑은 세 명의 흑의인 뒤를 삼 장 간격을 두고 뒤쫓고 있었다.

하지만 그들은 태무랑의 존재를 일체 감지하지 못했다. 아니, 이따금씩 뒤돌아보면서도 그가 따라오고 있는 것을 발견하지 못했다.

태무랑이 자신의 몸 주위의 빛을 굴절시켰기 때문이다. 사람은 사물에 반사된 빛이 눈으로 들어와야 사물을 볼 수가 있다. 완전히 암흑이면 아무것도 보지 못하는 것은 빛이 없기 때문이다.

세 명의 흑의인은 자금성 내를 익숙하게 쏘아갔다. 자금성 내 수백 채의 전각을 지키거나 순찰 중인 황군들이 많았으나 그들에게 일체 발각되지 않았다.

흑의인들은 자금성을 무시로 드나들면서도 황군들 눈에 띄지 않으려고 애쓰는 것 같았다. 그러는 것을 보면 그들이 소녀가 든 자루를 메고 자금성에 잠입하는 것은 매우 비밀스러운 일이 분명했다.

세 명의 흑의인이 자금성에 진입하고 얼마 지나지 않아 다른 방향에서 자루를 멘 또 다른 세 명의 흑의인이 나타나 합류하여 같은 방향으로 쏘아갔다.

그런 식으로 두 번을 더 거듭하여 마지막에는 도합 열두 명의 흑의인이 무리를 이루게 되었다. 열두 명 모두 한두 개의 자루를 메고 있었다.

그들은 자금성 내에서 거침없이 북쪽으로 향하고 있었다.

이윽고 어마어마한 고루거각들이 끝나고 드넓은 풀밭이 펼쳐
졌다. 그들은 풀밭을 가로질러 곧장 쏘아갔다.

경공으로만 봤을 때 흑의인들의 무공 수위는 최소한 초일
류 이상이었다.

한 번씩 지면을 박찰 때마다 십여 장 이상 쏘아갔으며, 옷
자락 펄럭이는 소리나 파공음도 일체 나지 않았다.

뒤따르는 태무랑은 흑의인들의 전방을 보면서 의아한 생
각이 들었다.

드넓은 풀밭 건너편에는 자금성의 끝 북쪽 담이 가로로 길
게 가로막고 있었다.

그리고 담 한복판에는 북문인 거대한 신무문(神武門)이 자
리 잡고 있다.

신무문 밖은 경산(景山)이다. 인공 가산으로 작으면서 꽤
숲이 우거졌으며 황궁 소유이긴 하지만 자금성 밖에 있다. 그
러므로 흑의인들이 그곳으로 가지는 않을 것이다. 그럴 것이
었으면 구태여 자금성에 들어올 필요가 없었다.

그때 앞선 흑의인들이 비스듬히 왼쪽으로 방향을 틀었다.
그리고는 북쪽 담과 서쪽 담이 만나는 경계 부위를 향해 곧장
쏘아갔다.

그곳에는 남쪽에서 북쪽으로 운하가 흐르고 있다. 서쪽 담
에서 이십여 장 떨어진 곳에서 담과 나란히 흘러 북쪽 담에

이르면 담 아래쪽을 통해서 밖으로 흘러나간다.

그런데 선두를 달리던 흑의인들이 갑자기 운하 조금 못 미쳐서 사라지기 시작했다.

마치 땅속으로 꺼지는 듯했다. 그러더니 뒤따르던 흑의인들도 줄줄이 사라졌다. 그들은 모두 정말로 땅속으로 사라져 버렸다.

태무랑의 눈앞에 땅속으로 뻗은 계단이 나타났다. 빗물이 계단 아래로 흘러내리지 못하도록 입구 둘레에 두 뼘 높이의 돌로 쌓은 테두리가 있을 뿐 아무런 구조물도 없었다.

아니, 마지막으로 들어간 자가 아래쪽으로 열어놓은 철문을 들어 올리더니 능숙하게 입구를 닫아버렸다.

물론 태무랑은 철문이 닫히기 직전에 아래쪽으로 진입하여 계단을 따라서 내려가는 중이다.

쿵!

철문이 닫히고 마지막 흑의인이 태무랑 뒤를 바짝 따라왔으나 그의 존재를 전혀 알지 못했다.

아래쪽으로 구불구불 뻗은 계단을 이십여 장쯤 내려가자 또 하나의 철문이 나왔다.

그리고 그곳에서부터는 더 이상 내려가지 않고 수평으로 달렸는데 곧게 뻗은 복도 양쪽에 수십 개의 석실이 일정한 간격으로 있었으며, 모든 석실의 입구는 철문으로 굳게 닫혀 있었다.

태무랑은 석실 안에 사람이 감금되어 있는 것을 감지했다. 그들의 호흡이나 심장박동, 맥박으로 미루어 모두 여자고 또 어렸다.

즉, 소녀들이 분명했다. 납치해 온 소녀들을 수십 개의 석실에 분산해서 감금해 놓은 것 같았다.

복도에는 이십여 장 간격마다 철문으로 가로막혔으며, 다섯 개의 철문을 더 통과해서야 흑의인들은 비로소 목적지에 도착하여 멈추었다.

그곳은 한 칸의 넓은 석실인데 들어온 입구 말고는 사방이 바늘구멍 하나 없이 밀폐되었다.

흑의인들은 석실에 들어서자마자 누가 먼저랄 것도 없이, 묵묵히 메고 온 자루를 바닥 한가운데에 내려놓고는 하나둘씩 석실을 빠져나갔다.

태무랑은 어떻게 할까 잠시 생각하다가 석실 안에 그대로 있기로 했다.

밖에서 아무리 철문을 굳게 잠그더라도 그가 이곳을 빠져나가는 것은 별로 어려운 일이 아니다.

그가 생각하기에 흑의인들의 역할은 소녀들을 이곳에 갖다놓는 것으로 끝인 것 같았다.

아마도 그들은 왔던 길을 되돌아서 이곳 지하를 나가거나 거처로 돌아가서 쉴 것이다. 그러므로 그들에게는 더 이상 볼 일이 없다.

열두 명의 흑의인이 이곳 석실에 갖다놓은 자루는 모두 스물한 개였다.

태무랑은 자루를 열지 않았다. 굳이 열어보지 않아도 안에 소녀들이 들어 있으며 혼혈이 제압된 상태라는 것을 알 수 있었다.

더구나 누군가 여러 명이 이곳을 향해 오고 있는 기척을 감지했으니 자루를 보고 싶어도 그럴 여유가 없다.

아니, 지금 이곳으로 오고 있는 자들은 아마도 자루 속의 소녀들을 처리하러 오는 것일 테니까 가만히 기다리고 있으면 저절로 보게 될 듯했다.

그는 마치 아지랑이가 떠오르듯 둥실 올라가 천장에 등을 붙이고 아래를 굽어보았다.

철컹!

그리고는 곧 철문이 열리고 두 명이 들어섰다. 그런데 그들은 여자들이었다.

불타는 듯이 새빨간 홍의경장을 입었으며 대략 이십 대 중반의 나이로 보였다.

또한 어깨에 검을 메고 있으며 매끈한 동작이나 절도있는 걸음걸이로 미루어 무림고수인 듯했다.

그녀들은 능숙한 동작으로 스물한 개의 자루를 열어 안에서 소녀들을 꺼내 바닥에 나란히 눕혔다. 과연 태무랑의 짐작대로 자루 속에는 소녀들이 있었으며 혼혈이 제압된 상태였다.

소녀들의 나이는 평균 십오 세 정도였으며 제각기 다른 용모와 체구, 옷을 입고 있었다. 하지만 아직 덜 성숙된 풋풋한 소녀라는 점은 동일했다.

어떤 소녀는 남루한 옷을, 또 어떤 소녀는 고급스러운 옷에 보석으로 치장까지 했다.

그렇다는 것은 그녀들의 신분이 가지각색이라는 뜻이다. 그것을 보고 태무랑은 소녀들이 납치당한 것이 분명하다고 확신했다. 모든 상황이 그것을 증명하고 있다.

그런데 자금성에서는 도대체 무엇 때문에 평균 십오 세의 소녀들이 필요한 것인가.

흑의인들의 행동으로 미루어봤을 때, 그리고 이곳 지하석실에도 소녀들이 수십 명이나 감금되어 있는 것을 보면, 이런 일들이 이미 오래전부터 계속되어 왔음을 추측할 수가 있다.

자금성이라면 정당한 방법으로 얼마든지 소녀들을 모을 수 있을 터이다.

그런데도 납치라는 극단적인 방법을 쓰고 있다는 것은, 소녀들을 시녀 따위의 좋은 용도로는 사용하지 않고 있다는 추측을 하게 만들었다.

홍의경장녀들은 소녀들을 두 줄로 바닥에 눕혔다. 분류를 하는 것 같지는 않고 그저 무작위로 자루에서 꺼내서 바닥에 눕히고 있었다.

이윽고 스물한 명의 소녀들을 다 눕힌 홍의경장녀들은 두 줄로 눕힌 소녀들을 한 줄씩 맡아서 끝에서부터 차례로 소녀들의 손목을 잡고 맥을 짚기 시작했다. 한 명… 두 명… 세 명……. 차례대로 맥을 짚어나갔다.

그러더니 갑자기 홍의경장녀 한 명이 손가락을 세우고는 자신이 방금 맥을 짚어본 소녀의 정수리를 가볍게, 그러나 힘을 줘서 찔렀다.

정수리, 즉 백회혈은 사혈이다. 그 정도 세기나 깊이로 찌르면 소녀는 죽고 말 것이다.

아니, 태무랑은 백회혈을 찔린 소녀가 그 순간 즉사했다는 사실을 깨달았다.

어디에선가 납치되어 끌려온 소녀는 정신을 잃은 상태에서 영원히 깨어나지 못하게 돼버렸다.

전장에 등을 붙인 채 아래를 굽어보고 있는 태무랑은 그 광경에 적잖이 놀라고 또 분노했다.

그가 보는 중에 이름도 모르는 한 소녀가 속절없이 죽어버린 것이다.

홍의경장녀가 왜 소녀를 죽였는지는 그도 모른다. 조화지경에 이른 그조차도 모르는 것이 있는 것이다.

그런데 이번에는 다른 홍의경장녀가 방금 맥을 짚어본 소녀의 백회혈을 찔러서 즉사시켰다.

순간 태무랑은 한 가지 사실을 깨달았다. 홍의경장녀들은 소녀들의 무엇인가를 조사하고 있다.

맥을 짚는 것은 소녀들이 어떤 일에 적합한지 아닌지를 추려내는 것이 분명하다.

그래서 어떤 사실이 발견되면 소녀들을 죽이는 것 같았다. 필요하지 않은 소녀는 납치했던 곳으로 다시 되돌려주면 될 텐데도 그런 불편을 감수하기보다는 간단하게 죽여 버리고 있는 것이다.

하지만 그것이 무슨 이유에서든 지금은 중요하지 않다. 이런 식으로 무고한 소녀들을 마구 죽일 수는 없는 것이다. 홍의경장녀들이 무엇을 하고 어떤 신분인지는 모르지만, 소녀들을 죽일 권한 따윈 없는 것이다.

태무랑은 즉시 심기를 일으켜서 아래쪽으로 보냈다. 그 순간 홍의경장녀들이 뚝 손을 멈추었다. 심기로써 그녀들의 의지를 제압해 버린 것이다.

홍의경장녀들은 손만 멈춘 것이 아니라 모든 동작을 정지시켰다. 한 명의 홍의경장녀는 막 한 소녀의 백회혈을 누르려다가 멈춘 상태다.

태무랑은 소리없이 바닥으로 내려섰다. 그리고는 백회혈이 찍혀서 죽은 두 소녀의 머리에 양 손바닥을 펴서 덮고는 천원신기를 주입시켰다.

조화지경에 도달한 태무랑이지만 죽은 사람을 살릴 수는 없다. 그것은 신만이 할 수 있는 일이다.

하지만 백회혈이 찍힌 소녀들은 죽었으되 완전히 목숨이 끊어지지 않았다.

숨은 쉬지 않지만 아직 세맥(細脈)이 뛰고 있다. 사람의 목숨은 그리 간단하게 끊어지지 않는다.

사혈이 찍힌다고 해도 죽음의 순서와 절차를 밟아 완전히 목숨이 끊어지기 때문이다.

그러는 데는 약 다섯 호흡 정도가 소요된다. 그 상태를 빈사(瀕死)라고 한다.

태무랑은 소녀들이 완전히 숨이 끊어지기 전에 살려놓으려는 것이다.

잠시 후에 소녀들은 발그레 혈색이 돌아오면서 소생했다. 하지만 태무랑은 그녀들의 혼혈을 풀어주지는 않았다. 자신들이 이런 상황에 처했다는 사실을 깨닫게 되면 눈물바다가 될 것이기 때문이다.

스으.

　그는 방금 전에 홍의경장녀가 백회혈을 찍으려고 했던 소
녀까지 세 명의 소녀를 한꺼번에 안고 천장으로 떠오르면서
두 홍의경장녀의 제압된 심지를 풀어주었다.
　바닥에는 원래 스물한 명의 소녀가 눕혀져 있었으며 지금
은 열여덟 명이지만, 홍의경장녀들은 그 사실을 모르는 듯 하
던 일을 계속했다.
　다행히 그녀들은 더 이상 소녀들을 죽이지 않았다. 만약 그
런 일이 벌어졌다면 태무랑이 또 한차례 번거로움을 감수할
수밖에 없었을 것이다.
　잠시 후에 두 명의 홍의경장녀는 여러 차례에 걸쳐서 소녀
들을 밖으로 옮겨서 태무랑이 아까 보았던 석실들에 감금시
켰다.

第百十章

한천궁주(寒天宮主)

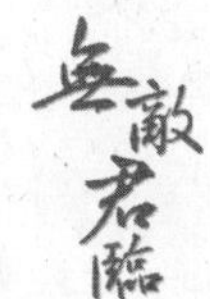

반 시진쯤 후에 태무랑은 어느 석실 안에 있었다.

그는 반 시진 동안 이곳 지하 곳곳을 돌아다니면서 자세히 살펴보았다.

이곳 지하는 크게 세 군데로 나누어져 있었다.

하나는 소녀들을 감금해 놓은 석실인데 무려 오십 개에 달한디.

석실 하나에 소녀 한 명씩 감금되어 있었다. 비어 있는 곳도 있지만 대부분 차 있었다.

또 하나는 아까 흑의인들이 납치해 온 소녀들을 내려놓고 맥을 짚은 곳으로, 그런 큰 석실이 좌우로 나란히 세 개가 붙어 있다.

그리고 마지막 하나는 주거공간인데, 그곳에는 도합 다섯 명의 홍의경장녀와 세 명의 하녀가 생활하고 있다.

그곳 역시 석실들이며 생활하는 데 불편하지 않도록 잘 꾸며져 있었고, 따로 주방과 편좌방, 연공실 따위가 갖추어져 있었다.

아마도 홍의경장녀들의 임무는 이곳 지하에서 소녀들을 관리하는 것 같았다.

무림고수인 그녀들이 다섯 명씩이나 배치된 것으로 미루어 소녀들의 쓰임새는 매우 중요한 듯했다.

지하의 구조는 그것이 전부다. 두 명의 홍의경장녀는 새로 들어온 열여덟 명의 소녀를 석실에 나누어 가두고는 할 일을 다 했다는 듯 자신들의 거처로 들어가 잠을 자고 있다.

태무랑에게 한 번 심지가 제압됐었던 그녀들은 흑의인들이 납치해 온 소녀들이 모두 열여덟 명이라고 믿는다. 태무랑이 그렇게 믿도록 해두었기 때문이다.

다섯 명의 홍의경장녀와 두 명의 하녀, 그리고 석실에 감금된 대부분의 소녀들은 깊은 잠에 빠져 있다.

지금 태무랑이 있는 곳은 어느 홍의경장녀가 자고 있는 석실 안이다.

‘일어나라.’

그는 침상 가에 우뚝 서서 자고 있는 홍의경장녀에게 심기로써 명령했다.

그러자 홍의경장녀가 눈을 뜨더니 스르르 상체를 일으켜 꼿꼿한 자세로 앉았다.

그녀는 눈을 반쯤 뜨고 있는데 눈빛이 흐리멍덩했다. 심지가 제압된 것이다.

‘이곳에 갇혀 있는 소녀들은 어디에 쓰이느냐?’

태무랑이 묻자 홍의경장녀가 머릿속으로 생각한 것이 태무랑에게 전해졌다.

‘초마신(超魔神)께 바칩니다.’

‘초마신이 누구냐?’

‘초마신입니다.’

홍의경장녀는 눈을 깜빡였다. 그것은 초마신이 누군지 모른다는 뜻이다.

‘초마신이 소녀로 무엇을 하느냐?’

홍의경장녀는 또 눈을 깜빡이면서 가만히 있었다.

‘초마신은 어디에 있느냐?’

그 역시 같은 대답 침묵이다.

‘아까 너는 소녀들의 무엇을 검사했느냐?’

‘처녀인지 아닌지 조사했습니다.’

'처녀가 아니면 죽이는 것이냐?'

'그렇습니다.'

십오륙 세의 소녀가 숫처녀가 아니라는 사실은 조금 놀라운 일이지만, 그렇다고 그것이 죽을 정도의 큰 죄는 아니다.

'어째서 처녀만 필요한 것이냐?'

'동녀만 필요하다고 알고 있습니다.'

이후 태무랑은 몇 마디 더 물어보고는 홍의경장녀를 다시 재웠다.

결국 태무랑이 홍의경장녀에게서 알아낸 것은 초마신이라는 존재가 있으며 소녀들, 즉 동녀들만이 그를 위해서 쓰인다는 것, 하루에 한 번 자정에 초마신의 측근이 소녀를 데리러 이곳에 직접 온다는 것 등이었다.

지금은 자정이 두 시진이나 지났으므로 초마신의 측근이 소녀를 데리러 오는 것을 보려면 내일 자정까지 기다려야만 한다.

태무랑은 일단 세 명의 소녀만을 데리고 그곳을 빠져나오기로 했다.

다른 소녀들도 구해주고 싶은 마음이 굴뚝같았으나 그렇게 되면 침입자가 있었다는 사실이 발각되어 일이 틀어져 버리기 때문에 나중으로 미뤘다.

하지만 무슨 일이 있어도 이곳에 있는 소녀들을 모두 반드시 구해줄 생각이다.

　태무랑이 미료와 함께 세 소녀를 데리고 신풍장으로 돌아
왔을 때 어떤 한 사람이 그를 기다리고 있었다. 여자인데 태
무랑이 한 번도 본 적이 없는 사람이었다.

　현재 그녀는 산동성 제남에 있으며 그동안 제남 인근의 개
방제자들과 교류를 갖고 있었다고 했다.

　그런데 그녀가 개방제자에게 태무랑이 북경에 머물고 있
다는 말을 듣고 나서는 부득부득 그를 만나겠다고 고집을 피
웠다는 것이다.

　그녀는 이십오륙 세 정도의 나이에 아름다운 미모를 지녔
으며, 평범한 옷에 치마 차림을 하고 있으나 우아함과 귀족스
러운 기품이 배어 있는 모습이었다.

　밤을 새워서 달려왔다고 하는 그녀는 추호도 피곤한 기색
이 보이지 않았다.

　그녀는 다가와서 태무랑 앞에 오도카니 섰다. 그런데 그를
바라보는 그녀의 눈에 반가움이 가득 차올랐다. 얼마나 반가
운지 눈물까지 고여 있었다.

　태무랑은 그녀를 보는 순간 한 사람의 모습을 반사적으로
떠올렸다.

　죽은 경뢰궁주다. 지금 그의 눈앞에 서 있는 여자는 경뢰궁

주를 많이 닮았다.

"이 사람은 철화천궁 오궁주인 한천궁주(寒天宮主)입니다."

그녀의 옆에 선 철완개가 공손히 소개했다.

"그렇소?"

그러자 태무랑의 얼굴에도 그녀 한천궁주처럼 반가움이 떠올랐다.

태무랑은 그녀를 처음 보지만 그녀가 철화천궁 사람이라는 사실만으로 마치 오래 사귀었던 친구를 만난 것 같은 친근함이 느껴졌다.

더구나 태무랑은 한천궁주에 대해서는 여러 차례 말을 들은 적이 있었다.

그녀는 철화천궁 오궁주로서 산동성 제남지부를 맡고 있었으며, 이 년여 전에 단유천이 이끄는 무극십단하고 대치하면서도 끝까지 잘 버텼었다.

물론 화명군이 황제에 오른 다음에 철화천궁을 대대적으로 숙청할 때 한천궁주의 제남지부도 초토로 변했었다.

그런데 한천궁주는 태무랑을 바라보면서 눈물을 글썽였다.

태무랑은 그녀가 철화천궁이 멸망한 후에 제남에 고립된 채 숨어 지내면서 고생이 많았을 것이라고 짐작했다. 그러다가 철화천궁하고 인연이 깊은 태무랑을 만나니 감회가 남달라서 눈물을 글썽이는 것이라고 생각했다.

바스락.

한천궁주는 품속에서 꼬깃꼬깃 접은 누런 종이를 펴서 태무랑에게 아무 말 없이 내밀었다.

종이에는 달필로 그리 길지 않은 글이 적혀 있었으며, 태무랑은 그것을 읽다가 흠칫 놀라 한천궁주를 쳐다보았다.

"그대가?"

가볍게 고개를 끄덕이는 한천궁주의 눈에서 후드득 눈물이 떨어졌다.

그녀는 너무 감정이 격해진 나머지 입을 열지도 못하고 입술을 깨물고 있었다. 입을 여는 순간 울음이 터져 나올 것만 같았기 때문이다. 처음 만나는 태무랑 앞에서 그런 모습을 보이고 싶지는 않았다.

태무랑은 다시 종이의, 아니, 서찰의 글을 마저 다 읽었다. 그것은 놀랍게도 경뢰궁주가 죽기 며칠 전에 한천궁주에게 보낸 서찰이었다.

서찰에 적힌 글은 자신의 새로 얻은 남자 동생 태무랑에 대한 자랑과 칭찬 일색이었다.

태무랑이 얼마나 멋지고 훌륭한 사내인지, 자신에게는 또 얼마나 잘해주며 소중한 존재인지, 그래서 매일매일 너무 행복해서 꿈을 꾸는 것만 같다는 내용이었다.

그다지 길지 않은 서찰의 글을 읽고서도 경뢰궁주가 그 당시에 얼마나 행복했었는지, 그리고 태무랑을 얼마나 아꼈는지 손에 잡힐 듯이 알 것 같았다.

"미안하오……."

태무랑은 서찰을 쥔 손을 늘어뜨리며 한천궁주를 바라보면서 진심으로 사과했다.

"누나는… 나를 구하려다가 죽었소."

한천궁주는 입술을 깨물었다. 그런데도 눈물이 더 흘렀다. 아니, 쏟아졌다.

"나는… 누나를 살리지 못했소. 내 탓이오… 누나는 내 품에서 죽었소……."

태무랑의 얼굴이 일그러졌다. 그 당시를 생각하니까 이 년이 훨씬 지났는데도 가슴이 갈가리 찢어지는 것만 같았다.

그 당시에 그는 철화천궁 남경지부에서 마당으로 나섰을 때 누군가의 암습을 당했었다.

기이한 암기였는데 만약 그것에 적중됐다면 그는 목이 잘라지고 말았을 것이다.

그에겐 상처를 치료하는 능력이 있었으나 목이 잘라지면 죽음을 면치 못했을 것이다.

그런데 태무랑의 뒤쪽에서 암기가 추호의 기척도 없이 쏘

아오는 것을 그의 앞쪽에 서 있던 경뢰궁주가 먼저 발견하고
그를 밀어내고는 대신 자신의 목에 적중당했었다.

그녀는 목에서 철철 피를 흘리면서 그의 품에 안겨 숨을 거
두었었다. 태무랑은 그것을 한시도 잊지 않았다.

방금 태무랑이 읽은 서찰에는 경뢰궁주가 한천궁주를 동
생이라고 불렀다.

"누나를 어떻게 알게 됐소?"

"어머니가 같아요……."

한천궁주는 처음으로 입을 열었다. 거의 우는 목소리인데
그녀의 말 때문에 태무랑은 두 번 놀랐다.

그녀의 목소리가 경뢰궁주와 흡사하다는 사실과 어머니가
같다는 말 때문이다.

경뢰궁주와 한천궁주의 어머니가 같다면, 두 사람은 친자
매라는 뜻이 아닌가. 즉, 한천궁주는 경뢰궁주의 친동생이었
던 것이다.

그래서 태무랑이 한천궁주를 처음 봤을 때 그녀 얼굴에서
경뢰궁주의 모습을 떠올렸던 것이다.

태무랑은 크게 놀라서 한천궁주에게 성큼 가까이 다가가
몸이 밀착할 듯이 마주 섰다.

그녀가 경뢰궁주처럼 느껴졌다. 친자매라서 그런지 이제
보니 그녀는 경뢰궁주와 많이 닮았다.

태무랑은 이끌리듯이 그녀의 양어깨에 두 손을 얹었다. 그녀는 태무랑을 바라보면서 가늘게 몸을 떨며 비 오듯이 눈물을 흘렸다.

태무랑은 가만히 그녀를 품에 안았다. 경뢰궁주가 살아나서 그녀를 다시 안는 듯한 느낌이다. 그녀가 그의 품에서 바들바들 떠는 것이 고스란히 전해졌다.

태무랑은 그녀를 품에 깊숙이 안고 조용히 중얼거렸다.

"지금부터 누나로 모시겠소. 내 곁에 있어주시오."

"으흑흑흑!"

마침내 한천궁주는 울음을 터뜨렸고, 태무랑은 그녀를 조금 더 힘주어서 꼭 안았다. 자신의 실수로 경뢰궁주가 죽었으나 한천궁주만큼은 무슨 일이 있어도 보호하겠다는 맹세를 속으로 수없이 했다.

이 년여 전, 철화천궁 제남지부는 무극신련의 급습으로 초토가 됐었다.

그 혈겁(血劫)에서 목숨을 건진 사람은 한천궁주를 비롯하여 일곱 명이 고작이었다.

하지만 혈겁 이후에 한천궁주와 생존자들은 무극신련의 감시를 피해서 제남을 벗어나 항주로 갔었다.

항주에 철화천궁과 철화궁의 모든 기반이 있고, 또 태궁주인 벽교상 등이 있을 것이기 때문이다.

하지만 한천궁주 등이 항주에 당도하여 발견한 것은 제남지부보다 더 철저하게 몰살당한 철화천궁과 철화궁의 처참한 광경이었다.

그리고 그녀는 항주에서 태궁주를 위시한 그녀의 가족과 측근들, 심지어 철화천궁과 철화궁 사람들을 단 한 명도 만나지 못했었다.

그래서 결국 착잡한 마음을 안고 제남으로 돌아올 수밖에 없었다. 그녀와 수하들에게 항주는 위험한 지역이지만, 적어도 제남만큼은 그녀의 구역이었던 곳이기 때문에 어느 정도는 안전했다.

태무랑은 한천궁주를 자신의 옆방에 머물게 하고 그녀의 수하 일곱 명을 제남에서 불러오도록 지시했다.

한천궁주를 만난 태무랑은 마치 경뢰궁주가 다시 살아서 돌아온 것처럼 기뻤다.

늦은 시각이지만 너무도 큰 반가움 때문에 태무랑이나 한천궁주는 잠이 오지 않았고 할 얘기가 너무 많아서 떨어질 줄 몰랐다.

그래서 두 사람은 태무랑의 방에서 술잔을 기울이며 이런저런 대화를 나누었다.

한천궁주는 태무랑과 그리 오래 대화를 나누지 않고서도 언니 경뢰궁주가 어째서 그를 그토록 칭찬하고 좋아했는지 알 수 있을 것 같았다.

사람은 누군가를 몇십 년을 친밀하게 사귀어도 그 사람에 대해서 모를 수 있으나, 어떤 경우에는 한두 시진 대화만으로도 그 사람을 확연하게 알 수가 있다.

특히 태무랑처럼 모든 면에서 훌륭함이 극명한 사람이라면 더욱 그렇다.

한천궁주는 경뢰궁주가 며칠에 한 번씩 보낸 서찰을 통해서만 태무랑에 대해서 알고 있었다.

그렇기 때문에 그에 대한 궁금증이 지대했었고 또 한편으로는 설마 그렇게 뛰어난 사람이 있을까 하는 의구심도 품고 있었던 것이 사실이다.

하지만 막상 태무랑을 만나고 보니 오히려 경뢰궁주의 설명이 부족했을 정도로 그의 인품이나 모든 면이 극상이라는 사실을 깨닫게 되었다.

태무랑은 태무랑대로 한천궁주를 대하면서 그녀에게서 경뢰궁주를 느끼고 있다. 하지만 자매라고 해서 모든 면이 닮을 수는 없다.

두 사람은 많은 점에서 닮았으나, 경뢰궁주가 활달하고 거침없는 성격이라면 한천궁주는 내성적이며 생각이 깊고 차분

한 성격이었다.

술자리에는 한천궁주뿐 아니라 맹오와 군통, 철완개도 가세하여 지난 며칠 동안에 쌓인 노고를 풀었다. 그러면서 개방 제자들이 어떻게 활동했는지도 상세하게 보고하는 자리가 되었다.

술자리가 끝났다. 하지만 태무랑은 한천궁주를 자신의 방에 붙잡아두었다.

"뭘 하려는 건가요?"

침상에 반듯한 자세로 누워 있는 한천궁주는 침상 가에 서 있는 태무랑을 의아한 표정으로 바라보며 물었다. 태무랑이 그녀에게 침상에 누우라고 했기 때문이다.

태무랑은 그녀를 굽어보며 진지하게 말했다.

"다시는 누나를 잃고 싶지 않소."

"그게 무슨……."

한천궁주는 더욱 의아한 표정을 지었다. 누나를 잃지 않겠다는 것과 침상에 눕는 것이 무슨 상관이 있는지 몰랐다.

"지금부터 내가 할 수 있는 한 한전 누나를 최고로 고강하게 만들어주겠소."

"……."

한천궁주는 놀라면서도 의아한 표정을 지었다. 사람이 어떻게 사람을 고강하게 만들 수 있는지 그녀의 상식으로는 이해가 되지 않았다.

실내에는 태무랑과 한천궁주, 그리고 저만치 한쪽 벽 앞에 가부좌로 앉아서 눈감고 있는 미료 세 사람뿐이다.

태무랑은 한천궁주를 미료보다 몇 배 더 고강하게 탈바꿈시켜 줄 생각이다.

본디 무공이라는 것은 초식의 한계 때문에 더 이상 발전을 하지 못한다.

아무리 훌륭한 초식을 배웠다고 해도 공력이 부족하면 초식을 극대화하여 전개할 수가 없다.

그것은 마치 배는 훌륭한데 돛이 시원치 않아서 배가 제대로 속력을 내지 못하는 것이나 흡사한 이치다.

그러므로 비슷한 실력의 두 사람이 싸울 때 승리하는 쪽은 언제나 공력이 조금이라도 우세한 사람이다.

그래서 태무랑은 맹오와 철완개, 미료, 개방제자들의 생사현관을 소통하고 벌모세수와 탈태환골을 시켜서 공력을 가일층 높여주었던 것이다.

그들이 어디에 가서 누구하고 싸우더라도 스스로의 목숨을 지킬 수 있기를 바라는 마음에서다.

한천궁주도 그렇게 만들어줄 것이다. 하지만 그게 전부가 아니다.

그녀에게는 좀 더 심혈을 기울여서 아직 아무에게도 시도
하지 않았던 것을 해줄 생각이다.

"아아… 굉장해요."
반 시진쯤 지났을 때 한천궁주는 더할 수 없는 기쁨의 탄성
을 터뜨렸다.
일 단계인 생사현관의 소통과 벌모세수, 탈태환골이 끝나
고 난 후 한차례의 운공조식을 하고 나서다.
그녀는 자신의 공력이 반 시진 만에 두 배 반 가까이 증진
됐다는 사실에 경악과 기쁨을 금치 못했다.
그녀는 원래 절정고수였으나 불과 반 시진 만에 초절고수
로 변모한 것이다.
또한 그녀는 사람이 사람의 능력을 이 정도까지 바꿔놓을
수 있다는 사실에 놀라워했다.
"대협, 제가 지금 꿈을 꾸고 있는 건가요?"
원래 숫기가 없고 내성적인 그녀지만 지금은 솟구치는 기
쁨을 참고 있을 수가 없어서 그렇게 물었다.
그런데 한천궁주는 자신의 옆에 객상나리로 앉아 있는 태
무랑의 표정이 슬쩍 굳어지는 것을 보고 깜짝 놀랐다.
"대협, 왜 그러세요?"
"동생을 대협이라고 부르는 누나가 어디에 있소?"

"하지만… 저는……."

태무랑의 지적에 한천궁주는 당황해서 어쩔 줄을 몰랐다. 사실 그녀는 태무랑이 누나로 모시겠다는 것을 말로만 받아들였지 아직 마음으로는 받아들이지 못하고 있다. 그만큼 태무랑이 엄청난 존재이기 때문이고, 그녀가 내성적인 성격이기 때문이다.

경뢰궁주를 속절없이 잃었던 태무랑은 한천궁주에게 각별한 애정을 갖게 되었다.

그래서 그녀에게만큼은 경뢰궁주에게 해주지 못했던 것들을 다 누리게 해주고 싶었다.

태무랑은 엄한 표정을 지었다.

"이름을 불러보시오. 설마 내 이름을 모르는 것이오?"

"알아요……."

"어서 불러보시오."

그가 엄한 표정을 짓는 이유는, 그렇게 해서라도 한천궁주의 입을 열게 하려는 의도다.

이름을 부르는 것은 처음이 어려운 것이지 일단 한 번 부르고 나면 그다음부터는 차츰 자연스럽게 부를 수 있기 때문이다.

그런데도 한천궁주는 태무랑의 이름을 부르기는커녕 그를 제대로 쳐다보지도 못하고 눈을 내리깔았다. 그 모습이 무척이나 청초하면서도 요염해 보였다.

"어허! 어서 불러보래도!"

태무랑이 버럭 호통을 치자 한천궁주는 화들짝 놀라서 부지중 입이 열렸다.

"무, 무랑……."

"옳지. 한 번 더."

"무랑……."

"잘했소. 이번에는 제대로 해봅시다."

그는 한천궁주의 머리를 쓰다듬지 않을 뿐이지 마치 어린 아이를 달래듯 했다.

이것은 남동생이 누나에게 자신의 이름을 부르라는 상황인데 묘한 광경이 되어가고 있다.

"무랑아……."

"나를 똑똑히 보고!"

"무… 랑… 아……."

곧잘 부르던 한천궁주는 태무랑을 보자 기가 팍 죽어서 기어들어 가는 목소리를 냈다.

"제대로!"

"무랑아."

태무랑은 빙그레 미소 지었다.

"잘했소. 그런데 왜 나를 불렀소?"

“그것은… 대협이, 아니, 무… 무랑이 부르라고 해서…….”

“불렀으면 말을 해야지요.”

“음… 그러니까…….”

한천궁주가 쩔쩔매자 태무랑은 짓궂은 표정을 지었다.

“설마 나더러 뽀뽀하자고 부른 것은 아니겠지요?”

“어머? 설마…….”

한천궁주는 화들짝 놀라 새빨개진 얼굴을 두 손으로 감싸면서 고개를 숙였다.

“하하하! 농담이오. 누나.”

태무랑의 얼리고 뺨치는 재주에 한천궁주는 마음이 많이 누그러졌다.

그래서 이제부터는 태무랑의 이름을 잘 부를 수 있을 것 같은 생각이 들었다.

“무랑도 참…….”

생각만 했을 뿐인데 생각이 말로 나와 버렸다.

‘아…….’

깜짝 놀랐으나 속으로는 기뻤다.

“자, 누나. 이번에는 이 단계를 해보자.”

태무랑은 먼저 말을 놓으며 한천궁주도 그렇게 해주기를 유도했다.

“그, 그래…….”

한천궁주는 엉겁결에 얼굴을 붉히면서 대답해 놓고는 화들짝 놀랐다.

‘어머?

그리고는 또 깜짝 놀랐다. 태무랑이 이 단계라고 말했기 때문이다.

생사현관의 소통과 벌모세수, 탈태환골이 끝인 줄 알았다. 그것만으로도 천하를 다 가진 것처럼 놀라고 기뻤다. 그런데 또 이 단계가 있다는 것이다.

“누나에게 태양과 달의 힘을 줄 거야.”

“태양과 달…….”

한천궁주는 그것이 무엇인지는 모르지만 대단할 것이라는 생각이 들었다.

“누나는 낮에는 태양의 힘을, 밤에는 달의 힘을 사용할 수 있게 될 거야.”

한천궁주는 태무랑의 애기가 꿈처럼 여겨졌다. 어떻게 인간이 태양과 달의 힘을 사용할 수가 있다는 말인가. 그래서 그녀는 배시시 미소 지었다.

“태양과 달이 구름에 가려져 있으면 어떻게 하지?”

자신이 태무랑하고 몹시 가까워졌으며 또 그에게 말을 놓는다는 사실이 너무 신기해서 그녀는 자꾸만 쓸데없는 말을 하고 싶어졌다.

"구름에 가려졌다고 해서 태양과 달이 사라진 것은 아니지. 그런 상황에서도 사용할 수 있으니까 염려 마."

슥—

태무랑은 한천궁주와 마주 앉아서 두 손을 뻗어 그녀의 두 팔을 잡고 그녀에게 자신의 팔뚝을 잡으라고 했다.

이어서 그는 천원신기를 음양으로 나누어 각각 한천궁주의 오른팔과 왼팔에 주입시켰다.

"지금 머릿속에 떠오르고 있는 것이 있지?"

"그래… 어떻게 한 거지?"

한천궁주는 자신이 생각한 적도 없는데 갑자기 뭔가 복잡한 구결 같은 것이 머릿속에 일목요연하게 가득 채워지자 놀라는 표정을 지었다.

"그것은 심법이야. 앞으로는 그걸 운공조식해서 음양지기를 증진시키도록 해."

"심법? 무슨 심법이지?"

"그냥 떠오르는 대로 누나에게 전해준 거야. 이름 같은 것은 정하지 못했어. 누나 좋을 대로 불러."

태무랑은 한천궁주에게 음양지기를 주입하면서 그와 동시에 해와 달로부터 음양지기를 흡수하는 방법—구결—을 그녀의 머릿속에 전해준 것이다.

한천궁주는 도무지 꿈을 꾸는 것만 같았다. 지금까지 일어

난 일이나 지금 일어나고 있는 일은 현실에서는 절대로 불가
능한 일이다.

그녀가 고집을 부려서 태무랑을 찾아온 이유는 그에게 무
엇을 원하거나 도움을 받기 위해서가 아니었다.

단지 언니 경뢰궁주가 그토록 사랑하고 신뢰했던 동생을
만나고 싶다는 순수한 일념뿐이었다.

그런데 이런 엄청난 선물을 받게 될 줄이야 꿈에서조차 상
상하지 못했었다.

태무랑은 빙그레 미소 지었다.

"이 단계가 끝났으니 이제 삼 단계야."

"삼… 단계?"

한천궁주는 놀라서 눈을 동그랗게 떴다. 이 단계가 끝인 줄
알았는데 삼 단계까지 있을 줄은 몰랐다. 그녀의 놀라는 모습
이 마치 어린아이처럼 귀여웠다.

"자, 이제 옷을 벗어."

"그… 래."

태무랑이 잡았던 두 팔을 놓으면서 말하자 삼 단계라는 말
때문에 놀라고 있던 한천궁주는 엉겁결에 대답했다. 그리고
는 금세 화들짝 놀랐다.

"지, 지금 뭐라고 그랬어?"

"누나 옷을 벗으라고 했어."

한천궁주는 반사적으로 미료를 쳐다보았다. 왜 미료를 쳐다보는 것인지는 그녀도 알지 못했다. 그러나 미료는 여전히 벽 앞에 앉아서 눈을 감고 있었다. 이곳에서 일어나는 일은 전혀 모르는 듯했다.

"무랑……."

지금 이 순간에 한천궁주의 머리에 제일 먼저 떠오르는 생각은 한 가지뿐이다.

지금 두 사람은 침상 위에 있는 상황인데 그녀에게 옷을 벗으라고 한다. 그렇다면 그녀가 생각할 수 있는 것은 한 가지밖에 없다.

"나는 아직 마음의 준비가……."

한천궁주는 쭈뼛거렸다.

태무랑은 그녀를 금강불괴지체로 만들어줄 생각이다. 이것은 그가 처음 시도하는 것이다. 하지만 그의 생각대로 한다면 성공할 것이다.

그는 할 수만 있다면 한천궁주가 자신에게 주어진 수명을 다 누리고 자연사할 때까지 타인에게 죽임을 당하지 않기를 원하고 있는 것이다.

그러기 위해서는 그녀를 누구보다도 고강하게 만들어줘야 하고 또 천하의 그 어떤 무기로도 그녀를 해치지 못하게 만들어줘야만 한다.

그녀를 금강불괴지체로 만들려면 그녀의 피부에 직접 손을 대고 문지르면서 오행지기의 금기를 입혀야 한다. 그래서 옷을 벗으라고 하는 것이다. 어디 한 군데라도 빠지면 그것 때문에 죽을 수도 있다.

태무랑은 빙그레 미소 지으며 한천궁주를 달랬다.

"괜찮아. 아프지는 않을 거야."

한천궁주의 얼굴에 두려움이 설핏 깔렸다.

"하지만 아프다고… 들었는데……."

"음?"

문득 태무랑은 의아한 표정을 지었다. '들었다'라는 것은, 누군가가 다른 누군가를 금강불괴지체로 만든 적이 있었다는 뜻이다.

그래서 그 과정이 아팠었다는 얘기다. 그리고 그 얘기를 한천궁주가 들었다는 뜻이다.

"누구에게 들었는데?"

동상이몽(同床異夢)이다. 한천궁주는 같은 여자들에게 순결을 잃는 일에 대해서 들은 적이 더러 있었다. 하지만 그것을 태무랑에게 말해줄 수는 없다.

그녀는 애써 미소를 지어 보였다. 태무랑이 원하는 것이라면 무엇이든지 할 수 있는 그녀다. 설사 그가 목숨을 원하더라도 말이다.

그러므로 그가 뜬금없이 그녀의 몸을 원한다고 해도 질끈 눈을 감으면 들어주지 못할 것이 없다.

또한 그녀는 자신이 이렇게 해서 태무랑의 여자가 되는 것이라는 생각이 들자 가슴이 마구 두근거리며 설레기 시작했다.

사실은 경뢰궁주도 그런 자신의 마음을 한천궁주에게 슬며시 비춘 적이 있었다.

태무랑을 사랑하고 있다고 말이다. 하지만 언감생심 그를 자신의 남자로 만들 생각은 꿈도 꾸지 못한다고 했었다. 태무랑은 여자라면 누구나 사랑하지 않고는 못 배기는 남자이기 때문이다.

하지만 경뢰궁주는 그것이 과욕이라 여기고 그를 단지 남동생으로만 생각하기로 마음을 굳혔었다.

그런데 이제 동생인 한천궁주가 그 대망의 꿈을 실현하게 되는 것이다.

바야흐로 오해에서 빚어진 그녀의 상상은 한껏 날개를 펴고 하늘로 날아오르고 있었다.

"알았어."

이윽고 결심을 한 그녀는 얼굴을 노을처럼 붉히면서 옷을 벗기 시작했다.

하지만 태무랑이 빤히 보고 있으니 너무 부끄러워서 상의를 반쯤 벗다가 말았다.

“불을 끄면 안 될까?”

슷—

그녀의 말이 끝나기 무섭게 벽의 유등이 꺼졌다. 태무랑으로서는 그녀를 금강불괴지체로 만드는데 어두워도 전혀 상관이 없다.

사르락.

옷이 하나씩 벗겨지면서 한천궁주의 눈부신 나신이 점차 드러났다.

여자의 한평생 중에서 육체가 가장 성숙하게 무르익는 시기가 이십 대 중반이다.

그러므로 이십오 세의 한천궁주의 나신은 그야말로 손가락으로만 살짝 건드려도 터질 것처럼 팽팽했고 물이 주르르 흐를 만큼 촉촉했다.

완전히 나신이 된 한천궁주는 무릎을 꿇은 자세로 고개를 숙인 채 가만히 있었다. 태무랑이 옷을 벗기를 기다리고 있는 것이다.

“누워.”

그런데 태무랑은 옷을 벗지 않고 그녀에게 누우라고 했다.

하지만 이런 일에 아무런 경험도 없는 한천궁주는 그가 하라는 대로 순순히 따랐다.

그 자리에 가만히 누워서 두 다리를 모으고 눈을 감았다.

손으로 가슴이나 무성하게 음모가 덮여 있는 옥문을 가릴 생
각도 하지 못했다.

그때 그녀는 깨달았다. 불을 꺼도 태무랑은 그녀의 나신을
대낮처럼 환히 볼 것이라는 사실을.

태무랑이 자신의 나신을 빤히 보고 있다는 생각을 하니까
그녀는 부끄러워서 어쩔 줄을 몰랐다. 몸이 자꾸만 오그라드
는 것만 같았다.

슥—

"흑!"

그때 태무랑의 두 손이 뻗어와 그녀의 양어깨를 만졌다. 이
어서 천천히 쓰다듬기 시작했다.

"아……."

한천궁주의 입에서 자신도 모르게 나직한 신음인지 탄성
인지 모를 소리가 흘러나왔다.

태무랑은 부드럽게 한천궁주의 몸을 쓰다듬었다. 두 손이
어깨에서 옆구리를 타고 내려갔다.

그러면서 두 손바닥에서 금기를 뿜어내 쓰다듬는 부위에
주입시켰다.

다음에는 그의 두 손이 그녀의 터질 듯이 풍만한 젖가슴을
쓰다듬었다.

아니, 금기를 골고루 주입시키기 위해서 어루만지듯이 주

물러야만 했다.

　민감하기 짝이 없는 젖가슴과 유두에 태무랑의 손이 스치고 주물러지자 한천궁주는 다급히 숨을 몰아쉬었다.

　“하악!”

　이어서 두 손이 가슴에서 미끄러져 내려 복부를 쓰다듬고 골반과 허벅지로 이어졌다. 그리고는 무릎과 종아리, 발가락 하나하나까지 세심하게 쓰다듬고 어루만졌다. 도검이 발기락을 자를 수도 있다.

　“아아…….”

　한천궁주의 입에서 연신 달뜬 입김과 바들바들 떨리는 신음이 흘러나왔다. 그녀는 늘씬하면서도 풍만한 몸을 가늘게 떨면서 태어나서 처음 접하는 애무에 온몸이 뜨거워질 대로 뜨거워졌다.

　이윽고 그녀의 몸은 태무랑을 충분히 받아들일 수 있는 상태가 되었다.

　아니, 태무랑을 간절히 원하게 되었다. 그런데도 그는 계속해서 그녀의 몸만 쓰다듬었다.

　언제부턴가 미료는 눈을 뜨고 숨도 쉬지 않은 채 침상 위를 뚫어지게 주시하고 있었다.

　그녀의 생각 역시 한천궁주와 별반 다르지 않았다. 태무랑이 한천궁주와 정사를 원하고 있으며, 그래서 그녀를 애무하고 있는 것이라고 생각했다.

미료가 그렇게 생각하지 않을 이유가 없다. 지금 태무랑은 정성껏 한천궁주의 나신을 애무하고 있지 않은가. 그리고 그녀는 단지 듣는 것만으로도 흥분이 되는 교성을 연이어 흘려내고 있다.

태무랑은 서두르지 않고 오랜 시간 정성스럽게 한천궁주의 몸을 쓰다듬고 또 어루만졌다.

몸의 앞쪽을 마친 후에는 그녀의 몸을 뒤집어 등과 둔부, 허벅지와 다리를 골고루 쓰다듬었다.

물론 허벅지 깊은 곳과 옥문이나 항문도 빼놓지 않았다. 그곳도 몸의 일부니까 충분히 도검에 찔리거나 베일 수 있기 때문이다.

그녀의 피부에 금기를 한차례만 도포(塗布)하면 되지만 그는 세 차례나 실시했다.

그렇게 해야지만 어떠한 신병이기에도 터럭만 한 상처조차 나지 않을 것이다.

그뿐 아니라 장력이나 강기가 몸에 적중되면 내상을 입기는커녕 퉁겨낼 것이다. 태무랑은 그녀를 완벽한 금강불괴지체로 만들고 싶었다.

“하윽!”

마지막 세 번째 도포를 하며 태무랑의 손이 한천궁주의 옥문을 어루만지자 그녀는 숨넘어가는 신음, 아니, 비명을 터뜨렸다.

그녀는 몸이 너무 뜨거워져서 입안의 침이 다 말라 버린 상태다. 이제는 눈도 감지 않았다. 열정으로 뜨거워진 눈을 빤히 뜨고서 더 이상 간절할 수 없는 눈빛으로 태무랑을 바라보았다.

어서 빨리 안아달라는, 자신의 몸에 들어와 달라는 애원의 눈빛이다.

그런데도 태무랑은 쓰다듬기에만 열중하고 있을 뿐이다. 결국 한천궁주는 더 이상 견딜 수 없는 지경에 이르렀다.

“아아… 무랑… 이제 참을 수 없어…….”

“조금만 참아.”

“응…….”

한천궁주는 온몸이 불덩이처럼 달아올랐으나 조금만 더 참아보기로 했다.

그녀가 조금 더 참았을 때 이윽고 태무랑이 그녀의 몸에서 두 손을 떼며 빙그레 미소를 지었다.

“이제 끝났어. 일어나도 돼.”

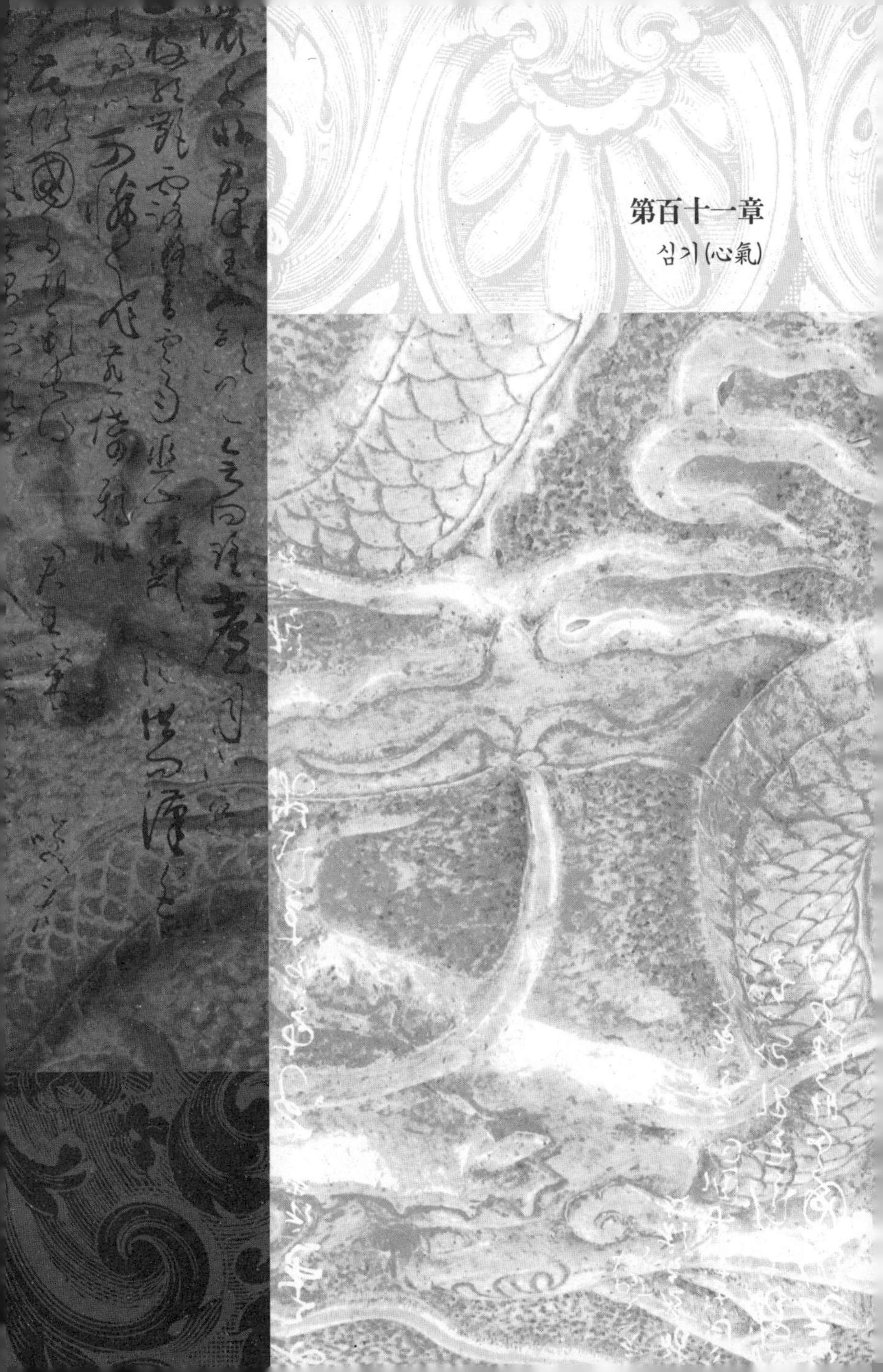

第百十一章

심기(心氣)

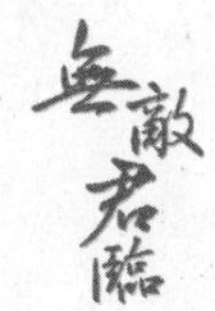

　너무 큰 오해를 한 한천궁주는 부끄러워서 태무랑의 얼굴을 똑바로 쳐다보지도 못했다.

　그녀는 태무랑이 자신의 온몸을 쓰다듬어서 금기를 주입시키는 것이 삼 단계라는 사실을 그가 말을 해주어서야 알게 되었다.

　"이제 누나는 금강불괴지체가 됐어. 어떤 신병이기로도 누나의 몸을 베거나 찌르지 못해."

　"으… 응."

　너무도 엄청난 사실이지만 그녀는 아직 그 사실이 현실적으로 피부에 와 닿지 않았다.

아직도 흥분으로 몸이 뜨거운 상태고 머리는 몽롱했다. 더구나 자신이 오해를 했었다는 것 때문에 부끄러워서 어쩔 줄을 몰랐다.

또한 자신이 지금 무엇을 어떻게 해야 하는지도 알지 못했다. 그저 어딘가로 숨고만 싶을 따름이다.

그때 태무랑이 검지를 세워 아직도 누워 있는 한천궁주에게 내밀었다. 하지만 그녀는 그가 무엇을 하려는 것인지 짐작조차 하지 못했다.

기실 태무랑은 검지를 어떤 신병이기보다도 날카롭고 단단하게 만든 상태다.

그래서 그것으로 한천궁주를 찔러 그녀의 금강불괴지체가 제대로 되었는지 시험을 해보려는 것이다.

슥—

그의 꼿꼿하게 세운 검지가 한천궁주의 단전을 지그시 찔렀다. 하지만 손가락은 단단한 강철 벽에 닿은 듯 조금도 들어가지 않았다.

물론 태무랑이 마음만 먹으면 한천궁주의 금강불괴지체를 파훼하는 것은 어려운 일이 아니다. 그가 만들었으니 그가 부술 수 있는 것은 당연하다.

이어서 그는 한천궁주의 어깨와 옆구리, 젖가슴을 두루 찔러보았다.

"아……."

한천궁주는 홍분이 가시고 있는 차에 다시 태무랑이 손가락으로 몸 여기저기를 쿡쿡 찌르자 찔릴 때마다 자지러지듯 몸을 움츠리고 뒤채면서 신음을 토해냈다.

문득 태무랑의 시선이 한천궁주의 허벅지 깊은 곳 옥문에 잠시 멈추었다.

그녀가 처음의 자세하고는 달리 홍분을 한 상태에서 두 다리를 벌렸기 때문에 옥문이 적나라하게 드러나서 무심코 시선이 그곳으로 향한 것이지 다른 생각은 없었다.

그런데 그가 자신의 옥문을 쳐다보고 있는 것을 발견한 한천궁주는 숨이 멎어버렸다.

머릿속이 하얗게 되면서 마치 태무랑이 자신의 옥문을 통해서 들어오는 듯한 착각을 느꼈다.

이윽고 태무랑은 시선을 거두고 만족한 듯한 미소를 지었다. 기실 그는 옥문도 잘됐나 손가락으로 찔러볼까 하다가 그만두었다.

"됐어. 이제 옷 입어도 돼, 누나."

그가 침상에서 내려가고 난 후에도 한천궁주는 한참이나 더 누워 있다가 부스스 상체를 일으켰다.

그러다가 그녀는 자신이 두 다리를 활짝 벌리고 있는 것을 발견하고 화들짝 놀랐다.

"아……."

태무랑이 자신의 은밀한 곳을 자세히 다 들여다봤을 것이라는 생각이 들자 온몸의 피가 얼굴로 몰리는 것처럼 화끈거렸다.

태무랑이 잠시 밖에 나갔다가 돌아왔을 때 한천궁주는 자신의 방에 가고 없었다.

그런데 뜻밖의 상황이 벌어져 있었다. 조금 전에 한천궁주가 누워 있었던 침상에 미료가 실오라기 한 올 걸치지 않은 전라의 모습으로 반듯하게 누워 있는 것이 아닌가.

그리고 그녀는 방으로 들어서고 있는 태무랑을 보며 조용히 말했다.

"소인도 해주세요."

그녀의 두 눈이 이글거리고 있었다. 금강불괴지체가 되고 싶은 것인지, 아니면 다른 무엇을 원하는 것인지 알 수 없는 그녀의 표정이다.

태무랑이 미료까지 금강불괴지체로 만들어주고 났을 때에는 해가 뜨고도 한참이 지난 사시(아침 10시) 무렵이었다.

태무랑이 미료의 몸에서 손을 뗴었을 때 그녀의 온몸은 땀으로 축축하게 젖어 있었다. 얼굴과 머리카락까지도 흠뻑 젖어서 마치 목욕을 한 것 같았다.

태무랑은 그녀의 상태가 매우 좋지 않게 보여서 염려스러운 표정을 지었다.

"괜찮으냐?"

"좋… 아요."

그녀는 요염하게 배시시 미소 지으면서 끈끈한 눈빛으로 태무랑을 바라보았다.

철썩!

"됐다. 일어나라."

태무랑이 허옇고 팽팽한 둔부를 때리자 그녀는 아파하는 대신 몸을 바르르 떨면서 눈을 까뒤집었다.

태무랑은 미료도 금강불괴지체로 만들어주었으나 한천궁주처럼 해와 달, 즉 음양지기를 주입하는 대신 오행지기를 주입하고 또 오행신공의 구결을 그녀의 머릿속에 주입시켜 주었다.

미료와 한천궁주 두 여자 중 누가 더 고강해졌다고 말할 수는 없다. 만약 두 여자가 싸우면 막상막하를 이루게 될 것이다.

태무랑이 침상에서 내려가자 미료는 게슴츠레한 눈으로 그를 바라보며 입술을 나풀거렸다.

"소인은 손가락으로 안 찔러주나요?"

태무랑은 늦은 아침식사를 하고 난 후에 지난밤에 자금성 지하석실에서 구출해 온 세 소녀가 기다리고 있는 편좌방으로 향했다.

그 방에는 세 소녀 외에 철완개와 맹오, 군통이 있었다. 그들은 아침 일찍 세 소녀의 혼혈을 풀어준 후에 아침식사를 하면서 그녀들에게 자세한 이야기를 들었다.

태무랑이 들어서자 철완개가 저분이 너희를 구했다고 일러주었다.

그러자 소녀들은 일제히 자리에서 일어나 그에게 달려가 그 앞에 무릎을 꿇고 흐느껴 울면서 목숨을 구해줘서 고맙다는 말을 거듭했다.

태무랑은 미소를 지으며 그녀들을 일일이 일으켜서 자리에 앉게 해주었다.

"주군, 이 아이들은 모두 강소성 북부지역의 신안(新安)이라는 마을에서 납치됐습니다."

태무랑이 세 소녀 맞은편에 앉는 것을 보면서 일어서 있던 철완개가 공손히 설명했다.

맹오와 군통이 태무랑에게 주군이라고 부르는 것을 보고, 철완개 등 개방제자들도 그를 주군이라고 부르기 시작한 것이 바로 어제부터의 일이다.

"아마 이 아이들이 납치된 것은 이 년 전부터 세간을 떠들썩하게 만들고 있는 동녀납치사건하고 연관이 있는 것 같습니다만."

"동녀납치사건?"

철완개의 말에 태무랑은 의아한 표정을 지었다.

"이 년 전쯤에 천하 곳곳에서 동녀들이 대대적으로 납치되는 사건이 벌어졌었습니다."

"납치된 동녀가 얼마나 되지?"

"한 달 사이에 사라진 동녀의 수가 무려 천백여 명에 이를 정도입니다."

태무랑은 흠칫 놀랐다. 불과 한 달 사이에 동녀가 천백여 명이나 납치되다니 경악할 일이다.

그러면서 그는 자신이 발견한 자금성 지하석실에 감금되어 있던 수십 명의 소녀가 필경 그 일과 연관이 있을 것이라고 직감했다.

"그리고 그 이후에도 동녀들의 납치는 계속됐습니다. 하지만 이 년 전만큼 많은 수는 아닙니다. 대략 한 달에 칠팔십 명의 동녀가 꾸준히 납치되고 있는 실정입니다. 그렇게 해서 현재까지 대략 삼천여 명의 동녀들이 납치됐습니다. 이 사건 때문에 천하가 몹시 뒤숭숭합니다. 더구나 어린 딸을 둔 집에서는 언제 변을 당할지 몰라 딸을 집에 가두어두다시피 한답니다."

"어느 지역이 제일 많으냐?"

"하북성이 제일 많고 그다음은 산동성, 하남성, 안휘성 등입니다."

동녀 납치가 북경이 있는 하북성에서 제일 많이 일어났다는 것은 분명히 자금성의 그 소녀들과 연관이 있음을 입증하는 증거다.

이 년 전에 천백여 명에 달하는 동녀들이 한 달 사이에 한꺼번에 납치됐다는 것은, 자금성에 있는 누군가 그녀들을 필요로 했다는 뜻이다. 그래서 동녀들을 이용해서 무슨 일을 벌였을 것이다.

또한 그 이후에도 동녀들이 계속 납치됐으며 현재까지도 진행 중이라면, 동녀들을 이용하여 벌인 그 일이 지금도 계속되고 있다는 뜻이다.

무려 삼천여 명이라는 엄청난 수의 동녀들을 납치하는 일을 벌일 정도면 웬만한 권력으로는 어림도 없다.

천하 최고 권좌에 앉아 있는 황제, 즉 화명군이나 그의 후계자 단유천 정도쯤 돼야 그런 일을 마음대로 벌일 수 있을 터이다.

'단유천!'

　그때 문득 태무랑은 어떤 생각이 번쩍 들었다. 단유천이 일 년 반 전에 낙성검문을 몰살시켰던 일이 불현듯 생각난 것이다.

　이 년 전에 천백여 명의 동녀들이 한꺼번에 납치됐고, 단유천이 낙성검문을 몰살시킨 것은 일 년 반 전이다. 둘 사이에는 반년이라는 간격이 있다.

　‘혹시 단유천이 천백여 명의 동녀들을 이용하여 반년 동안 무엇인가를 이루었다면?’

　태무랑이 깊은 생각에 잠겨 있기 때문에 모두들 숨소리도 내지 않고 조용히 그를 지켜보았다.

　잠시가 지난 후에 태무랑은 세 소녀를 밖으로 내보내게 하고 철완개에게 물었다.

　“혹시 지난 이 년여 동안에 단유천이 멸문시킨 방, 문파가 있느냐?”

　철완개는 송구스러운 표정을 지었다.

　“죄송합니다. 그동안 저희의 행동은 제약을 받고 있었기 때문에 예전처럼 정보를 수집하지 못했습니다. 단지 누구나 다 알고 있는 소문 정도를 알고 있을 뿐입니다.”

　태무랑은 이해한다는 듯 고개를 끄덕였다.

　“그렇다면 몸이 자색으로 변해서 죽은 사람들에 대해서 아는 것이 있나?”

“있습니다!”

철완개는 깜짝 놀라면서 외치듯이 대답했다.

“무극신련에게 멸문을 당한 방, 문파들 중에서 적어도 사오십 곳의 시체들 몸이 자색으로 변해 있었다는 소문이 한동안 강호에 파다했었습니다.”

은지화의 부친 은도겸을 비롯한 낙성검문의 고수들 거의 대부분이 몸이 자색으로 변했었다. 그리고 그것은 단유천의 짓이었다.

“그게 언제쯤인가?”

철완개는 고개를 모로 꼬고 생각하다가 대답했다.

“아마도 일 년 반 전쯤부터 일 년 전까지일 것입니다. 그러니까 반년 동안 일어난 일입니다.”

태무랑은 잠시 추리를 해보았다. 단유천은 무슨 특수한 무공을 익혔다. 그것을 익히기 위해서는 천백여 명의 동녀들이 필요했을 것이다.

아니, 천백여 명 중에서 숫처녀가 아닌 소녀가 백여 명이고 그녀들을 제외시켰다고 한다면, 단유천이 필요로 하는 동녀는 천 명이었을 것이다.

어쨌든 단유천은 반년 동안 천 명의 동녀를 이용해서 뭔가 특수한 무공을 익혔다.

그리고 반년 후부터 무극신련에 저항하거나 굴복하기를

원하지 않는 방, 문파들을 피로 씻었다. 시체들이 자색으로 변했다는 것이 그 증거다.

그는 강해졌다. 태무랑은 단유천이 낙성검문을 멸문시켰다는 사실을 알고 난 후에 그 사실을 알게 됐다.

그렇다면 흑의인들이 자금성 안으로 동녀들을 납치해 가는 것도 단유천을 위한 것이 분명하다.

단유천은 어떤 이유에서 계속 동녀들을 원하고 있다. 어쩌면 계속 강해지고 있는지도 모른다.

'초마신이라고?

자금성 지하석실에서 동녀들을 관리하는 홍의경장녀는 매일 밤 자정에 초마신에게 동녀를 바친다고 말했었다.

'초마' 란 마(魔)를 초월했다는 것이고, 단유천이 마공을 익혔다는 뜻이다.

"맹오."

생각을 끝낸 태무랑은 조용히 맹오를 불렀다.

"지금 즉시 제남에 가서 약사신개를 모셔와라."

"명을 받듭니다."

맹오는 쏜살같이 밖으로 날려나갔다.

약사신개는 태무랑이 천산산맥 천원경에 가야지만 살 수 있다고 가르쳐 주었던 개방장로다. 의술이나 무공에 대해서 모르는 것이 없는 그라면 단유천이 무슨 무공을 익혔는지 알 수 있을 것이다.

　태무랑은 뒷짐을 지고 천천히 정원을 거닐었다.

　납치된 동녀들이 어디에 쓰이는지 짐작하고 나서는 마음이 무거워졌다. 그는 불행히도 자신의 짐작이 거의 틀림없을 것이라고 생각했다.

　단유천이 '초마신'이라고 불릴 정도면 굉장한 존재가 됐다는 것이다.

　또한 그가 멸문시킨 방, 문파의 수와 시체가 자색으로 변했다는 사실만 봐도 얼마나 극악한 무공을 익혔는지 짐작할 수가 있다.

　그 사실을 알기 전까지만 해도 태무랑은 자신이 천하에서 유일무이(唯一無二)한 존재일 것이라고 생각했다. 아니, 확신하고 있었다. 그 얼마나 안하무인격인 자만인가.

　하지만 그는 조금 전에 한 가지 사실을 깨달았다. 자신이 천재일우의 기회를 만나서 조화지경에 이를 수 있었다면, 단유천이나 화명군도 능히 그럴 수 있다는 사실이다.

　어째서 그런 기회가 자신에게만 주어졌을 것이라고 안일하게 생각을 했었는지 어리석기 짝이 없었다.

　태무랑 자신이 천산산맥 등격리산의 천원경에 올라서 조화지경에 이르게 되는 동안에, 단유천은 다른 방법으로 초월의 경지에 오를 수도 있는 것이다.

조화지경이나 초월의 경지에 도달하는 문은 태무랑에게만 열려 있는 것이 아니었다.

또 다른 우려가 있다. 단유천이 강해지고 있을 때 그의 사부인 화명군이라고 가만히 머물고 있지는 않았을 것이다. 그는 충분히 그러고도 남을 인물이다.

그도 뭔가 했을 것이고, 이루었을 것이다. 이 년여의 세월이라면 충분히 그러고도 남는다.

하지만 그것이 무엇인지는 모른다. 단지 화명군이 뭔가를 시도했다면 단유천보다 더 무서운 존재로 변하지 않았을까 하는 짐작 정도를 할 수 있을 따름이다.

그래서 태무랑은 천산산맥에서 조화지경에 이른 후 처음으로 기묘한 압박감을 느끼고 있다.

자신의 능력으로 정말 화명군과 단유천을 제거하고, 또 수월화와 무령왕을 구출할 수 있을지, 그리고 대명황실을 되찾고, 무극신련을 멸망시켜서 천하를 구할 수 있을지 의구심이 들었다.

그때 문득 어떤 생각이 들었다.

'과연 내 능력은 어느 정도일까?'

그는 자신이 조화지경에 이르렀다는 것을 알지만, 과연 그것이 어느 정도 능력인지 모르고 있다. 이제는 그것을 직접 확인해 볼 시기다.

태무랑은 북경에서 서북쪽으로 사십여 리 거리에 있는 묘봉산(妙峰山)에 왔다.

미료는 따라오고 싶어도 그럴 수가 없었다. 태무랑이 워낙 높이 떠올라 순식간에 시야에서 사라졌기 때문이다. 그는 아무도 없는 곳에서 누구의 방해도 받지 않고 혼자 자신의 능력을 시험해 보고 싶었다.

묘봉산은 북경에서 그리 멀지 않은 곳에 위치해 있지만, 그곳에서부터 서쪽과 북쪽으로는 온통 험준한 산악지대가 펼쳐져 있다.

또한 서북쪽에서 북쪽으로 길고 높은 만리장성이 이어져 있기 때문에 군사요충지라서 사람의 그림자조차 찾아보기 어렵다.

그때 쏘아가고 있는 태무랑의 앞에 계곡이 가로막았다. 계곡은 깊고 폭이 이백여 장에 이르렀다.

하지만 그는 멈추지 않고 계곡 가장자리의 바위를 가볍게 발끝으로 박차고는 허공으로 비스듬히 솟구쳐 계곡 맞은편으로 쏘아갔다.

사실 바위를 박찰 필요도 없다. 마음만 먹으면 땅에 아예 내려서지 않고서도 일 년 열두 달 허공에서만 지낼 수도 있다. 몸을 깃털보다 더 가볍게 만들 수 있기 때문이다.

계곡을 건넌 그는 적당한 장소를 찾기 위해서 더 북쪽으로 쏘아갔다. 점점 더 깊고 험준한 풍경이 펼쳐졌다.

그는 만리장성을 넘어 영정하(永定河) 상류인 군도산(軍都山)으로 들어섰다가 이윽고 멈추었다.

그곳은 폭이 십여 리에 달하는 꽤 넓은 계곡이다. 한가운데로는 폭 이십여 장의 영정하 상류가 흐르고, 작게는 집채만한 바위에서 크게는 전체가 바위로 이루어진 웬만한 산 크기의 암봉(巖峰)들이 산재해 있었다.

또한 여기저기 몇 군데 제법 숲도 우거졌으며 여러 종류의 짐승이 숲이나 바위들 사이, 그리고 강가를 영역 삼아서 흩어져 있거나 무리지어 있었다.

강가의 어느 커다란 바위 위에 우뚝 선 그는 천천히 주위를 둘러보다가 오십여 장 떨어져 있는 하나의 거대한 암봉에 시선을 멈추었다.

둘레가 이백여 장에 높이 백여 장에 이르는 전체가 바위로 이루어진 거대한 봉우리다.

태무량은 오른손을 들어 손끝으로 봉우리를 가리켰다. 단지 그것뿐이다.

그의 손에서 무엇인가 발출되는 것이 보이지도 않았고 아무런 소리도 들리지 않았다.

짜우우—

그런데 다음 순간 커다란 채찍으로 수면을 때린 듯한 굉음이 터지며 지상에서 이십여 장 높이 봉우리 부위가 폭발을 일으켰다. 그리고 돌덩이들이 사방으로 튀고 뿌연 돌먼지가 짙게 피어났다.

잠시 후에 먼지가 걷히면서 바위산 아래쪽에 직경 오 장여의 둥근 구멍이 뻥 뚫린 광경이 드러났다.

두께 사십여 장에 이르는 바위산에 커다란 구멍이 앞뒤로 깨끗하게 뚫려 버린 것이다.

설사 그곳에 번개가 떨어졌다고 해도 그런 구멍을 뚫지는 못할 것이다.

그것은 태무랑이 음양지기를 투명한 무형지기로 바꾸어서 발출한 결과였다.

태무랑은 이번에는 약간의 천원신기를 중지에 실어서 바위산을 향해 슬쩍 손가락을 퉁겼다. 역시 아무것도 보이지 않고 아무 소리도 없다. 그것은 지풍도 장풍도 아니다. 단지 천원신기를 발출하는 것일 뿐이다.

꽈꽈꽝!

그러나 뒤이어 하늘이 무너지는 굉음이 터졌다. 그와 동시에 방금 전에 구멍이 뚫렸던 바위산이 통째로 대폭발을 일으키고 있었다.

꽈르르릉—

그리고 둘레 이백여 장 높이 백여 장에 이르는 어마어마한 바위산이 한꺼번에 무너지기 시작했다.

쿠쿠쿵!

지축이 울리고 강물이 들끓고 근처의 거목들이 지푸라기처럼 날아갔다.

잠시 후에 거대한 바위산은 흔적도 없이 사라졌다. 대신 그 일대에 크고 작은 수천 개의 바윗덩이들이 흩어져 있었다. 지형이 완전히 변해 버린 것이다.

강도가 센 지진이 일어난 것처럼 주위의 모든 것들이 뒤흔들렸으나 태무랑은 바위 위에서 꼼짝도 하지 않았다. 아니, 사실 그는 바위 위에 한 자쯤 허공에 떠 있었다.

거대한 바위산 하나를 통째로 가루로 만들었으나 태무랑은 눈 하나 까딱하지 않았다.

아니, 오히려 뭔가 미진함을 느꼈다. 조화지경이라면 이보다 훨씬 대단한 위력이어야 한다는 생각이다.

단유천이나 화명군을 상대하려면 이 정도로는 어림도 없다. 이보다 훨씬 더 강력한 파괴력이 필요할 것이라는 생각이 들었다.

그 두 놈은 더 이상 인간이 아니다. 자신이 강해지기 위해서 꽃다운 소녀들을 삼천여 명이나 죽인 만고에 다시없을 대살인마들이다.

그러므로 그놈들은 태무랑 개인의 복수를 떠나서라도 기필코 죽여야만 한다.

태무랑은 이제부터는 손을, 아니, 일체의 동작을 취하지 않은 상태에서 조금 전보다 더 강력한 파괴력을 일으켜 보기로 마음먹었다.

다시 천천히 주위를 둘러보았다. 가장 먼저 눈에 띄는 것이 강 하류 쪽으로 백여 장 거리에 있는 하나의 우거진 숲이다. 그곳에는 아름드리거목들이 빽빽하게 밀생해 있었다.

이번에는 강 상류 쪽을 쳐다보니까 거대한 바위들 수천 개가 산재해 있는 암석군이 펼쳐져 있었다.

우선 숲을 쳐다보았다. 그가 하려는 것은 심기를 일으켜서 거목들을 허공으로 뽑아 올린 다음에 그것들을 암석군 쪽으로 보내 바위들을 부수려는 것이다. 그것을 순전히 심기만으로 시도하는 것이다.

천천히 심기를 일으켰다. 아니, 그냥 나무들을 뽑아 올리겠다고 생각만 하면 되는 것이다.

우우우.

그러자 숲이 몸부림을 치는 듯하면서 나직이 울었다. 그리고 기이한 기운이 숲에 자욱하게 깔렸다.

수십 그루의 거목들이 흔들리면서 마른 나뭇가지들이 우

수수 떨어졌으나 뽑히지는 않았다.

'안 되는 건가?'

아직 자신의 능력이 어디까지인지 모르는 태무랑은 꼼짝
도 하지 않는 나무들을 보며 마음이 착잡해졌다.

그는 잠시 멈추고 생각을 정리했다. 심기로써 사람을 제압
하는 것은 가능하다. 이미 여러 번 성공도 했었다. 그런데 어
째서 사람이 아닌 사물은 안 되는 것인가.

사람과 사물이 다른 것은 무엇인가. 사람은 살아 있고 사물
은 죽었기 때문인가.

하지만 나무도 살아 있는 식물이다. 씨앗에서 싹이 트고 어
린 나무가 점차 성장해서 거대한 나무가 되는 것은 나무가 살
아 있기 때문이다.

태어나고 성장하며 언젠가는 죽는다는 점에서 식물은 동
물과 다를 바가 없다.

'심기(心氣)……'

그때 문득 심기에 대한 어떤 깨달음이 태무랑의 머리를 두
드렸다.

심기는 '마음으로 발출하는 기운' 이다. 즉, 마음이 상대의
마음을 움직이는 이치다. 그러나 식물에겐 마음이 없기 때문
에 심기가 먹히지 않는 것이다.

마음이 없다는 것은 무심(無心)이다. 그렇다면 무심을 움직

이려면 어찌해야 하는가.

무심한 표적을 상대하려면 천원신기나 음양지기, 오행지기를 손으로 발출해야 할 것이다. 즉, 조금 전에 그가 바위산에 구멍을 뚫고 무너뜨린 것처럼 말이다. 바위산 역시 무심한 사물이다.

태무랑이 심기로써 사람이나 사물을 움직이려고 하는 데에는 이유가 있다.

손으로 전개하면 보이는 물체만 공격할 수가 있지만, 심기로는 보이지 않는 물체까지 공격할 수가 있다. 심기, 즉 생각이 미치지 않는 곳은 없기 때문이다.

적이 어딘가에 숨어 있다면, 혹은 다른 물체를 이용하여 적을 살상하기 위해서는 심기를 완성시켜야만 하는 것이다.

뿐만 아니라 몸동작보다는 심기의 영역이 크기 때문에 파괴력도 더 가공할 것이라고 확신하기 때문이다.

태무랑은 화명군이나 단유천의 능력이 어디까지인지 모르고 있다. 그런 상황에 그들과 부딪친다면 득보다는 실이 많을 것이 자명하다.

또한 그들과 일단 싸우게 되면 어느 쪽이 죽든지 반드시 끝장을 보게 될 터이다.

두 번째라는 것은 없다고 봐야 한다. 그들과의 싸움에서 후일을 도모하는 따위는 없을 것이다.

그렇기 때문에 태무랑은 그들보다 월등한 능력을 지니고 있어야만 한다.

그는 오늘 이곳에 오기를 잘했다는 생각이 들었다. 심기를 일으켜 소기의 목적을 달성하느냐 하지 못하느냐를 차치해 두고서라도, 냉정하게 자신을 돌아볼 수 있는 기회를 가졌다는 사실이 중요했다.

그러지 않았더라면 자신의 정확한 능력도 피악하지 못한 채 싸움을 맞이하여 큰 곤란을 겪을 뻔했다. 강적 그것도 화명군이나 단유천 같은 초강적을 상대할 때의 곤란이란, 죽음으로 직결되는 일이 비일비재할 것이기 때문이다.

태무랑은 오랫동안 바위 위에 우뚝 선 채 장고(長考)에 몰두하고 있었다.

어떻게 하면 심기로써 마음이 없는 사물을 움직이거나 조종할 수 있을지에 대해서 폭넓게 생각을 거듭했다.

'그렇다!'

그러다가 번쩍 어떤 생각이 떠올랐다. 그는 자신이 번개를 부르고 비바람을 몰아치게 할 수 있다는 사실에 생각이 미쳤다.

번개와 비바람을 일으키는 것은 없는 상태에서 있게 만드는, 즉 무에서 유를 창조하는 일이다. 그리고 그것 역시 생명이 없는 무생물이다.

'그런데 어떻게 심기로 그것을 움직일 수 있었을까?

지난번에 소림사에서 번개를 일으켜 장경각 옆 석등을 부 쉈을 때에는 될 것인가 안 될 것인가 조바심을 내지 않았었 다. 그냥 시도하면 당연히 이루어진다고 확신했었다.

'그래. 확신이다!'

무공도 자신감없이 전개하는 것과 뚜렷한 확신을 갖고 전 개하는 것은 큰 차이가 있다. 그래서 그는 지금 자신에게 필 요한 것은 확신이라고 생각했다.

그는 자세를 잡고 숲을 마주하고 우뚝 서서 천천히 심기를 일으켰다.

아니, 그것은 일으키는 것이 아니라 단지 생각하는 것이다. 무엇을 어떻게 하겠다고 마음만 먹는다. 그것이 심기다.

그의 전방 숲에는 수천 그루의 나무가 밀생해 있다.

후우우.

잠시가 지났을 때 아까처럼 숲이 은은하게 떨었다. 마치 바 람이 숲을 관통하는 것 같았다.

그러면서 마른 나뭇가지들이 우수수 떨어졌다. 아까하고 똑같은 광경이다.

하지만 단지 그것뿐 심기에 반응하는 것 같은 다른 변화는 일어나지 않았다.

결국 확신을 갖고 심기를 일으키는 것도 실패로 끝나 태무랑은 실망하며 심기를 거두었다.

'확신도 아니라면 대체 뭔가?'

그는 또다시 장고에 들어갔다. 심기를 일으켜서 사물을 조종할 수 있느냐 없느냐는 것은 매우 중요하다.

만약 그것을 성공시키지 못한다면 천신만고 끝에 조화지경에 이른 의미가 없는 것이다.

그리고 사랑하는 사람을 되찾지도, 도탄에 빠진 천하를 구하지도 못할 것이다.

그는 자신이 분명히 할 수 있는데 다만 그 이치를 깨닫지 못하고 있는 것이라고 생각했다.

원래 심기란 깨달음이지 않은가. 아니, 조화지경이란 것 자체가 전부 깨달음일 터이다.

그는 자신이 심기로써 사람의 심지를 제압했던 일과 번개를 일으켰던 일을 곰곰이 생각해 보았다.

'내가 일으키고 그들이 반응을 했었다.'

문득 그는 '그들'이라는 말에 주목했다. 현재 그의 두뇌 역시 조화지경에 이른 상태라서 인간으로서는 도저히 깨우치지 못하고 생각하지 못하는 경지까지도 도달할 수 있다.

'그들이라는 것은 번개도 의인화(擬人化)했다는 뜻이다. 즉, 형체를 갖추지 않은 것을 사람처럼 여긴 것이다.'

거기에서부터 그의 머리가 빠르게 돌아갔다. 아니, 이미 결론을 내리고 있었다.

'그렇다! 사람의 눈으로는 살아 있는 것과 죽어 있는 것의 구분이 있으나, 조물주 앞에서는 어느 것 하나 피조물이고 똑같지 않은 게 없다.'

큰 깨우침이다. 이것은 비단 심기를 일으키느냐 마느냐의 문제가 아니다. 조화지경 전체에 대한 깨달음이다.

원래 조화지경이란 깨달음으로 만물을 일으키고 조종하는 것이기 때문이다.

아까 그는 자신이 번개를 일으켰던 것을 '확신'을 갖고 행했기 때문이라고 생각했었다.

하지만 그게 아니다. '확신'이라는 것도 큰 의미에서는 깨달음의 범주 안에 있다.

즉, 각래(覺來)인 것이다. 깨달음의 연속이다. 삼라만상 안에는 생물도 무생물의 분간없이 모두가 미물이고 피조물인 터이다.

태무랑은 다시 한 번 숲을 향해 섰다.

'저 나무들은 살아 있는 존재다. 조물주로부터 피투성(被投性)이 아닌 것이 없다.'

보이는 것이나 보이지 않는 것이나 한없이 하찮으며 또한 반대로 한없이 존귀한 존재인 것이다.

태무랑은 천원신기도 음양지기도 사용하지 않은 상태에서

그저 생각만을 했다. 깨달음이 바탕이 된 생각이다.

그때 숲에서 변화가 일어났다. 갑자기 일어난 너무 거대한 변화라서 태무랑마저도 움찔했다.

구우우—

보라. 숲이 떠오르고 있었다. 사실 태무랑으로부터 가까운 쪽의 나무들이 한꺼번에 뿌리째 뽑혀서 하늘을 솟구치는 것인데 얼핏 보기에는 숲 전체가 하늘로 떠오르는 것처럼 보였다.

그런데 나무가 한두 그루가 아니다. 오십여 그루의 아름드리나무들이 뽑혀서 하늘로 치솟고 있는 것이다.

쿠우우—

이윽고 나무들은 지상에서 이십여 장 하늘에 꼿꼿하게 선 채 정지했다. 그것은 마치 하늘에 하나의 섬이 떠 있는 듯 장관이었다.

태무랑은 그 광경을 쳐다보지도 않았다. 단지 처음 바라보고 있던 곳에 시선을 둔 채 나무들을 강 상류의 암석군으로 날려 버리는 생각을 했다.

다음 순간 하늘에 떠 있던 나무들이 갑자기 빛과 같은 속도로 태무랑의 머리 위를 가로질러 강 상류 쪽으로 쏘아갔다.

쿠콰콰콰쾅—!

뒤이어 하늘이 주저앉고 땅이 뒤집히는 천번지복의 엄청난 굉음이 계곡을 가득 메웠다.

쿠쿠쿠쿵.

산과 계곡과 숲이 뒤흔들리고 몸부림을 쳤다. 강물과 함께 물고기들도 허공으로 둥실 떠올랐다가 떨어졌다.

계곡 위쪽을 짙은 먼지가 뽀얗게 뒤덮었다. 그리고 한참이 지난 후에 그곳의 광경이 드러났다.

반경 백오십여 장 일대가 완전히 초토로 변했다. 수십 개의 바위와 바위산들이 박살 나거나 붕괴하여 하나의 거대한 돌무덤을 형성하고 있었다.

태무랑의 깨달음은, 아니, 심기는 성공했다. 하지만 그는 만족하지 않았다.

여전히 뭔가 부족함을 느꼈다. 이것보다는 더 나은 결과가 나와야 한다는 생각이다.

하지만 눈앞에 보이는 숲의 나무들을 모조리 뽑아서 날려 버리고, 계곡을 허물어 평지로 만든다고 해도 성에 차지 않을 것 같았다.

문득 그는 청명하게 맑은 하늘을 우러러 보며 짧게 외쳤다.

"뇌운(雷雲)!"

그러자 파랗게 맑기만 하던 하늘이 갑자기 어두워지면서 시커먼 먹구름이 사방에서 한꺼번에 몰려들기 시작했다.

우르릉—

잠깐 사이에 먹구름이 낮게 깔려서 주위를 어둡게 만들었
으며, 은은한 뇌성이 터졌다.

"취우(驟雨)!"

그의 짧은 외침이 터지자마자 하늘에서 세찬 소나기가 쏟
아져 내렸다.

콰아아—!

그러나 소나기 빗방울은 단 하나도 지상에 도달하지 않았
다.

빗방울들은 태무랑이 쳐다보고 있는 강 상류 쪽, 조금 전에
아름드리거목들이 초토로 만든 지역보다 더 위쪽의 거대한
숲을 향해 일제히 사선을 그으며 한꺼번에 쏟아져 갔다.

"우도(雨刀)!"

다시 터진 태무랑의 외침에 방금까지만 해도 여느 빗소리
와 다름없던 소나기 소리가 바뀌었다.

쐐애애—!

고막을 찢을 듯한 파공음으로 변했다.

도오옴—

소나기가, 아니, 칼날보다 더 예리하게 변한 수천억 개의
빗방울들이 숲을 휩쓸었다. 그리고는 적막과도 흡사한 조용
한 굉음이 터져 나왔다.

태무랑의 눈앞에서 일대장관이 펼쳐지기 시작했다. 수백 수천 그루의 나무들이 켜켜이 얇게 잘라져서 나뭇잎처럼 흩어져 날렸다.

수천억 개의 칼날로 변한 빗방울들이 수천 그루 나무를 조각조각 자르고 베어서 날려 버리고 있는 것이다.

그로부터 열 호흡 정도의 시간이 지났을 때 계곡 위쪽 강 상류의 풍경은 완전히 변해 있었다.

수천 그루 나무들은 깡그리 사라졌고 대신 그곳에는 허허 벌판이 넓게 펼쳐졌다.

그리고 벌판이 끝나는 곳에 하나의 거대하기 짝이 없는 흰 바위산이 버티고 있는 것이 보였다. 아까 태무랑이 부순 바위산보다 대여섯 배는 더 컸다.

"폭예(暴刈)!"

다시 태무랑이 외치자 휘몰아치던 칼날 같은 빗줄기가 갑자기 한 군데로 모였다.

아니, 모인다고 여긴 순간 어느새 한 줄기 거대한 물줄기가 되어 맹렬하게 소용돌이치면서 태무랑에게서 오백여 장쯤 떨어진 바위산을 향해 무시무시하게 쏘아갔다.

후오오—!

그것은 마치 거대한 은빛의 용이 시커먼 하늘을 꿈틀거리면서 가로지르는 듯한 광경이었다.

소용돌이 물줄기는 폭이 십여 장에 이르고 길이는 수백 장에 달했다.

그것은 칼날처럼 예리한 빗방울 수천억 개가 모여서 이룬 거대한 소용돌이 칼이었다.

쿠아앙!

저 멀리에서 은빛 용이 거대한 바위산 중간 부위를 들이받으면서 천지간을 뒤흔드는 굉음이 울렸다.

쿠콰아아―!

바위산이 깨지면서 커다란 바위들이 사방으로, 그리고 하늘 위로 수백 장이나 치솟았다.

쉐애앵! 쐐액!

바위 위에 서 있는 태무랑 주변으로 크고 작은 바위들이 화살보다 빠르게 스쳐 지나갔다. 오백여 장 거리의 바위산이 대폭발을 일으키면서 튕겨 나간 바위들은 십 리 밖까지 날아가서 떨어졌다.

꽤 오랜 시간이 흐른 후 바위산이 있던 자리에는 그저 커다란 바위들만 어지럽게 흩어져 있을 뿐이다.

숲도 사라졌고 바위산도 사라졌으며, 계곡의 지형이 완전히 변해 버렸다.

태무랑은 그제야 입가에 희미한 미소를 머금었다.

"이것이 진정한 심기로군."

어느새 하늘은 맑게 개어 그의 온몸으로 화창한 햇살을 비
추고 있었다.

그는 이곳에 도착했을 때보다 조금 더 강해져서 북경으로
돌아갔다.

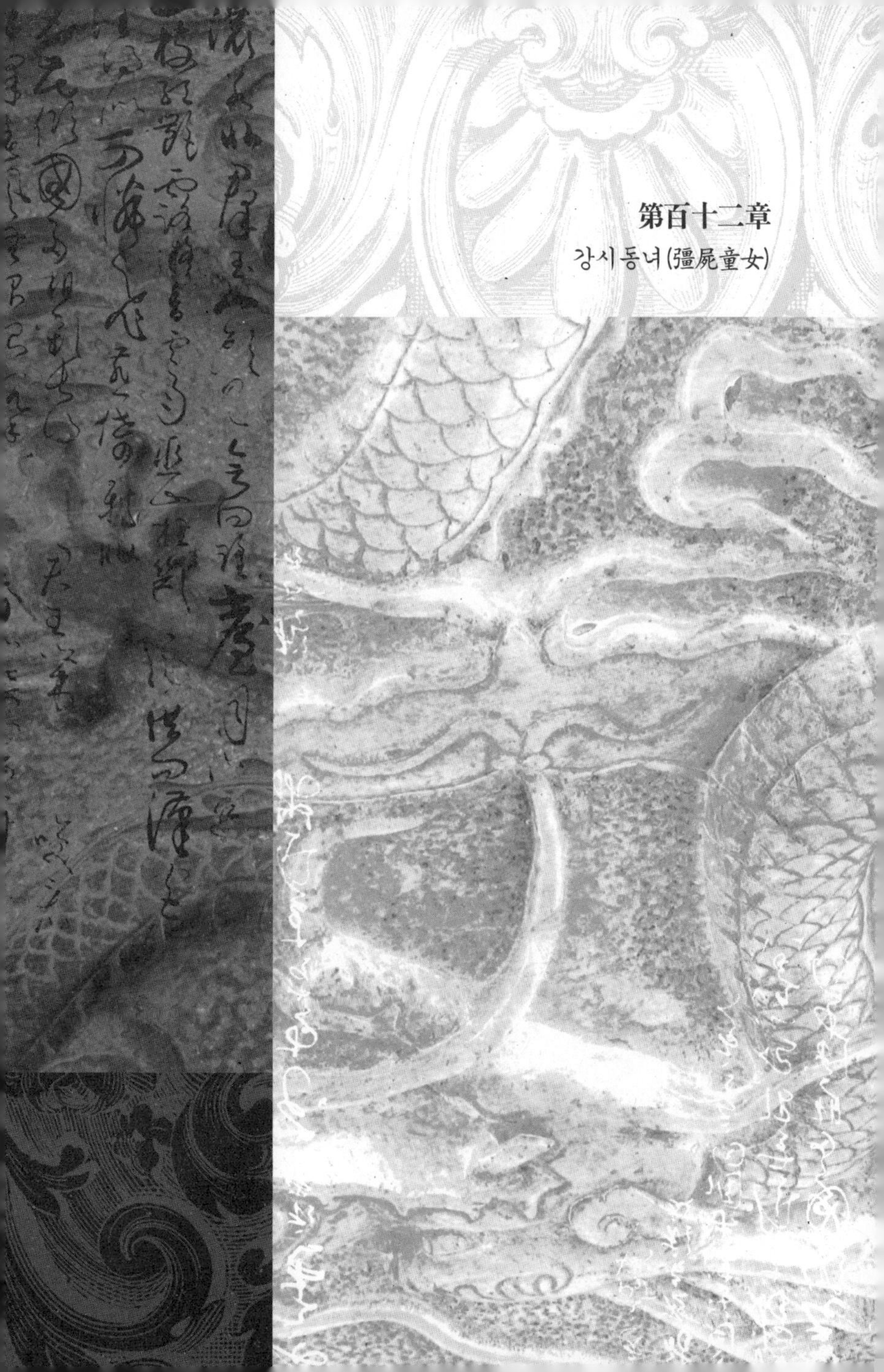

第百十二章
강시동녀(彊屍童女)

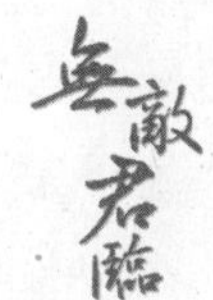

아침에 제남으로 떠났던 맹오가 술시(밤 8시)에 신풍장에 도착했다.

하지만 그는 약사신개를 데려오지 못하고 혼자 돌아왔다. 약사신개는 치료해야 할 환자들이 너무 많아서 죽을 시간조차 없을 정도로 바쁘다고 했다.

그 대신 약사신개는 맹오 손에 급히 휘갈겨 쓴 서찰을 한 장 쥐어서 보냈다.

태 대협. 맹오의 설명을 들어보니까 아무래도 단유천은 초음삼화경을 연공한 것 같소. 초음삼화경… 그것은 절대로 인간의 몸으로는 익힐 수가 없으며, 익혀서도 안 되는 악마의 무공이오. 그러나 만약… 인간이 천 명의 소녀를 죽여서 순결한 동순혈을 취하여 초음삼화경을 극성으로 연공했다면 필경 초마신이 될 터인데… 초마신은 살아 있는 악마외다. 그렇게밖에는 설명할 수가 없소. 또한 초마신은 천상천하유아독존이오. 천하에 존재하는 그 무엇도 초마신을 죽일 수 없소. 절대로 죽이지 못하오. 오직 신만이 초마신을 상대할 수 있을 것이오.

서찰에는 약사신개의 두려움, 아니, 숨 막힐 듯한 공포가 고스란히 묻어 있었다.

어쩌면 그는 초마신에 대해서 자신의 입으로 태무랑에게 설명을 하는 것이 두려워서 북경에 오지 않고 서찰을 보냈는지도 모른다.

태무랑은 뭔가를 기대하고 맹오를 약사신개에게 보냈으나, 돌아온 것은 거대한 눈덩이가 돼버린 우환이었다. 하나의 의문이 우환덩어리가 돼버렸다.

자정 한 시진 전에 태무랑은 자금성에 잠입하여 동녀들이 감금되어 있는 지하석실 근처에 이르렀다.

그는 지하석실 입구가 잘 보이는 폭 삼 장여의 운하 건너편 벽 아래에 책상다리를 하고 앉았다.

그의 십여 장 앞에서 운하가 가로로 흐르고 있으며, 그 건너 삼 장 거리에 지하석실 입구가 있다.

그가 한 시진이나 일찍 온 데는 이유가 있다. 초마신에게 동녀를 데려가는 자가 반드시 자정에 딱 맞춰서 오지 않을 수도 있기 때문이다.

늦는 것은 상관이 없으나 일찍 왔다가 그자가 이미 일을 끝내고 가버렸다면 태무랑은 헛물만 켜게 되는 것이다.

그가 상체를 약간 뒤로 눕히자 등이 차가운 돌담에 닿았다.

그 상태로 가만히 앉아서 밤하늘을 올려다보았다. 칼로 쪼갠 듯한 반월이 떠서 스산한 빛을 뿌리고 있었다.

그런데 문득 그 말간 달 속에 어여쁜 수월화의 얼굴이 함초롬히 떠올랐다.

눈을 감으나 뜨나 항상 떠오르는 그녀의 그리운 모습이 홀로 앉아 있는 그에게 어김없이 나타났다.

단유천과 화명군이 아니었으면 태무랑은 수월화와 혼인을 하여 무령왕가에서 지내고 있었을 것이다.

그런데 태무랑이 달 속의 수월화를 바라보고 있을 때 그녀 옆에 벽교상의 얼굴이 나란히 떠올랐다. 그가 진심으로 사랑하는 두 여자의 모습이 반월에 새기듯이 나란히 떠오르다니

희한한 일이다.

사실 그는 자신이 벽교상 같은 여자를 사랑하게 될 줄은 꿈에도 몰랐었다.

아니, 오히려 그는 벽교상처럼 과격하고 직설적이며 안하무인 성격의 여자를 증오하는 편이었다.

그랬었는데 오랜 시간에 걸친 벽교상의 헌신과 희생이 그의 마음을 돌려놓았다.

희생과 헌신이라는 점에서는 수월화도 마찬가지다. 그녀와 벽교상은 우월을 가리기 힘들 만큼 태무랑에게 희생과 헌신을 바쳤었다.

그녀들 중에 한 사람을 선택하라면 태무랑은 누굴 선택해야 할지 망설일 것이다.

수월화는 그녀대로, 벽교상은 또 그녀대로 태무랑에게는 정말 큰 의미를 갖고 있기 때문이다.

예전에는 그녀들 중에 한 명을 선택해야 한다는 생각을 한 번도 해본 적이 없었다.

하지만 막상 그런 일이 생긴다면 태무랑으로서는 괴로운 고민을 할 수밖에 없다. 그로서는 수월화도 벽교상도 버리지 못하기 때문이다. 그럴 바엔 차라리 두 여자를 떠날 수밖에 없을 것이다.

'훗.'

문득 그는 내심 쓴웃음을 지었다. 수월화와 벽교상의 행방은커녕 생사조차도 모르고 있는 상황에 그녀들 중에 한 사람을 골라야 한다는 행복한 고민을 하고 있다니, 스스로 생각해도 한심했다.

문득 그는 뭔가를 감지했다. 하지만 움직이지 않았다. 그가 알고 있는 사람이 접근해 오고 있었기 때문이다. 느낌만으로도 접근하고 있는 사람이 누군지 알 수 있다.

오지 말라고 말하고 싶지만 지금은 아무 말도 아무 생각도 하기 싫었다.

아마도 방금 전에 수월화와 벽교상에 대해서 생각하느라 착잡한 마음이기 때문일 것이다.

스으.

그의 머리 위쪽에서 하나의 흑영이 깃털처럼 가볍게 스르르 하강하더니 그의 옆에 살포시 내려앉았다.

나타난 사람은 흑의경장 차림을 한 한천궁주였다. 그녀는 태무랑 곁에 무릎을 꿇은 자세로 앉아서 부끄러우면서도 꽤나 용기있는 표정을 짓고 있었다.

태무랑이 신풍장을 나설 때에는 미료와 함께였는데 어떻게 해서 한천궁주가 따라왔는지, 그리고 지금 이곳에 나타났는지 모를 일이다.

또한 그녀의 손에는 붉은 색의 술병 하나가 쥐어져 있었다.

슥—

한천궁주는 묵묵히 태무랑에게 술병을 내밀었다. 그녀는 지금 그가 어떤 심정인지 모른다.

단지 오늘 새벽에 있었던 일. 좀 더 정확하게 말하면, 무공을 고강하게 만들어준 삼 단계 일 때문에 자신과 태무랑이 묘한 관계가 됐다는 생각에서 어떻게든 그것을 수습해 보려고 뒤따라온 것이다.

그런데 그녀가 자금성까지 태무랑을 따라오고 또 술을 내민 시기가 참 적절했다.

태무랑은 지금 마음이 착잡하여 한 잔 술이라도 하고 싶은 기분이었다.

그녀는 태무랑이 술병을 받지 않으면 더 이상 권하지 않을 생각이었다.

그럴 만한 용기가 없기 때문이다. 이곳까지 그를 뒤따라온 것도 굉장한 용기가 필요했었다. 그보다 더 큰 용기를 내는 것은 무리다.

그런데 태무랑은 한천궁주를 슬쩍 쳐다보더니 말없이 술병을 받아서 입에 대고 몇 모금 마셨다.

향긋하고 독한 술이 목구멍을 타고 뱃속으로 흘러 내려가자 기분이 한결 나아지는 듯했다.

그는 넓은 풀밭 너머 어둠에 잠겨 있는 전각군을 쳐다보았

다. 어쩌면 저기 어딘가에 수월화가 있을지도 모른다는 생각
이 들었다.

　그러자 슬픔이 한겨울의 삭풍처럼 가슴을 통과했다. 그리
고 지독한 외로움이 엄습했다.

　술병을 입에서 떼고 있다가 전각군에 시선을 고정시킨 채
다시 몇 모금 더 마셨다.

　수월화의 생각에 빠져서 그는 한천궁주가 옆에 있다는 사
실을 잠시 망각하고 있었다.

　그리고 술병을 다시 그녀에게 건네줘야 하는 것도 잊은 채
계속 술을 마셨다.

　한천궁주는 전각군을 응시하고 있는 태무랑의 옆모습을
말끄러미 바라보았다.

　그렇게 바라보고 있는 것만으로도 행복한 듯 그녀의 입가
에는 은은한 미소가 머금어졌다.

　듬직하고 훌륭한 남동생을 바라보는 누나의 눈빛 같기도
하고, 연정을 품고 있는 사내를 몰래 훔쳐보는 야릇한 눈빛
같기도 했다.

　그때 전각 쪽에서 밤새 한 마리가 푸드득 날아오르더니 풀
밭 위를 가로질러 태무랑과 한천궁주가 있는 위쪽 담 위를 지
나서 사라졌다.

　그제야 약간 정신을 차린 태무랑은 들고 있던 술병을 가볍

게 흔들어보았다.

그런데 술병에 술이 조금도 남아 있지 않았다. 수월화 생각을 하면서 다 마셔 버린 것이다.

한천궁주가 일껏 갖고 온 술을 혼자 다 마셔 버린 것이 조금 미안했고, 또 우울한 기분을 떨쳐 버릴 생각에 그는 그녀를 보며 빙그레 미소 지으며 가벼운 농담을 했다.

'술 마시고 싶어?'

[응.]

태무랑이 그녀의 머리에 자신의 생각을 전하자 그녀가 전음으로 대답하며 말끄러미 그를 바라보았다.

태무랑은 자신의 배를 가볍게 두드리며 장난스러운 미소를 지으면서 입을 삐죽 내밀었다.

'여기에 많이 있는데 좀 나눠줄까?'

뱃속에 있는 술을 입맞춤을 통해서 주겠다는 농담이다.

[그래.]

그런데 한천궁주가 진지한, 아니, 그러기를 바라는 듯한 표정으로 대답하며 빤히 바라보자 오히려 농담을 한 태무랑이 어이없다는 표정을 지었다.

'누나. 정말……'

한천궁주는 배시시 미소 지었다.

[농담했다가 된통 걸렸지?]

‘누나한테는 못 당하겠어.’

[호호홋!]

한천궁주는 명랑하게 웃으면서 손으로 입을 가렸다.

태무랑은 그 모습을 보다가 두 손으로 그녀의 얼굴을 감싸고 진지한 표정으로 말했다.

‘누나는 무슨 일이 있어도 죽으면 안 돼.’

한천궁주는 그가 왜 그런 말을 하는지 알고 가슴이 뭉클하여 고개를 끄덕였다.

‘이제 신풍장으로 돌아가.’

태무랑은 그녀의 뺨을 놓아주었다.

하지만 그녀는 움직이지 않고 그를 말끄러미 바라보았다.

[무랑과 함께 있고 싶어.]

태무랑이 대답이 없자 한천궁주는 철부지 소녀처럼 눈을 동그랗게 뜨며 물었다.

[무랑이 걱정할 정도로 내 무공이 형편없어? 무랑이 날 고강하게 만들어줬는데도 걱정이 돼?]

태무랑은 자정이 다가오기 때문에 그녀와 옥신각신할 여유가 없었다.

‘대신 무슨 일이 있어도 절대 나서지 마.’

[알았어.]

한천궁주는 그제야 배시시 미소를 지었다. 문득 태무랑은 그녀의 미소가 눈부시다는 생각이 들었다.

그때 그는 전각군 쪽에서 두 개의 검은 흑영이 풀밭을 가로질러 이쪽으로 쏘아오고 있는 것을 발견하고 손을 뻗어 한천궁주의 몸을 등 뒤 담 쪽으로 밀었다.

담에 바짝 붙으면 달빛을 피할 수 있어서 발각될 염려가 없기 때문이다.

그런데 시선을 흑영에게 집중시키고 있는 중에 한 행동이라 그의 팔이 한천궁주의 가슴에 가로로 걸쳐져 있었다. 즉, 그의 팔이 그녀의 가슴을 짓누른 채 담으로 밀고 있는 것이다. 하지만 그는 그 사실을 깨닫지 못했다.

한천궁주는 등을 담에 붙인 채 눈을 내리깔아 태무랑의 팔과 자신의 가슴을 굽어보았다.

단지 그것뿐인데도 그녀는 가슴이 쿵쾅거리고 얼굴이 잘 익은 능금처럼 빨개졌다.

태무랑은 이쪽으로 쏘아오고 있는 흑영이 동녀를 초마신에게 데리고 갈 인물일 것이라고 짐작했다. 그들은 어깨에 검을 메고 있었다.

그런데 두 흑영의 모습을 보는 순간 그는 뜻밖이라는 표정을 지었다.

두 명의 흑영은 뜻밖에도 소녀의 모습을 하고 있었다. 칠흑같은 흑의를 입고 머리에도 귀를 덮는 모자를 푹 눌러쓰고 있는 모습이다. 단지 손바닥보다 작은 얼굴이 밀랍처럼 창백하게 빛나고 있었다.

'동녀?'

두 흑영의 모습은 지하석실에 감금되어 있는 동녀들과 흡사했다.

다른 것이 있다면, 두 흑영이 흑의를 입고 있으며 얼굴이 푸르스름할 정도로 창백하다는 사실이다.

그렇다면 동녀가 동녀를 데리러 왔다는 뜻이다. 어떻게 그럴 수가 있는 것인지 태무랑은 순간적으로 생각이 정리되지 않았다.

약사신개는 인간이 초음삼화경을 연공하려면 천 명의 순결한 동녀에게서 동순혈을 흡수해야 한다고 했다. 동순혈이라는 것은 '순결한 피'다.

'동순혈을 뺏겼는데도 동녀가 살아 있다는 말인가? 아니면 저 아이들은 아직 동순혈을 뺏기지 않은 것인가?'

동순혈, 즉 피를 뺏긴 동녀가 어떻게 목숨을 부지할 수 있다는 말인가.

그때 대무링은 사볍게 움찔했다. 빠르게 가까이 쏘아오고 있는 두 명의 흑영, 즉 동녀에게서 생명의 기운이 전혀 느껴지지 않는 것을 감지했기 때문이다.

그녀들은 심장도 뛰지 않았고 숨도 쉬지 않았다. 다시 말하면 죽었다는 뜻이다.

시체가 살아 있는 사람처럼 뛰어다니고 있는 것이다. 말도 안 되는 일이다.

그러나 태무랑은 그녀들의 눈이 초점이 없으며 생기를 띠고 있지 않다는 것도 발견했다.

틀림없다. 그녀들은 시체다. 죽었으면서 산 사람처럼 돌아다니고 있는 것이다.

태무랑과 한천궁주가 지켜보고 있는 가운데 두 명의 동녀는 지하석실 안으로 들어갔다.

태무랑은 지하석실 입구를 주시하면서 한천궁주에게 자신의 생각을 전했다.

'누나, 죽은 사람이 돌아다니는 게 뭐지?

[강시야.]

'강시?

[방금 본 두 명의 소녀는 강시가 분명해.]

그녀도 방금 전의 두 소녀를 똑똑히 보고 또 죽었다는 사실을 감지한 모양이다.

그녀는 강호경험이 풍부하기 때문에 소녀들을 보는 순간 이미 죽은 강시라는 것을 간파했었다.

그녀는 너무 놀란 나머지 자신의 가슴을 태무랑의 팔이 짓누르고 있다는 사실을 잊었다.

[단유천이 동녀들의 동순혈을 뺏은 후에 강시로 만든 것이
분명해.]

그녀는 단정하듯이 말했다. 그녀는 단유천이 초마신일 것
이라고 단정했다.

그가 낙성검문을 비롯한 수십 개 방, 문파들을 공격하여 죽
은 자들의 몸을 자색으로 만들었기 때문이다.

'누나는 여기에서 기다리고 있다가 만약 내가 한 시진 내
로 돌아오지 않으면 미료에게 가서 그녀와 함께 신풍장으로
돌아가도록 해.'

한천궁주는 볼멘 표정을 짓고 잠자코 있었으나 고집을 부
리지 못했다.

만약 태무랑이 동녀, 즉 강시동녀들을 따라갔다가 단유천
과 맞닥뜨려서 싸우게 되는 일이 벌어진다면 자신이 짐이 될
것을 알기 때문이다.

그렇지만 그녀는 태무랑이 걱정이 됐다. 그가 비록 조화지
경에 이르렀다고 하지만 초마신이 된 단유천과의 싸움에서
패할지도 모른다는 우려 때문이다.

그래서 신풍장으로 돌아가겠다고 선뜻 대답을 하지 못하
는 것이다.

여기에서 그를 기다리고 있다가 만약 그에게 무슨 일이 생
기면 도움이 되고 싶은 것이다.

　그녀는 이 년여 전에 태무랑이 현도왕가에서 화명군에게 극심한 중상을 입어서 죽음의 위기에 처했었다는 사실을 맹오에게 들어서 잘 알고 있다.

　하지만 이번에는 상대가 초마신이다. 그와 싸우다가 패하면 이 년 전 같은 요행은 없을 것이다. 그것이 못내 걱정이 되는 것이다.

　한천궁주는 갑자기 몸을 틀어 태무랑을 꼭 끌어안았다.

　[조심해야 해. 위험하다고 생각되면 무조건 도망쳐.]

　'누나는 나를 뭐로 보고…….'

　태무랑은 그녀를 안고 부드럽게 등을 쓰다듬다가 그녀의 몸이 바르르 떨리고 있는 것을 느꼈다.

　그녀는 태무랑에게 무슨 일이 생길까 봐 지나치게 걱정을 하고 있는 것이 분명했다.

　그 옛날에 경뢰궁주도 필경 이랬을 것이다. 그랬었던 그녀가 먼저 죽었다.

　하지만 태무랑은 뭐라고 할 말을 찾지 못했다. 그저 무사히 돌아와서 웃는 얼굴로 한천궁주를 다시 보는 것이 유일한 대답일 것이다.

　그때 지하석실 입구의 철문이 열리는 소리가 작게 나더니 곧 두 명의 강시동녀가 밖으로 모습을 드러냈다. 조금 전에 들어갔던 바로 그 강시동녀들이다.

　그런데 그녀들은 각기 한 명씩의 동녀를 어깨에 메고 있으며, 동녀들은 여전히 혼절한 모습이다.

　강시동녀들이 풀밭을 가로질러 되돌아가고 있는데도 한천궁주가 꼭 부둥켜안은 채 놓아주지 않자 태무랑은 그녀를 떼어내고 가볍게 입을 맞춰주었다.

　'기다려, 누나.'

　깜짝 놀란 한천궁주는 어느새 저만치 어둠 속으로 미끄러져 가고 있는 태무랑의 뒷모습을 바라보면서 섬섬옥수를 들어 자신의 입술을 가만히 만져 보았다.

　그가 너무도 걱정되는 상황인데도 부끄러움 때문에 얼굴이 새빨개졌다.

　태무랑이 강시동녀들을 미행해서 도착한 곳은 어느 전각의 지하석실이다.

　그런데 그 지하석실은 정말 거대했다. 위에 있는 전각도 큰데 그것보다 최소한 열 배 이상은 더 컸다.

　그렇다는 것은 지하석실에 무엇인가 많은 것을 수용하고 있다는 뜻이다.

　처음에 지하석실에 내려온 태무랑은 그처럼 거대할 줄은 예상하지 못했었다.

　그런데 곧게 뻗은 지하통로를 쏘아가고 있는 두 명의 강시동녀를 쫓다 보니까 끝없이 뻗어 있는 지하통로와 중간 중간에 양쪽으로 갈라져 나가는 통로들, 그리고 통로 양쪽에 이어져 있는 수백 개의 석실들을 보고서야 이곳이 얼마나 넓은지 알게 되었다.

태무량은 지하통로를 쏘아가다가 좌측의 석실에 나 있는 조그만 구멍을 통해서 안을 들여다보았다.

석실 안에는 뜻밖에도 세 명의 동녀가 있었는데 한눈에도 그녀들 역시 강시라는 사실을 알 수 있었다.

그런데 그녀들은 꽤 넓어 보이는 석실 안에서 각기 검을 쥐고 서로 치열하게 싸우고 있었다.

카카캉! 째쨍! 쩌쩌쩡!

상대를 죽일 듯이 전력으로 전개하는 검법은 하나같이 악독하기 짝이 없었다. 철천지원수들끼리 싸우는 듯한 그 광경을 보면 수련이라는 생각이 조금도 들지 않을 것이다. 그 정도로 치열했다.

하지만 같은 강시동녀들끼리 서로 죽일 일은 없을 것이다. 그렇다면 이것은 검법 수련이 분명했다. 단지 실전보다 더 지독하게 수련하는 것일 게다.

태무량은 다시 한 번 확인했지만 석실 안에서 싸우고 있는 세 명이 모두 강시가 분명했다.

또한 길게 뻗은 복도 좌우에 늘어선 모든 석실 안에서 무기

끼리 부딪치는 소리가 들리는 것으로 미루어 각 석실마다 강시동녀들이 검법 수련을 하고 있는 것이 분명했다.

그렇다면 석실이 수백 개니까 강시동녀의 수가 수천 명에 이른다는 뜻이다.

'으음! 단유천. 대체 무슨 짓을 하는 것이냐?

태무랑은 석실에서 눈을 떼고 다시 두 명의 강시동녀를 뒤쫓으며 내심 신음을 흘렸다.

그는 통로를 쏘아가면서 가끔씩 좌우 석실 안을 들여다봤지만 어느 곳이나 세 명의 강시동녀가 검을 휘두르면서 서로 죽일 것처럼 검법 수련을 하고 있었다.

누군가 그녀들에게 검법 수련을 하라고 명령을 했을 것이다. 아마도 그녀들은 명령을 내린 사람이 멈추라고 할 때까지 쉬지 않고 계속할 것이다.

하지만 지금으로선 명령을 내린 사람이 누군지는 전혀 알 수가 없다.

이곳에 살아 있는 사람은 태무랑과 두 명의 동녀 외에는 아무도 없는 것 같았다.

두 명의 강시동녀가 도착한 곳은 통로 막다른 곳에 위치한 한 칸의 매우 넓은 석실이었다.

석실의 석문이 닫히기 전에 안으로 들어선 태무랑은 실내의 광경을 발견하고는 적잖이 놀라고 말았다.

그곳에는 한쪽에 석관(石棺) 수십 개가 몇 줄로 바닥에 놓여 있으며, 그 안에는 동녀들이 눈을 감고 죽은 듯한 모습으로 누워 있었다.

그 옆에는 하나의 커다랗고 둥근 웅덩이가 있으며, 시뻘건 피가 절반 정도 고여 있었다.

그리고 그 옆에는 커다란 석탁이 있으며 그 위에는 호두알 크기의 검붉고 동그란 환 수백 개가 여러 줄로 나란히 놓여 있었다.

마지막으로 가장 오른쪽 벽 아래에 홍옥(紅玉)으로 만든 하나의 관, 즉 옥관이 따로 떨어져서 놓여 있는데, 그 안에도 여자가 누워 있는 듯했다. 다른 모든 관들은 석관인데 그 관만은 옥관이라는 점이 달랐다.

태무랑은 석실 내부를 보는 즉시 이곳이 동녀들을 데려와서 처리하는 곳이라는 사실을 깨달았다.

동녀를 데리고 온 두 명의 강시동녀는 그녀들을 왼쪽 수십 개의 석관들이 있는 곳으로 데리고 가더니 능숙한 솜씨로 옷을 벗겨서 전라로 만든 다음에 빈 석관 안에 눕혔다.

석관은 대략 오십 개 정도이며 그중 다섯 개가 비었다.

그런데 동녀들이 하나같이 전라의 상태고, 그녀들이 누워 있는 석관에는 피가 흥건하게 고여 있었다. 동녀들이 흘린 피

같았다.

그때 태무랑은 특이한 것을 발견했다. 석관 안에 누워 있는 동녀들은 한결같이 한 자 반 정도 넓이로 다리를 벌리고 있는 모습이다.

그런데 검고 길쭉한 말뚝 같은 하나의 대롱이 동녀들의 옥문 속에 깊숙이 꽂혀 있는 끔찍한 광경이다.

그리고 대롱 끝에서 새빨간 피가 졸졸 흘러나오고 있었다. 대롱의 반대쪽이 동녀의 옥문 안을 깊숙이 찔러 그곳의 피, 즉 동순혈을 밖으로 뽑아내고 있는 것이다.

그러니까 동녀들은 자신들의 몸에서 뽑아낸 핏물 속에 누워 있는 것이다.

그녀들이 흘린 피, 즉 동순혈을 실내 한가운데 있는 움푹 파인 웅덩이에 모으고, 그 옆 석탁에 검붉고 동그란 환 수백 개가 놓여 있는 것으로 미루어 동순혈로 그 환을 만드는 것 같았다.

그러니까 동순혈을 보관이 용이하고 또 복용하기 쉽게 만든 것이 환인 듯했다.

물론 그 환을 최종적으로 복용하는 인물은 초마신, 즉 단유천일 것이다.

두 명의 강시동녀는 한쪽에서 각각 검고 길쭉한 대롱 하나씩을 들고 와서 방금 석관에 눕힌 동녀들에게 다가갔다.

대롱의 한쪽 끝은 다른 쪽보다 꽤 가늘었지만 그렇다고 뾰족하지는 않았다. 아마 그쪽을 동녀의 옥문 속으로 찔러 넣는 모양이다.

동녀들이 누워 있는 석관 옆에 서 있는 태무랑은 두 명의 강시동녀가 대롱을 들고 다가오자 마음이 급해졌다.

그는 다른 석관 속에 누워 있는 동녀들을 힐끗 쳐다보았다. 그녀들은 모두 죽어 있는 상태였다.

혼절한 상태에서 몸속의 피를 쏟아내고 있기 때문에 저절로 죽은 것이다.

태무랑은 길게 생각할 것도 없이 즉시 심기를 일으켜서 두 명의 강시동녀의 심지를 제압했다.

그러나 그녀들은 아무렇지도 않은 듯 석관 옆에서 허리를 굽히더니 대롱의 가느다란 쪽을 동녀의 사타구니로 가져가고 있었다. 심지가 제압되지 않은 것이다.

그제야 태무랑은 그녀들이 강시라는 사실을 새삼스럽게 깨달았다.

즉, 그녀들은 이미 죽었으므로 정신이나 마음이 없다. 그래서 심지가 제압되지 않는 것이다.

그렇다면 혈도를 제압하는 것도 의미가 없다. 그녀들을 멈추게 하려면 죽이는 것뿐이다. 아니, 이미 죽었으므로 부숴야만 한다.

그는 순간적으로 망설였다. 강시동녀들을 죽이면 침입자가 있다는 사실이 발각되고 말 것이다.

지금 당장은 아니더라도 그가 이곳을 떠난 이후에는 어떤 식으로든 드러나고 말 터이다. 그렇게 되면 그가 다음에 다시 이곳에 잠입하는 것이 힘들어진다. 그 얘기는 지금이 마지막 기회라는 뜻이다.

그렇다고 하더라도 두 명의 동녀가 그의 눈앞에서 죽임을 당하려 하고 있는데 그냥 내버려 둘 수는 없다. 대롱으로 옥문을 찔리면 당장은 아니더라도 몸속의 피를 쏟아내서 죽고 말 것이다.

그 순간 태무랑에게서 심기가 발출되어 두 명의 강시동녀의 머리에 적중됐다.

퍼퍽!

그런데 예상 밖의 일이 벌어졌다. 태무랑이 단단한 바위를 가루로 만들 정도의 심기를 발출했는데도 그것에 머리를 적중당한 두 명의 강시동녀는 반대편으로 쏜살같이 날아가서 벽에 부딪쳤다가 바닥에 나뒹굴었다.

하지만 나뒹굴 때보다 더 빨리 벌떡 일어나 검을 뽑으면서 곧장 태무랑을 향해 쏘아오는 것이 아닌가.

지금 그의 모습은 보이지 않는데도 강시동녀들은 한차례 공격을 받더니 즉각 그의 존재와 위치를 간파한 것이다.

차창!

'금강불괴지체라는 말인가?'

설마 강시동녀가 금강불괴지체일 줄은 예상하지 못했다. 그게 아니라면 태무랑의 심기를 맞고도 멀쩡할 리가 없다.

쐐애액!

두 명의 강시동녀는 허공에 비스듬히 몸을 눕힌 자세로 검을 휘둘러 오는데 급소만을 노리는 악독하기 짝이 없는 수법이다.

태무랑은 슬쩍 눈을 부릅뜨며 다시 심기를 일으켰다. 이번에는 방금 전보다 훨씬 강한 심기다.

퍽! 퍽!

다음 순간 두 강시동녀의 머리가 잘 익은 수박이 터지듯 박살 나버렸다.

하지만 피는 한 방울도 튀지 않았다. 그저 일 년 동안 말린 바싹 마른 호박이 터지는 듯했다.

그런데 그것이 끝이 아니다. 강시동녀들은 머리가 없어진 상태에서도 공격을 했다.

하지만 목표가 태무랑이 아니고 아무 데나 마구 칼질을 해댔다. 눈이 없으니까 보지 못하는 것이다.

그런데도 뒤뚱거리면서 돌아다니며 칼질을 하는 광경은 실로 섬뜩하기 짝이 없었다.

퍼퍽!

태무랑이 다시 심기를 일으키자 머리가 없는 두 명의 강시 동녀의 몸이 산산조각나서 흩어졌다.

그는 바닥에 흩어져 있는 물기라곤 하나도 없는 강시동녀 의 몸 조각을 굽어보면서 씁쓸한 마음을 금치 못했다.

그녀들도 예전에는 심장이 펄떡펄떡 뛰는 꽃처럼 어여쁜 소녀였을 것이다.

그런데 단유천에게 피를 다 뽑아서 바치고 나서는 강시가 되었을 터이다.

죽어서도 고이 눈을 감지 못하는 강시가 말이다. 필경 그녀 들의 혼은 저승으로 가지 못하고 구천을 떠돌면서 억울한 죽 음을 슬퍼하고 있을 것이다.

'죽일 놈…….'

새삼 단유천에 대한 증오가 활활 타올랐다. 그를 죽이지 못 하면 앞으로도 계속해서 소녀들이 억울한 죽음을 당하고 또 시신은 농락을 당하게 될 것이다.

기필코 단유천을 죽여야만 한다. 그래서 다시는 이런 일이 일어나지 않도록 해야만 할 것이다.

예전의 단유천은 태무랑을 비롯한 수십 명의 무완롱을 지 옥에 가두고 온갖 잔인한 시험을 가하면서 노리개로 삼더니, 이제는 수천 명의 소녀들을 납치해서 피를 뽑아 죽이고 있다.

그래서 자신은 강해지고 소녀들과 그녀들의 가족은 피눈
물을 흘리게 만들고 있다.

태무랑은 주먹을 움켜쥐고 부르르 떨었다.

'단유천. 반드시 죽이고 말겠다!'

문득 태무랑은 정신을 수습했다. 지금은 이러고 있을 때가
아닌 것이다.

두 명의 강시동녀를 죽였기 때문에 속히 이곳에서 빠져나
가야만 한다.

어물거리다가 이곳의 강시동녀들 전체와 싸우게 되거나
예기치 못한 일이 벌어진다면 골치 아픈 정도로만 끝나지는
않을 것이다.

그는 즉시 석관 안에서 두 명의 동녀를 꺼내 옷을 입혔다.
다른 사람 더구나 여자 옷을 입혀본 적이 없기 때문에 쉽지가
않아서 꽤 오랜 시간이 걸렸다.

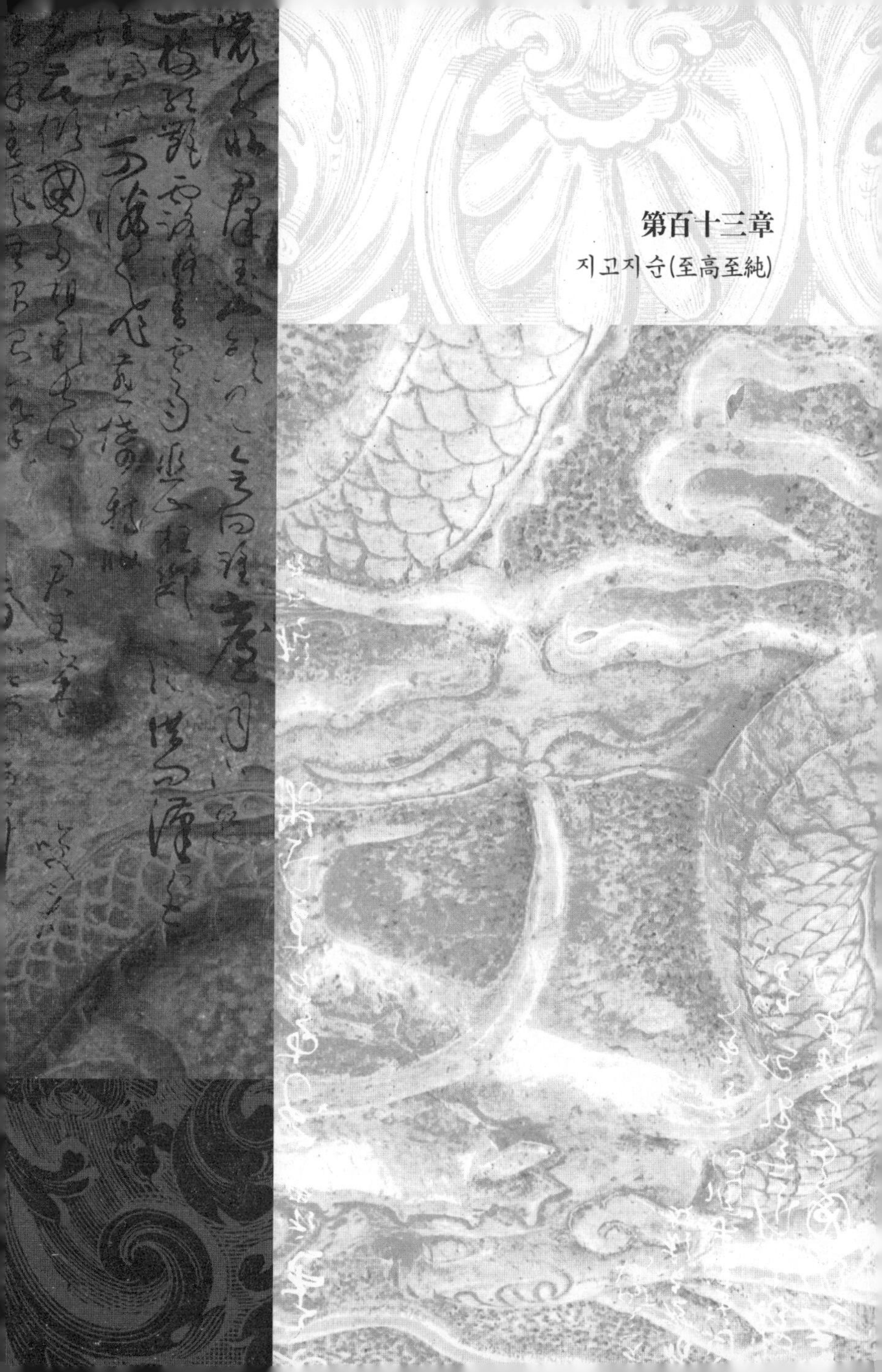

第百十三章
지고지순(至高至純)

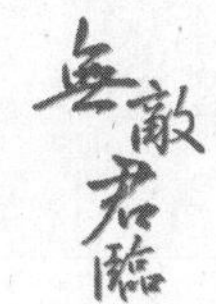

두 명의 동녀를 양 옆구리에 끼고 막 석실을 나가려던 태무랑의 눈에 띈 것이 있다. 가장 오른쪽에 따로 떨어져 있는 하나의 옥관이다.

다른 석관들은 모두 한 군데 모여 있는데 그 옥관만 따로 떨어져 있으며 또 옥관이라는 점이 이상하게 여겨져서 그쪽으로 미끄러져 다가갔다.

그리고 옥관 안을 들여다보는 순간 그는 그 자리에 석상처럼 굳어버렸다.

'옥령!'

그렇다. 외따로 떨어져 있는 옥관 속에 누워 있는 사람은
다름 아닌 옥령이었다.

그녀도 다른 동녀들처럼 전라의 몸이었다. 더구나 그녀의
두 다리도 넓게 벌어져 있었으며, 옥문에 검은 대롱이 깊숙하
게 꽂혀 있는 상태였다.

태무랑은 옥령을 발견한 순간 뒤통수를 쇠망치로 거세게
얻어맞은 것 같은 충격을 받았다.

어째서 옥령이 자금성 지하석실에 벌거벗은 몸으로 누워
있다는 말인가. 그녀가 다른 동녀들과 똑같이 취급을 당해야
할 이유가 없는 것이다.

그녀는 형구, 우경도, 천자필사 미봉 등과 함께 남경에 있
어야 하지 않은가 말이다.

어떻게 된 일인지는 짐작조차 할 수 없지만, 한 가지만은
분명하게 알 수가 있다.

옥령은 단유천에게 납치당한 것이 분명했다. 그녀 스스로
자신의 발로 단유천을 찾아왔을 리가 없다.

과거에 옥령은 태무랑을 짓밟고 경멸했던 사람들 중 하나
였다.

그러나 그 이후에 그녀는 태무랑과 두세 차례의 정사를 갖
고 나서는 온전히 태무랑의 여자가 되었었다.

태무랑은 마지막으로 보았던 그녀의 모습을 아직도 또렷

하게 기억하고 있다.

그에 대한 사랑으로 충만했던 그녀의 얼굴을 어찌 잊을 수 있겠는가. 그리고 그는 옥령을 용서했었다.

짐작하건대 필경 단유천은 남경으로 옥령을 찾으러 갔었던 것이 분명하다.

그래서 그녀를 강제로 끌고 왔을 것이다. 바로 이곳에 누워 있는 그녀가 그것을 증명하고 있지 않은가.

만약 그녀가 제 발로 단유천을 따라왔다면 강시동녀들이 우글거리고 납치된 동녀들만 석관 속에 누워 있는 이런 곳에 누워 있을 리가 만무하다.

더구나 지금 옥령은 다른 동녀들처럼 두 다리를 벌린 채 옥문에 꽂힌 대롱으로 피를 흘려내고 있었다.

옥령은 동녀, 즉 처녀지신이 아니다. 그런데도 그녀의 옥문에서 피를 뽑아내고 있다는 것은, 그녀를 강시로 만들려는 것이 분명하다.

그녀에게서 동순혈을 빼내려는 것이 아니라 순전히 강시로 만들려는 것이 목적인 것이다.

옥령을 이렇게 만들 사람은 세상천지에 단유천뿐이다. 대저 뉘라서 감히 옥령에게 이런 짓을 할 수 있겠는가.

짐작하건대 아마도 옥령은 단유천을 거부했을 것이다. 자신에겐 이미 남자가 있으며 그 남자가 태무랑이라고 말했을

지도 모른다.

아니, 그랬을 것이다. 그랬기에 이런 참혹한 꼴을 당하고 있지 않겠는가.

단유천은 자신이 목숨처럼 사랑하는 옥령이 태무랑을 사랑하고 있다는 사실을 알고는 그녀에게 복수를 하고 있는 것일 게다.

그런데 그때 문득 태무랑의 눈이 커졌다. 옥령에게서 생명의 징후가 느껴지는 것을 감지한 것이다.

흐릿하기는 하지만 분명히 맥이 뛰고 있다. 아니, 그뿐 아니라 숨도 쉬고 있다. 그렇다면 그녀는 이런 상태가 된 지 오래되지 않았다는 뜻이다. 피를 많이 흘리지 않아서 목숨이 붙어 있는 것이다.

그는 안고 있던 두 동녀를 급히 내려놓고 옥령에게 바짝 다가가서 살펴보았다.

그러고 보니까 옥령이 누워 있는 석관에는 바닥에만 피가 조금 고여 있을 뿐이다.

또한 옥문에 꽂힌 대롱 끝에서도 아주 조금씩 피가 흘러나오고 있었다.

그것은 한 가지 사실을 말하고 있다. 단유천은 그녀를 강시로 만들되 피를 조금씩만 빼내서 고통을 주며 천천히 죽이려는 것이다.

'으으……'

　태무랑은 분노로 몸을 부들부들 떨었다. 아까 반달을 보고 수월화와 벽교상의 얼굴만 떠올랐으나, 따지고 보면 옥령도 그의 여자다.

　처음에는 그가 강제로 짓밟았지만 결국 마지막에는 그녀를 용서하지 않았었는가.

　그때 그의 시선이 옥령의 눈에 고정되었다. 그녀는 두 눈을 감고 있었다.

　그런데 두 눈초리를 타고 눈물이 흐르고 있었으며, 귀 쪽으로는 눈물이 말라 있었다.

　그녀는 제압된 상태이지만 정신은 깨어 있었던 것이다. 그래서 자신에게 닥친 이 불행과 절망을 생생하게, 그리고 고스란히 느끼고 있었던 것이다.

　아마도 그것 역시 단유천의 안배일 것이다. 그녀가 스스로 죽어가는 것을 느끼면서 숨이 끊어지라고 말이다.

　태무랑은 이끌리듯이 석관 옆에 무릎을 꿇고 그녀를 향해 두 손을 뻗었다

　그의 두 손이 그녀의 양 뺨을 부드럽게 감싸자, 곧 그녀의 눈물에 젖은 긴 속눈썹이 파르르 떨리더니 천천히 두 눈이 떠졌다.

　혈도가 풀리면서 처음에 그녀의 두 눈에 가득 떠오르는 것

은 지독한 공포였다.

이런 일을 당하는 마지막 순간에 느꼈던 공포의 잔재일 것이다. 그리고 눈동자가 극도로 불안하게 이리저리 마구 흔들리고 있었다.

그러다가 그녀는 자신의 두 뺨을 감싸 쥔 채 온화한 미소를 지으며 굽어보고 있는 어떤 준수한 사내를 발견했다.

그 사내에게서는 신비하고도 존엄한 광휘가 서기(瑞氣)처럼 발산되고 있었다.

그것은 마치 꿈속에서 신이 강림한 듯한 느낌이다. 그래서 그녀는 태무랑을 알아보지 못했다.

생사조차 모르는 그가 이곳에 있을 리가 없기 때문이고 그에게서 서기가 발간될 리가 없기 때문이다.

'옥령아.'

그런데 그때 기이한 일이 일어났다. 태무랑의 목소리가 그녀의 뇌를 고즈넉이 울린 것이다.

그것은 한 움큼의 생명이라도 붙어 있는 한 결코 잊을 수 없는 사랑하는 사람의 목소리였다.

옥령의 눈이 쉴 새 없이 깜빡거렸다. 그리고 눈동자에는 아직도 공포가 담겨 있었다.

'이제 염려 마라. 아무도 널 해치지 못할 게다.'

이윽고 옥령의 두 눈에 가득 떠올랐던 공포가 마치 아침햇

빛에 물러나는 어둠처럼 서서히 걷히기 시작했다.

그리고는 두 눈에 더없는 기쁨의 눈물이 가득 차올라서 넘쳐흘렀다.

하지만 그녀는 자신의 눈앞에 있는 사람이 태무랑이라고 믿지 않았다. 믿을 수가 없는 것이다.

자신이 절망과 공포에 허덕이다가 필시 헛것을 보고 있는 것이라고 여겼다.

더구나 그녀는 자신이 혈도가 제압된 상태라서 눈을 뜨지도 못한다는 사실을 알고 있지 않은가.

그래서 눈을 뜬 것이 아니라 눈을 감은 상태에서 머릿속에 뭔가 떠오른 것이라고 여긴 것이다. 더구나 태무랑이 자금성이 깊은 곳까지 왔을 리가 없다.

하지만 그래도 좋았다. 이것이 환상이면 어떻고 헛것이면 또 어떠랴.

숨이 끊어지기 전에 이토록 생생한 태무랑의 모습을 볼 수 있는 것이 얼마나 큰 축복인가.

이대로 그의 모습을 보면서 죽어갈 수만 있다면 그보다 더 행복한 일은 없을 터이다.

그래서 제발 이 물거품 같은 기적이 사라지지 않기를 간절히 소원했다.

태무랑은 옥령의 상체를 일으켜 품에 안으면서 약간의 천원신기를 주입해 주었다.

그러자 그녀는 곧 혼미한 정신이 맑아졌다.

그리고 전혀 새로운 눈과 정신으로 태무랑을 발견하게 되어 잠시 동안 눈을 깜빡이면서 그를 바라보다가 한순간 눈을 휘둥그렇게 떴다.

'설마… 당신…….'

반신반의하는 표정이지만 여전히 눈앞에 벌어진 일을 믿지 못하는 쪽이 훨씬 더 컸다. 그리고 그녀의 머릿속에 떠오른 생각이 태무랑에게 전해졌다.

태무랑은 그녀를 굽어보면서 뺨을 어루만지며 온화한 표정을 지었다.

'그래. 나다.'

'아아… 정말… 당신인가요……?'

'나하고 가자.'

태무랑은 옥령을 안고 일어나려다가 그녀의 옥문에 꽂혀 있는 길고 검은 대롱을 발견했다.

그는 대롱을 잡고 천천히 뽑아냈다. 그러자 옥문에서 피가 쏟아졌다. 안쪽에 상처를 입은 것이 분명했다.

그는 손을 뻗어 손바닥으로 옥문을 덮듯이 지그시 누르고 약간의 천원신기를 주입하여 찢어진 옥문과 자궁의 상처를 말끔하게 치료했다.

태무랑의 그런 행동을 꿈을 꾸듯이 바라보면서 옥령은 점차 이것이 꿈이 아니라 어쩌면 현실일지도 모른다는 사실을 조심스럽게 믿기 시작했다.

'아… 어떻게 이런 일이……'

그녀는 자신이 이곳에서 죽임을 당하여 지하석실이 무덤이 될 것이라고 생각했었다.

누군가 자신을 구해줄 것이라고는, 더구나 태무랑이 구해주리라는 것은 눈곱만큼도 생각해 보지 않았었다. 기적 같은 일은 자신에게는 일어나지 않을 것이라고 생각했었다.

남경에서 단유천에게 붙잡혔을 때 그것으로 모든 게 끝이라고 여겼었다.

그런데 이런 일이 일어나다니, 이것은 기적이라는 말로도 설명하기 어려울 정도다.

'무랑… 당신……. 아아… 당신이군요……'

옥령은 태무랑의 품속으로 파고들면서 하염없이 눈물을 쏟아냈다.

태무랑은 옥령과 자금성 운하 옆 지하석실에 혼혈이 제압되어 있던 이십 명의 동녀를 모두 구해서 신풍장으로 돌아왔다.

그러기 위해서는 대기하고 있던 미료와 한천궁주의 도움

이 필요했다.

거대한 지하석실에서 강시동녀 둘을 없애고 옥령을 구해
냈기 때문에 어차피 조만간 발각될 것이라 여기고 내친 김에
동녀들까지 모두 구해낸 것이다.

신풍장으로 돌아온 이후 태무랑이 자신을 구한 사실을 믿
게 된 옥령은 자신이 남경에서 단유천에게 붙잡히게 된 경위
를 자세하게 설명했다.

그 과정에 벽교상이 남경 포구에서 낭랑루라는 주루를 열
었다는 것과 그녀가 무공을 잃고 비참한 신세가 됐다는 사실
을 자연스럽게 이야기하게 되었다.

태무랑은 무엇보다도 벽교상이 살아 있다는 사실에 크게
안도했다.

가장 염려하고 있던 수월화와 벽교상 중에 한 사람의 안전
이 확인된 것이다.

하지만 그녀가 무공을 잃고 애꾸에 흉측하게 일그러진 몰
골로 살아간다는 말에 가슴이 아팠다.

그는 벽교상이 있는 남경으로 당장 달려가고 싶지만 아직
이곳의 일이 일단락되지 않았기 때문에 그럴 수가 없다. 수월
화와 무령왕에 대한 소식을 알아야지만 조금이라도 편한 마
음으로 이곳을 떠날 수 있을 것이다.

그래도 한 가지 다행한 일은, 신풍개가 남경에서 벽교상과

형구, 고구려 사내 연풍 등과 함께 잘 지내고 있다는 말을 옥
령에게 들은 것이다.

이곳의 장원 이름마저도 신풍장이라 짓고 신풍개가 무사
하기를 기원했던 맹오와 철완개 등 개방제자들은 그 소식에
환호성을 터뜨리며 기뻐했다.

신풍장에 있는 사람들 중에서는 옥령을 알고 있는 사람이
아무도 없다.

태무랑이 그녀의 이름을 스스럼없이 불러도 설마 그녀가
예전에 무극신련 총련주 화명군의 여제자였을 것이라고는 추
호도 생각하지 않기 때문이다.

하지만 사람들은 한 가지 사실만은 짐작할 수 있었다. 태무
랑이 옥령에게 온갖 정성을 쏟고 또 세심하게 배려하는 것을
보고는, 그녀가 그의 매우 중요한 정인일 것이라고 짐작하게
된 것이다.

한천궁주와 미료는 갑자기 나타난 옥령 때문에 졸지에 찬
밥 신세가 돼버렸다.

하지만 그것 때문에 옥령을 미워하거나 질투하지는 않았
다. 그녀들은 그 정도로 편협한 성격이 아니다.

오히려 태무랑이 기뻐하는 모습을 보고 그녀들도 기쁜 마
음을 감추지 못했다. 그의 기쁨이 그녀들의 기쁨이기 때문이
다.

"미안해요."

옥령은 태무랑과 함께 이곳 신풍장에 온 이후 다섯 시진이 채 지나지도 않았는데 그사이에 미안하다는 말을 벌써 열 번도 더 했다.

그녀는 수월화와 무령왕에 대해서 아무것도 모르는 것이 자신의 죄인 양 어쩔 줄을 몰랐다.

하지만 그녀는 남경에서 단유천에게 붙잡혀 온 이후 자금성 내 한 채의 전각에 거의 감금되어 있었기 때문에 수월화가 어디에 있는지 모르는 것은 당연하다.

"괜찮다. 네 잘못이 아니다."

태무랑은 탁자 맞은편에 앉은 옥령의 어깨를 두드리며 엷은 미소를 지었다.

그녀가 미안하다고 말할 때마다 그는 지금처럼 어깨를 두드리면서 똑같은 말을 해주었다.

예전 같았으면 시끄럽다고 윽박지르거나 대꾸조차 하지 않았을 텐데 말이다.

태무랑은 지난밤에 자금성에서 돌아온 이후부터 지금까지 줄곧 옥령과 함께 지내고 있다.

옥령은 신풍장에 아는 사람이 아무도 없기 때문에 유달리 두려움에 떨었다.

아직도 그 끔찍한 악몽에서 깨어나지 못하고 있기 때문이다. 그래서 태무랑은 그런 그녀를 달래주느라 옆에서 떠날 수가 없었다.

맹오와 철완개는 태무랑이 자금성에서 구해온 동녀들을 개방제자 한 명씩 쌍으로 묶어서 그녀들의 고향으로 돌려보내 주었다.

동녀들을 신풍장에 오래 데리고 있는 것은 위험하기 때문에 날이 밝아 성문이 열리는 시각에 맞춰서 개방제자와 동녀들을 변장시켜서 내보냈다.

지금 태무랑과 옥령은 탁자에 마주 보면서 앉아 있고, 미료와 한천궁주는 약간 떨어진 곳 벽 앞에 나란히 서서 두 사람을 바라보고 있다.

원래 미료는 태무랑의 그림자를 자처하는 신분이기 때문에 그의 곁에 붙어 있다고 해도, 한천궁주마저도 미료처럼 행동하고 있었다.

미료나 한천궁수 둘 다 옥령에 대해서 몹시 궁금하기 때문이다. 아니, 그녀와 태무랑의 관계에 대해서 궁금한 것이다.

"이제 아무 걱정 하지 말고 내 곁에 있도록 해라."

태무랑의 나직한 말에 옥령은 고맙고도 새삼스러운 표정으로 그를 그윽하게 바라보았다.

그녀의 기억으로는 태무랑이 이토록 따뜻한 말을 해준 적이 단 한 번도 없었다.

아니, 지금만이 아니다. 자금성에서 구해져서 함께 있는 다섯 시진 동안 그가 옥령에게 보여준 모습은 너무나 따뜻하고 다정해서 그가 정말 태무랑이 맞는지 의심이 들게 할 정도였다.

변한 것은 그뿐만이 아니었다. 그의 용모도 변했다. 예전에도 준수했었으나 지금은 어느 사내하고도 비교할 수 없을 정도로 절륜한 용모를 지녔다.

아마도 천하에 짝을 찾기 어려울 정도일 것이다. 하지만 옥령이 보기에 그는 태무랑이 분명했다.

그리고 그는 왠지 모르게 분위기나 많은 것들이 예전하고 사뭇 달라진 듯했다. 하지만 뭐가 변했는지 말로는 설명하기가 어려웠다.

옥령은 태무랑에게서 한시도 시선을 떼지 않았다. 눈을 깜빡이는 시간도 아까운 듯 최대한 눈을 깜빡이지 않으려고 노력하면서 그를 주시했다.

눈을 깜빡이는 동안 그가 잠깐 시야에서 사라지면 이 꿈같은 현실이 사라져 버릴 것 같기 때문이다.

지금 그녀는 자신이 다섯 시진 전에 자금성의 어느 지하석실에서 강시가 되어가고 있었다는 비참한 기억을 깡그리 잊어버렸다. 지금은 그저 행복할 뿐이다. 태무랑과 함께 있기 때문이다.

"그자들은 자금성에 있을 때가 거의 없어요."

옥령은 태무랑에게서 시선을 떼지 않은 채 속삭이듯이 말했다. 탁자에는 향긋한 차가 놓여 있지만 그녀는 손도 대지 않았다.

태무랑은 그녀가 말하는 '그자들'이 화명군과 단유천을 가리키는 것이라고 알아들었다.

옥령은 강시로 만들어지기 위해서 지하석실로 보내지기 전에는 화명군, 단유천 등과 같은 전각에서 생활했었다. 그래서 그들이 나누는 대화나 그들에 대해서 어느 정도는 알고 있는 편이다.

"그자들은 가끔 자금성에 머물고 있을 때에도 언제나 전쟁에 대해서 이야기했어요."

"전쟁?"

태무랑은 대명제국이 십오 세 이상의 남자를 강제로 징집하고 있는 것을 잘 알고 있다. 지금 천하는 그 일 때문에 들끓고 있다.

"화명군은 중원만으로는 성이 차지 않는 것처럼 말했어요. 그는 중원 밖의 세상까지도 다 정복하려는 야망을 품고 있어요. 온 세상의 모든 족속들을 모조리 굴복시키겠다고 입버릇처럼 말하곤 했어요."

옥령은 화명군의 이름을 거침없이 불렀다.

태무랑은 옥령을 구해온 이후부터 지금까지 그녀에게 아무것도 묻지 않았다.

수월화나 무령왕에 대한 것도, 그리고 지금 말하고 있는 화명군과 단유천에 대한 애기도 그녀 스스로 원해서 하고 있는 것이다. 또한 그녀는 태무랑이 무엇을 궁금해하는지 잘 알고 있다.

"그러기 위해서는 천만대군(千萬大軍)을 양성해야 한다고 했어요. 그렇게만 된다면 하늘 아래 모든 것을 지배할 수 있을 것이라고 말했어요."

화명군이 그런 어마어마한 야욕을 품고 있다는 사실은 충격적이다.

천만대군이라니, 대명제국이 가장 강성했었던 영락제 시절에도 자그마치 삼백만 대군이었다.

그런데 천만대군이라면 중원의 사내를 모조리 군사로 만들 속셈인 모양이다.

만약 그렇게 된다면 대체 농사는 누가 짓고 물고기는 누가 잡으며, 숱한 물건들은 누가 만들고 또 장사는 누가 한다는 말인가.

게다가 중원에는 여자들이 남아돌 것이며, 제대로 된 가정은 찾아볼 수 없을 것이다.

뿐만 아니라 아이를 낳지 못해서 인구가 급속하게 줄어들 것이 분명하다.

화명군의 야욕대로 한다면 하늘 아래 모든 것을 정복하기도 전에 중원이 멸망하고 말 것이다.

“그들이 자주 가는 곳은 산동성 봉래(蓬萊)예요. 그곳에서 배를 만드는 것을 지휘한다고 들었어요.”

“봉래?”

“그곳은 예로부터 군선(軍船)을 만드는 곳으로 유명해요.”

화명군과 단유천은 군선을 많이 만들어서 해외(海外)로 원정을 가려는 것이 분명하다.

중원과 붙어 있는 서쪽과 북쪽의 대륙을 넘어서 군선을 몰고 고려나 왜국(倭國) 등 바다 건너 나라들까지 공격해서 정복하려는 야욕을 품고 있는 것이다.

그런 야욕은 그들이 이미 중원 천하를 완전히 정복했다고 믿어야지만 가능한 일이다.

옥령은 거기에서 머뭇거리며 말을 멈췄다. 더 알고 있는 것이 없기 때문이다.

그녀는 태무랑에게 더 많은 정보를 주고 싶지만 안타깝게도 그것이 전부였다.

특히 수월화와 무령왕에 대한 정보를 모른다는 사실에 그녀는 더욱 안타까워했다.

옥령은 누구보다도 수월화를 잘 알고 있다. 그녀는 무령왕가에서 태무랑의 몸종이었다.

그래서 그의 곁에서 그림자처럼 시중을 들면서 많은 것을 지켜보며 알게 되었다.

심지어 그녀는 태무랑이 수월화와 정사를 하는 장면까지도 바로 침상 가에 서서 자세히 지켜봤었다.

물론 그것은 태무랑이 강제로 시킨 일이지만, 그로 인해서 옥령은 말로는 설명하기 어려운 육체적인 유대를 수월화에게 느끼고 있었다. 옥령 역시 태무랑과 정사를 나누었기 때문에 가능한 일이다.

옥령의 마음은 태무랑에게 충분히 전해졌다.

"령아, 너는 어째서 그런 꼴을 당했느냐?"

그는 비로소 그 말을 꺼냈다. 사실 그는 단유천이 무엇 때문에 옥령을 강시로 만들려고 했는지 궁금했다. 비록 그녀가 태무랑을 사랑하고 있다는 사실을 단유천이 알았다고 해도, 태무랑이 알고 있는 단유천은 그런 짓을 서슴지 않고 할 인물이 아니기 때문이다.

옥령의 표정이 비통하게 변했다. 그리고 말을 하지 못하고 쭈뼛거렸다.

하지만 태무랑은 여유를 갖고 기다렸다. 그는 그녀의 대답을 꼭 듣겠다는 마음은 아니다.

그녀가 말하기 곤란하면 듣지 않아도 그만이다. 단지 들어 두면 도움이 될 것 같았다.

"그는……."

그런데 옥령이 매우 망설이면서 어렵사리 입을 열었다.

"예전의 단유천이 아니에요."

그녀는 눈물을 흘리지 않았다. 오히려 얼굴과 눈에 증오심을 가득 담고 말을 이었다.

"성격이 거칠고 난폭해졌으며 매우 잔인하게 변했어요. 그리고 화명군을 제외한 어느 누구에게도 공손하지 않았어요. 예의를 모르는 사람 같았어요."

태무랑은 말없이 듣기만 했다.

"그리고 그는 하루에 여러 차례 소녀들을 겁탈했어요. 그녀들을 어디에서 데려왔는지 모르겠어요. 그녀들을 혈도를 제압하지 않은 상태에서… 그녀들이 반항하면 때리고 짓밟으면서 깅긴을 했어요. 그것도 제가 보는 앞에서 말이에요. 소녀들은 순결한 몸이었어요. 처녀를 잃고 피를 흘리면서 저항하다가 혼절하는 소녀들이 대부분이었어요."

태무랑은 그녀들이 납치해 온 동녀들일 것이라고 짐작했다. 단유천은 동녀들의 동순혈만 원한 것이 아니었다. 그가 자금성에 있을 때에는 동녀들을 겁탈하는 짓도 서슴지 않았던 것이다.

태무랑은 단유천이 동녀들을 겁탈하는 것을 옥령에게 지켜보게 했다는 말에 씁쓸한 기분이 들었다.

예전에 태무랑도 수월화하고 정사를 할 때 옥령을 침상 가에서 지켜보게 했던 일이 생각났기 때문이다. 물론 이유는 다르지만 행동은 같았다.

옥령의 눈에서 증오가 더욱 강하게 빛났다.

“그러던 어느 날… 단유천이 저를 원했어요. 밤에 저를 자신의 침상으로 데리고 갔어요. 하지만 저는 하지 않겠다고 단호하게 말했어요.”

그녀의 두 눈에 증오와 분함의 눈물이 함께 일렁였다.

“저는 분명히 말했어요, 제가 사랑하는 사람은 오직 한 사람뿐이라고.”

그 사람이 누구인지 듣지 않아도 태무랑은 알고 있다. 옥령은 단유천에게 분명하게 말했을 것이다. 자신이 사랑하는 사람은 태무랑뿐이라고.

미료와 한천궁주는 귀를 쫑긋 세우고 옥령의 말을 듣다가 그 대목에서 큰 관심을 보였다.

그리고 그녀들도 깨달았다. 옥령이 사랑하는 한 사람이 태무랑일 것이라고.

“그러자 단유천은 저를 강제로 욕보이려고 했어요. 저는 결사적으로 반항했지만 힘으로 그를 이길 수는 없었어요. 그래서 혀를 깨물었어요. 그랬더니……."

태무랑은 그제야 옥령이 왠지 불편하게 말을 하고 있다는 사실을 깨달았다.

그리고 그녀가 말을 할 때 얼핏 보니까 혓바닥 안쪽이 붉게 충혈되어 있는 것이 발견됐다. 혀를 깨물었던 것이 아직도 아물지 않은 게 분명했다.

옥령은 자신이 태무랑에 대한 정절을 지키려고 목숨을 걸었다는 사실을 자신의 입으로 말하는 것이 몹시 쑥스러운 듯한 표정을 지었다.

"정말 다행인 것은… 그 사실을 알고 난 단유천이 저를 강제로… 혈도를 제압하고 욕보이지는 않았다는 사실이에요. 저는 그 사실을 너무도 감사하게 생각했어요."

그녀는 눈물을 흘리지 않으려고 입술을 깨물었는데도 그 당시의 일이 생각나서 눈물이 왈칵 쏟아졌다.

"그 당시의 저에게는… 당신을 가슴에 품고 죽을 수 있는 것만으로도 너무 행복했어요. 제 몸과 제 기억이 더럽혀지지 않은 것을 하늘에 감사하게 생각했어요……."

그 말을 들은 한천궁주는 소리없이 눈물을 흘렸다. 그녀의 태무랑에 대한 사랑이 너무도 지고지순한 것을 느꼈기 때문이었다.

한천궁주가 옥령의 말에 우는 것은 그녀의 감정이 여리기 때문이기도 할 것이다.

하지만 원래 독종인 미료도 눈이 촉촉하게 젖어 있었다. 어쩌면 그녀가 태무랑을 사랑하기 시작한 것이 이유인지도 몰랐다.

한천궁주와 미료는 옥령의 입을 통해서 비로소 그녀와 태무랑의 관계에 대해서 좀 더 자세히 알게 되었다.

태무랑에게 있어서 미료는 그림자 같은 몸종이고, 한천궁주는 누나지만, 옥령은 정인인 것이다.

第百十四章
지하에서의 상봉

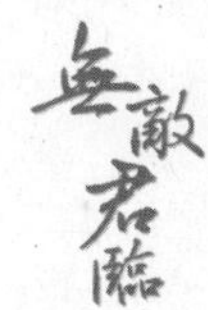

　그날 밤에 태무랑이 자금성에 다시 잠입한 목적은 수월화와 무령왕을 찾아보기 위해서다.

　옥령의 말에 의하면 화명군과 단유천은 자금성에 거의 붙어 있지 않다고 했다.

　그렇다면 태무랑에게 있어서 자금성은 무인지경이나 다름없는 상황이다.

　화명군이나 단유천이 두려워서가 아니라 수월화와 무령왕을 찾기도 전에 큰 소란을 일으키지 않으려는 것이다. 그런 일이 생기면 수월화와 무령왕을 찾는 일은 미상불 한층 더 어려워질 것이 분명하기 때문이다.

지난밤에 태무랑이 옥령과 이십 명의 동녀를 구한 일이 있었으나 겉으로 보기에 자금성의 경비는 그다지 강화된 것 같지 않았다.

하지만 태무랑 눈에는 자금성의 변화가 일목요연하게 한눈에 다 보였다.

자금성 곳곳에 어제까지만 해도 없던 그림자들이 은신해 있는 모습이다.

그런데 절정고수가 아니면 은신자들의 존재를 간파하기 어려울 정도다.

그러므로 당연히 자금성 내를 순찰하는 황군의 눈에는 절대 보이지 않을 것이다.

하지만 태무랑은 어젯밤이나 다름없이 무인지경처럼 자금성 내를 돌아다녔다.

화명군이나 단유천 정도가 아니고서는 태무랑의 잠입을 막을 사람은 없을 것이다.

오늘밤에 태무랑은 전에 가보지 않았던 몇 군데에 잠입할 생각이다. 그리고 그곳들 중 한곳에 수월화와 무령왕이 있기를 간절하게 빌었다.

태무랑은 네 번째로 잠입한 전각에서 지위가 높을 것으로 짐작되는 한 인물을 제압했다.

그자는 심지가 제압된 상태에서 자신의 신분이 '황부령(皇府令)이라고 했다.

태무량은 황부령이 어떤 지위인지는 모르지만 그가 실토한 내용 중에서 쓸 만한 것 하나를 건졌다.

여태껏 그가 모르고 있던 지하뇌옥의 위치다. 하지만 황부령이라는 자는 그곳에 누가 감금되어 있는지에 대해서는 알지 못했다.

다만 자금성 내에서 그곳에 출입할 수 있을 정도의 신분은 다섯 손가락 안에 꼽힌다는 정도만 알고 있었다. 물론 황부령이라는 자는 자신이 매우 높은 신분인데도 그곳에 출입하지 못한다고 말했다.

만약 황부령이라는 자가 실토하지 않았으면 태무량 자력으로는 도저히 그 지하뇌옥을 찾지 못했을 것이다. 지하뇌옥은 그 정도로 감쪽같은 곳에 있었다.

그곳은 자금성 내에서 소비되는 모든 식품의 저장소로, 식품의 변질을 막고 신선함을 유지하기 위해서 지하 백여 장 깊이에 위치해 있었다.

그곳의 정식명칭은 지중보존고(地中保存庫)이며 지하 백여 장에 십 층으로 이루어졌으며 각 층마다 백여 개의 석실들이 복도의 양쪽으로 늘어서 있었다.

　지중보존고는 순전히 식품만을 저장하고 있기 때문에 경비가 심하지 않았다.

　지상의 입구에 열 명의 군사가 있고, 아래는 각 층 입구마다 세 명씩 지키고 있는 정도였다.

　태무랑은 지중보존고 지하 십층에 이르렀다. 그가 반 시진 동안 살펴본 지하 일층에서 구층까지는 말 그대로 식품을 저장하는 보존고였다.

　단지 아래층으로 내려갈수록 바깥에 비해서 많이 추웠고 빈 석실이 많았다.

　그곳 지하 십층에는 그나마 각 층마다 지키고 있던 세 명의 군사의 모습마저도 보이지 않았다. 그것은 지하 십층에 아무것도 저장되어 있지 않다는 뜻이다. 군사가 있으나 없으나 태무랑에게는 아무런 의미가 없다.

　하지만 그곳에도 복판의 통로 양쪽에 오십여 개씩 백여 개의 석실이 죽 늘어서 있었다.

　태무랑은 입구에 내려서자마자 통로의 가장 깊숙한 끄트머리쯤에서 사람의 기척을 감지했다.

　그것도 한 명이 아니라 네 명의 기척이다. 이곳에 네 명이나 갇혀 있는 것이다.

그러나 태무랑의 얼굴에 떠올랐던 기쁜 표정은 즉시 사라졌다. 그들 네 명 중에 꿈에도 그리던 수월화가 없다는 사실을 감지한 것이다.

복도에는 아무도 없다. 그는 통로 막다른 곳을 향해 쏘아갔다. 아니, 쏘아간다고 여긴 순간 이미 막다른 곳에 이르러 어느 석실 앞에 멈추었다. 그곳은 통로 오른쪽 끝에서 두 번째 석실이었다.

그는 예전 자신의 측근들의 숨소리나 맥박 따위를 또렷하게 기억하고 있다. 그에 의하면 그가 멈춘 석실 안에는 절친했던 친구가 갇혀 있다.

스퍼.

그가 다가가자 석문이 먼지가 되어 흩어지며 하나의 커다란 공간이 생겼다.

지하 십층 막다른 곳의 석실 안은 칠흑처럼 어두웠으나 태무랑에게는 문제 될 것이 없다.

석실 안으로 들어선 그는 가슴이 쿵 내려앉았다. 석문 맞은편 벽 아래에 한 사람이 웅크리고 있은 채 고개를 푹 수이고 있는데 그의 얼굴을 보기도 전에 가슴이 짓이겨지는 듯한 슬픔을 느꼈다.

그 사람은 벌거벗은 상태인데 머리카락과 수염을 치렁치렁 길렀고 온몸에 때가 끼어서 한 겹의 옷을 입고 있는 것처럼 보였다.

태무랑은 미끄러지듯이 다가가서 그 사람 한 걸음 앞에 멈추었다.

웅크리고 있는 그 사람 앞에는 하나의 놋쇠 그릇이 놓여 있고 그 안에는 먹다 만 거무튀튀한 음식인지 쓰레기인지 모를 것이 반쯤 담겨 있었다.

또한 그 사람의 양팔 손목과 발목, 그리고 목에는 손가락 굵기의 새카만 윤기가 자르르 흐르는 쇠사슬이 묶여 있고 그 끝은 석벽에 깊숙이 꽂혀 있었다.

쇠사슬은 그리 길지 않아서 행동반경은 기껏해야 반 장을 넘지 못할 것 같았다.

슥—

태무랑은 그 사람 앞에 한쪽 무릎을 꿇고 마주 앉았다. 그런데도 그 사람은 태무랑의 존재를 전혀 모르는 듯했다.

그 사람의 어깨로 뻗는 태무랑의 손이 가늘게 떨렸다.

태무랑의 손이 어깨를 가만히 잡자 그 사람은 움찔 가볍게 몸을 떨더니 느릿하게 고개를 들었다.

얼굴을 온통 덮은 머리카락 사이로 흐리멍덩한 그 사람의 눈이 떠지더니 태무랑의 얼굴을 물끄러미 응시했다.

그러다가 한순간 그 사람의 눈이 화등잔처럼 커졌다. 그리고는 흐느낌 같은 중얼거림이 메말라 비틀어진 입에서 흘러나왔다.

"…왔는가, 친구여……."

뼈에 가죽만 입혀놓은 듯한 그 사람의 얼굴이 보기 흉하게 일그러졌다.

하지만 태무랑은 그것이 그 친구 비한이 짓는 가장 환한 웃음이라는 것을 알고 있다.

"한……."

태무랑은 그 말뿐 더 이상 말을 잇지 못했다. 비한, 그 우직하고 정직하며 강철처럼 강한 친구가 이곳에 갇혀 있을 줄이야 상상조차 하지 못했었다.

태무랑은 눈에 불을 켜고 그저 수월화와 무령왕만 찾으려고 했었다.

그렇기에 잊고 있었던 비한의 존재는 태무랑의 그런 무심함을 꾸짖는 듯했다.

태무랑은 두 팔로 비한을 와락 끌어안았다.

"미안하다. 친구… 내가 너무 늦게 왔다……."

흉측한 몰골의 사내 비한의 얼굴이 또 일그러졌다. 이번 것은 미소다.

"내 취미가 친구를 기다리는 걸세."

"한……."

태무랑이 비한을 끌어안고 있는 동안 그의 팔다리와 목을 묶었던 만년한철이 썩은 새끼줄처럼 힘없이 끊어졌다.

그리고 태무랑이 비한의 등을 부드럽게 쓰다듬자 그의 잃어버린 무공이 회복됐으며 다친 내상은 치료됐고 젓가락처럼 비틀어진 몸은 예전의 모습으로 환원되었다.

비한의 몸이 움찔했다. 자신의 몸에서 무슨 변화가 일어나고 있는 것을 느낀 것이다.

태무랑이 품에서 떼어내자 그는 적잖이 놀라는 표정으로 자신의 두 손과 몸을 둘러보더니 얼굴을 쓰다듬으며 경이로운 표정을 지었다.

"어… 떻게 이런 일이……."

그러다가 그는 크게 놀라는 표정을 지었다.

"태 형, 자네… 화경에 이르렀군."

태무랑은 빙그레 미소만 지었다. 이어서 그는 비한의 팔을 잡고 일어섰다.

"다른 분들을 구하세."

비한은 잊고 있었던 것이 생각난 듯 깜짝 놀라며 밖으로 쏘아나갔다.

"옆에 전하께서 계시네. 허엇?"

쿵!

그러나 그는 석실 밖 바닥에 볼썽사납게 내동댕이쳐졌다. 오랫동안 무공을 상실한 상태로 있다가 무공이 회복된 사실을 깜빡 잊은 것이다.

통로로 나온 태무랑의 표정이 가볍게 변했다. 통로 입구 쪽 몇 개의 석실 안에서 강시동녀들이 우르르 나오는 것을 발견했기 때문이다.

저 마물들이 이곳에도 있을 줄은 예상하지 못했다. 이제 보니 강시동녀들이 다른 석실에 있으면서 비한 등을 관리하고 있었던 것이다.

비한은 이쪽을 향해 몰려오고 있는 강시동녀들을 향해 우뚝 서며 중얼거렸다.

"나는 저것들에게 원한이 많으니 자넨 전하와 다른 분들을 구하게."

스으응.

그런데 그때 비한의 가슴 높이 허공에 흐릿하게 하나의 길쭉한 형상이 나타나더니 곧 창의 모습으로 변했다. 그것은 그가 예전에 사용했던 창과 똑같았다.

태무랑이 오행지기의 금기를 모아서 한 자루의 창을 만들어준 것이다.

비한은 재빨리 그것을 잡고 태무랑을 돌아보았다. 어떤 방법을 썼는지는 모르지만 태무랑이 창을 만들어줬다는 사실을 깨달은 것이다.

그때 비한의 머릿속에 태무랑의 말이 울렸다.

'한, 저것들은 강시야. 부숴야지만 죽네.'

태무랑은 비한에게 말하는 것과 동시에 그 옆의 석실 문을 먼지로 흩어지게 만들면서 안으로 들어섰다.

그곳에는 비한과 비슷한 모습을 한 사람이 같은 장소에 쇠사슬로 사지가 묶인 채 앉아 있었다.

바로 옆방과 통로에서 태무랑과 비한이 대화를 나누었는데도 그는 아무것도 모르는 듯 벽에 기대어 이마가 바닥에 닿을 정도로 숙인 채 꼼짝도 하지 않았다.

태무랑은 그가 무령왕이라는 사실을 가느다란 숨소리와 맥박만으로도 알고 있다.

맞은편 석실에는 소천군과 가빈이 있다. 이 년여 전에 소천군은 화명군의 발길질에 머리가 으깨어졌었다.

그래서 태무랑은 그가 죽었다고만 믿고 있었다. 그랬었는데 지금도 살아 있다는 사실 때문에 너무 놀라고 또 기쁘기 짝이 없는 마음이다.

그러나 일에는 순서가 있다. 태무랑이 비한을 제일 먼저 구한 것에는 이유가 있기 때문이다.

자신이 나머지 세 사람을 구하는 동안 비한이 호법(護法)을 서주기를 원한 것이다.

원래 무공을 모르던 무령왕은 네 사람 중에서 가장 쇠약해진 상태다.

그는 과거의 근사한 풍채는 간데없고 백발이 성성한 비쩍 마른 병색이 완연한 칠팔십 대 노인으로 변한 모습을 하고 있었다.

목과 사지를 묶은 쇠사슬은 그가 눕는 것을 허락하지 않았다. 만약 쇠사슬이 조금만 더 길었더라면 무령왕은 지금보다는 조금쯤 더 편한 자세로 잠잘 수 있었을 것이다.

"아버님."

무령왕을 이 년여 만에 만나는 터라 감정이 격해진 태무랑이 조심스럽게 부르는 데도 그는 꼼짝도 하지 않았다. 잠을 자는 것인지 혼절한 것인지 모를 정도다.

아니, 그의 앞에 놓여 있는 밥그릇이 절반쯤 차 있는 것은 얼마 전까지도 식사를 했다는 뜻이고, 그렇다면 아직은 살아 있다는 뜻이다.

태무랑은 우선 그를 원상태로 회복시키는 것이 순서라고 생각했다.

슥.

태무랑의 손이 닿자마자 무령왕의 사지와 목을 묶은 쇠사슬이 몸에서 떨어져 나갔다.

또한 그와 동시에 그의 몸이 움찔 떨었다. 손이 닿는 순간 천원신기가 주입됐기 때문이다.

그렇게 세 호흡쯤 지났을 때 무령왕의 비쩍 마른 몸이 세찬

바람에 문풍지가 떨리듯 후드득 떨더니 묵직한 신음을 토해
냈다.

"으음……."

스우우.

그와 동시에 무령왕의 백발이 빠르게 검은색으로 변하고,
비루먹은 노새 같던 몸은 적당하게 살이 오른 예전의 모습을
되찾아갔다.

이어서 그가 천천히 고개를 들며 상체를 쭉 폈다.

우둑. 뚜둑.

구부정하던 몸이 펴지면서 뼈마디 부딪치는 소리가 실내
를 잔잔하게 흔들었다.

그리고는 눈이 떠지면서 예전의 맑은 정광이 넘실거리는
눈빛이 흘러나왔다.

"너……."

그는 자신의 앞에 단정하게 무릎을 꿇고 앉아 있는 태무랑
을 발견하고 눈을 크게 뜨며 놀라는 표정을 지었다. 그러면서
지금의 상황을 이해하려는 듯 잠시 가만히 있었다. 실내에는
묘한 정적이 흘렀다.

태무랑은 몸을 일으켰다가 그에게 큰절을 올렸다.

"아버님, 소자가 너무 늦었습니다."

"무랑아……."

이마를 바닥에 대고 있는 태무랑의 귀에 무령왕의 떨리는 목소리가 닿았다.

그 순간 태무랑은 심장을 세게 움켜잡았다가 놓은 것 같은 격한 감정을 느꼈다.

그는 무령왕의 목소리에서 많은 것을 느꼈다. 그중에서도 가장 큰 것은 '아버지의 목소리' 였다.

"죽지 않았구나. 살아 있었어."

태무랑은 고개를 들고 감정이 일렁이는 눈빛으로 그를 바라보았다.

"불효한 소자 때문에 고생이 많으셨습니다."

그러자 덥수룩한 수염 속의 무령왕의 얼굴이 빙그레 예전의 인자한 미소를 되찾았다.

"무랑아, 네가 무사한 것을 보니까 이제야 비로소 안심이 되는구나."

그는 자신이 고생한 것을 원망하기보다 태무랑이 무사한 것을 진심으로 기뻐해 주었다.

"가시지요. 소사가 모시겠습니다."

태무랑은 무령왕의 팔을 잡고 부축해서 일으켰다.

무령왕은 일어서다가 자신의 몸이 쇠사슬에 묶여 있지 않을뿐더러 예전 모습으로 되돌아간 것을 발견하고 크게 놀라는 표정을 지었다.

“이게 어찌 된 일이냐? 내 몸은 엉망이었는데⋯⋯.”

그러나 태무랑은 거기에 대해서는 아무 말도 하지 않고 무령왕의 팔을 잡은 채 허공에 뜬 상태에서 미끄러지듯 통로로 나왔다.

무령왕은 통로에서 한 명의 벌거벗은 장발인이 창을 휘두르면서 강시동녀들과 싸우는 광경을 보고 약간 놀라는 표정을 지었다.

장발인이 창을 휘두르는 솜씨는 신기에 가까울 정도였다. 그리고 무령왕은 그의 창 솜씨를 보는 순간 그가 누군지 알아보았다.

“비한인가?”

“그렇습니다.”

바닥에는 강시동녀 대여섯 명이 몸이 박살 난 채 흩어져 있고, 십오륙 명의 강시동녀가 바닥과 허공에서 비한을 향해 맹공을 퍼붓고 있었다.

강시동녀 한 명의 실력은 초일류고수를 훨씬 능가하는 수준이다. 지하석실에서 잠도 자지 않고 하루 종일 검법을 연마한 결과다.

강시동녀들보다는 비한의 실력이 월등하지만 혼자서 십오륙 명을 상대하는 것은 조금 벅찬 듯 보였다.

하지만 강시동녀들은 아무도 비한을 지나서 안쪽으로 진

입하지 못했다.

태무랑은 무령왕을 데리고 비한의 뒤쪽을 지나 맞은편 석실로 향하면서 심기를 일으켰다.

퍽! 퍽! 퍽! 뻐뻐뻑!

순간 둔탁한 음향과 함께 비한을 맹공격하던 강시동녀 중에서 열 명의 몸이 박살 나면서 뿌연 먼지를 날리며 후드득 바닥에 널브러졌다.

태무랑은 석문을 먼지로 만들면서 안으로 들어갔고, 비한은 다섯밖에 남지 않은 강시동녀들을 상대로 쉬운 싸움을 새로 시작했다.

태무랑이 세 번째로 들어간 석실 안에는 지금까지와는 다른 광경이 펼쳐져 있었다.

석실 한가운데에는 바닥에서 석 자 높이의 석탁이 하나 있고 그 위에는 백발에 참혹한 모습을 한 사람이 벌거벗은 모습으로 누워 있었다. 그리고 그 사람의 양 손목과 양 발목, 그리고 목이 쇠사슬에 묶여서 석탁 아래 바닥에 고정된 상태였다.

그런데 그 사람은 머리가 삼 할 정도 없어진 모습이었다. 오른쪽 머리인데 그 부위는 벌겋게 충혈이 됐으며 머리카락도 자라지 않았다.

또한 피골 상접한 형편없는 몰골에 살아 있는 것이 기적일 정도였다.

숨소리는 끊어질 듯했으며 맥박은 불규칙하게 간신히 이어지고 있었다.

그는 소천군이었다. 과거 천하제일인으로 불렸던 바로 그 소천군인 것이다.

그가 태무랑을 돕겠다고 따라나섰다가 죽지도 살지도 못하는 처참한 신세가 되어 이런 곳에 누워 있는 것이다.

소천군을 굽어보는 태무랑은 울컥하는 심정이 됐다. 비한이나 무령왕, 소천군, 그리고 가빈 모두 태무랑 때문에 이 지경이 된 사람들이다.

소천군도 비한처럼 무공이 상실된 상태였다. 하지만 누군가 손을 써서 그가 죽지 않도록 만든 것이 분명했다. 그게 아니었으면 그는 이 년여 전에 현도왕가에서 이미 목숨이 끊어졌어야 했다.

"할아버님……."

소천군을 본 태무랑은 눈물이 솟구치려는 것을 겨우 참고 그에게 손을 뻗었다.

슥.

태무랑의 손이 가슴 한복판에 닿자 소천군의 목과 사지를 묶었던 쇠사슬이 저절로 풀려서 바닥으로 떨어졌다.

스으으.

화명군의 발길질에 채여서 떨어져 나갔던 머리 한쪽의 벌젊고 밋밋했던 부위가 불룩해지면서 머리카락이 그것도 새카만 흑발이 새로 돋아났다.

그리고 피골상접했던 앙상한 몸에 불그스름한 혈색 좋은 살이 붙고 쪼그라져 있었던 몸이 빠르게 팽창되며 원상회복을 이루고 있었다.

무령왕은 그 광경을 보면서 놀라움을 금치 못했다. 자신도 이런 과정을 거쳐서 정상이 됐을 것이라는 생각을 하자 신기함을 넘어서 경이롭게까지 느껴졌다.

벅찬 표정의 그는 소천군의 가슴에 손바닥을 대고 있는 태무랑을 쳐다보았다.

"……!"

순간 그는 조금 전에는 보지 못했던 태무랑의 본모습을 발견했다.

마치 석가모니나 옥황상제를 바라보는 듯한 착각을 일으키는 그런 숭고한 모습이다.

"음……."

소천군이 나직한 신음을 흘리는 것을 보고 태무랑은 손을 떼면서 무령왕에게 말했다.

"가빈을 데려오겠습니다."

이곳은 지하 십층이다. 그런데 너무 지체했다. 일이 자칫 잘못되기라도 하면 태무랑과 네 명은 골치 아픈 상황에 처하게 될지도 모른다.

지상이라면 문제는 다르다. 사방이 트였으므로 도주하려고 마음만 먹으면 간단하다.

하지만 지하 십층에 사방이 꽉 막힌 곳이라면 얘기가 달라도 많이 달라진다. 태무랑으로서는 운신의 폭이 그만큼 좁아진다는 뜻이다.

최선의 방법은 한시라도 빨리 이곳을 벗어나는 것이다. 그래서 소천군에게 인사하는 것을 나중으로 미루고 가빈에게 달려간 것이다.

가빈은 소천군의 옆 석실에 비한과 무령왕이나 비슷한 모습으로 묶여 있었다.

그녀는 남녀의 구분을 떠나서 도대체 사람인지 짐승인지 모를 새카만 모습으로 벽 아래에 책상다리를 하고 퍼질러 앉아 있었다.

슥―

태무랑은 그녀 앞에 한쪽 무릎을 꿇고 그녀의 어깨에 손을 얹었다.

그녀의 헝클어지고 엉겨 붙었던 머리카락이 새카맣게 기름기가 자르르 흐르는가 싶더니, 온몸에 한 겹 옷처럼 입혀져 있던 때가 후드드 바닥에 떨어지면서 깡말랐던 몸이 예전처럼 회복되며 은은한 빛이 흘렀다.

“음……..”

가빈은 신음을 흘리면서 천천히 고개를 들었다. 그러다가 눈앞에 한 사람이 있는 것을 발견하고 새카만 눈을 깜빡이면서 그를 뚫어지게 바라볼 뿐 한동안 말이 없었다.

이윽고 그녀의 눈이 점점 커지더니 더 이상 커질 수 없을 정도로 한껏 커졌다.

“당… 신…….”

“고생 많았다, 빈아.”

“아아… 무랑가께서 나를 구했군요…….”

“그래.”

태무랑이 고개를 끄덕이자 가빈은 몸을 날려 흐느끼면서 그의 품으로 뛰어들었다.

“으흑흑! 무랑가!”

태무랑은 더 지체할 수 없어서 그녀를 안은 채 일어나 석실을 나왔다.

옆 석실에서 무령왕과 소천군이 나오고, 강시동녀들을 다 박살 낸 비한이 다가오고 있있다.

“무랑아……!”

태무랑을 발견한 소천군은 감격한 표정을 지으며 다가왔다.

“할아버님.”

그때 가빈이 소천군과 무령왕 등을 발견하고 크게 놀라면서도 기쁜 표정을 지었다.

"아아… 모두 무사하셨군요……."

그러다가 그녀는 모두들 벌거벗은 몸이라는 것을 발견했고, 뒤이어 자신도 실오라기 한 올 걸치지 않은 전라라는 사실을 깨달았다.

"어맛?"

그녀는 소스라치게 놀라 태무랑의 등 뒤로 숨었다.

태무랑이 진지한 표정으로 모두에게 말했다.

"우선 이곳을 빠져나가는 것이 급선무입니다."

무령왕과 소천군이 고개를 끄덕이자 태무랑은 비한에게 말했다.

"한, 자넨 아버님을 업게."

이어서 그는 빠르게 상의를 벗었다.

"빈아, 너는 내게 업혀라."

가빈은 기다렸다는 듯이 그의 등에 찰싹 업혔다.

그런데 태무랑은 한 겹 상의를 입었으므로 그것을 벗자 맨살 상체가 드러났다.

거기에 알몸의 가빈이 찰싹 달라붙어서 업힌 것이다. 그가 아무리 조화지경에 이르렀다고 해도 거기까지는 생각하지 못했었다.

그러나 이제 돌이킬 수는 없다. 그는 벗은 상의로 자신과 가빈을 한 몸이 되도록 묶었다.

"갑시다."

그가 통로 입구를 향해서 빛처럼 쏘아가며 말하자 비한이 뒤따르고 뒤쪽에 소천군이 따랐다.

태무랑은 무령왕이나 비한에게 수월화에 대해서 묻고 싶은 마음이 굴뚝같았으나 꾹 참았다. 지금은 그럴 때가 아니기 때문이다.

이곳에 그녀가 없다는 것은 그녀의 신변에 무슨 일이 있었다는 뜻이다.

그러나 이들이 살아 있는 것으로 미루어 그녀도 죽지 않았을 가능성이 크다.

'부디 살아만 있어다오. 령아.'

『무적군림』 11권에 계속…

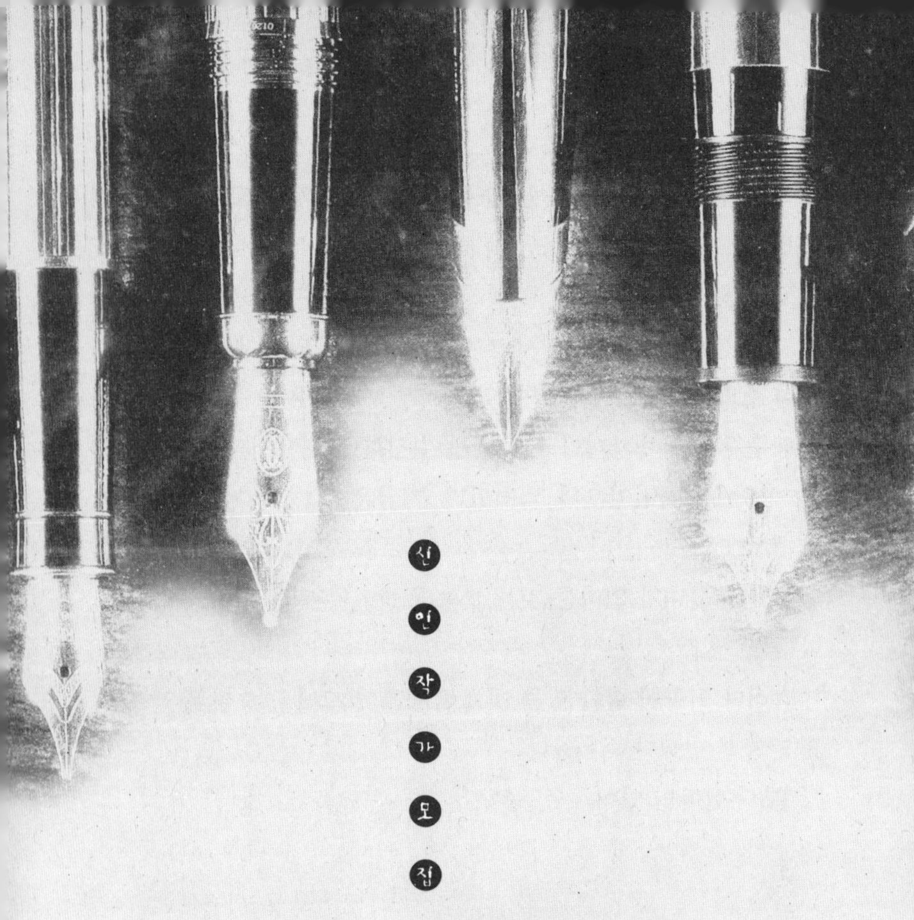

신

인

작

가

모

집

시작이 반이라고 했습니다.
작가의 길에 대한 보이지 않는 벽을 과감히 깨뜨리십시오!
청어람은 작가 지망생 여러분들의
멋진 방향타가 되어드리겠습니다.

저희 도서출판 청어람에서는
소설 신인 작가분들을 모집합니다.
판타지와 무협을 사랑하시는 분들의 많은 참여를 바랍니다.
소정의 원고(A4용지 150매)를 메일이나 우편으로 보내주시면
검토 후 출판 여부를 알려드리겠습니다.

주소:경기도 부천시 원미구 심곡2동 163-2 서경 B/D 2F 우편번호 420-822
TEL:032-656-4452 · FAX:032-656-4453
http://www.chungeoram.com
e-mail:chungeoram@chungeoram.com

2011년 대미를 장식할
준.비.된. 작가 정민교의 신무협이 온다!
『낭인무사(浪人武士)』

"죄수 번호 사천이백삼, 담운!"
"……!"
"출옥이다."

만두 하나.
고작 그 하나에 이십 년 옥살이를 한 소년, 담운.
그 답답하고 억울한 마음을 풀어낸다!

무림맹! 구대문파! 명문세가!
겉만 번지르르한 놈들은 다 사라져라!
겉과 속이 다른 너희들을 심판하러 내가 왔다!

Book Publishing CHUNGEORAM

유행이 아닌 자유추구 –
WWW.chungeoram.com